山 人 行

风圣大鹏 ◎ 著

陕西师范大学出版总社

图书代号：WX22N0639

图书在版编目（CIP）数据

山人行/风圣大鹏著. —西安：陕西师范大学出版总社有限公司，2022.9
ISBN 978-7-5695-2815-2

Ⅰ.①山… Ⅱ.①风… Ⅲ.①长篇小说—中国—当代 Ⅳ.①I247.5

中国版本图书馆CIP数据核字（2021）第272340号

山 人 行
SHAN REN XING

风圣大鹏 著

出版统筹	刘东风　冯晓立
责任编辑	庄婧卿
责任校对	雷亚妮
封面设计	即刻设计
出版发行	陕西师范大学出版总社 （西安市长安南路199号　邮编710062）
网　　址	http://www.snupg.com
印　　刷	陕西龙山海天艺术印务有限公司
开　　本	700 mm×1000 mm　1/16
印　　张	13
插　　页	2
字　　数	225千
版　　次	2022年9月第1版
印　　次	2022年9月第1次印刷
书　　号	ISBN 978-7-5695-2815-2
定　　价	49.00元

读者购书、书店添货或发现印装质量问题，请与本公司营销部联系、调换。
电话：（029）85307864　85303629　　传真：（029）85303879

目 录 | CONTENTS

第 1 章　初来青山村　　　　　　　　　001

第 2 章　王莎莎的家　　　　　　　　　004

第 3 章　受伤　　　　　　　　　　　　007

第 4 章　被说管闲事　　　　　　　　　009

第 5 章　家访　　　　　　　　　　　　012

第 6 章　打疫苗　　　　　　　　　　　015

第 7 章　再次家访　　　　　　　　　　018

第 8 章　带土特产回城　　　　　　　　021

第 9 章　众骂刘大河　　　　　　　　　024

第 10 章　准备开垦荒地　　　　　　　027

第 11 章　苏哲奇被村民质问　　　　　030

第 12 章　双方冰释前嫌　　　　　　　035

第 13 章　再次捐钱买植株　　　　　　038

第 14 章　蒋浩妈妈受重伤　　　　　　041

第 15 章　蒋浩妈妈有救了　　　　　　044

第 16 章	苏哲奇被质疑	049
第 17 章	刘大河跑了	055
第 18 章	王莎莎奶奶去世	059
第 19 章	刘大河回村	062
第 20 章	王莎莎被撵出家门	067
第 21 章	诬告事件假实锤	071
第 22 章	蒋浩妈妈收到捐款	074
第 23 章	准备迎接投资商	078
第 24 章	合作谈成	082
第 25 章	因为道路，合作不欢而散	087
第 26 章	暂停任教资格	091
第 27 章	村支书认清李莹真面目	094
第 28 章	李莹撤诉	099
第 29 章	苏哲奇恢复教学	102
第 30 章	刘大河进城挣钱	105
第 31 章	蒋浩妈妈出院	110
第 32 章	进城卖竹筐	114

山人行

风圣大鹏 ◎ 著

陕西师范大学出版总社

图书代号：WX22N0639

图书在版编目（CIP）数据

山人行 / 风圣大鹏著 . —西安：陕西师范大学出版总社有限公司，2022.9
ISBN 978-7-5695-2815-2

Ⅰ.①山… Ⅱ.①风… Ⅲ.①长篇小说—中国—当代 Ⅳ.①I247.5

中国版本图书馆CIP数据核字（2021）第272340号

山 人 行
SHAN REN XING

风圣大鹏 著

出版统筹	刘东风　冯晓立
责任编辑	庄婧卿
责任校对	雷亚妮
封面设计	即刻设计
出版发行	陕西师范大学出版总社 （西安市长安南路199号　邮编710062）
网　　址	http://www.snupg.com
印　　刷	陕西龙山海天艺术印务有限公司
开　　本	700 mm×1000 mm　1/16
印　　张	13
插　　页	2
字　　数	225千
版　　次	2022年9月第1版
印　　次	2022年9月第1次印刷
书　　号	ISBN 978-7-5695-2815-2
定　　价	49.00元

读者购书、书店添货或发现印装质量问题，请与本公司营销部联系、调换。
电话：（029）85307864　85303629　　传真：（029）85303879

目 录 | CONTENTS

第 1 章　初来青山村　　　　　　　　　001

第 2 章　王莎莎的家　　　　　　　　　004

第 3 章　受伤　　　　　　　　　　　　007

第 4 章　被说管闲事　　　　　　　　　009

第 5 章　家访　　　　　　　　　　　　012

第 6 章　打疫苗　　　　　　　　　　　015

第 7 章　再次家访　　　　　　　　　　018

第 8 章　带土特产回城　　　　　　　　021

第 9 章　众骂刘大河　　　　　　　　　024

第 10 章　准备开垦荒地　　　　　　　　027

第 11 章　苏哲奇被村民质问　　　　　　030

第 12 章　双方冰释前嫌　　　　　　　　035

第 13 章　再次捐钱买植株　　　　　　　038

第 14 章　蒋浩妈妈受重伤　　　　　　　041

第 15 章　蒋浩妈妈有救了　　　　　　　044

第 16 章	苏哲奇被质疑	049
第 17 章	刘大河跑了	055
第 18 章	王莎莎奶奶去世	059
第 19 章	刘大河回村	062
第 20 章	王莎莎被撵出家门	067
第 21 章	诬告事件假实锤	071
第 22 章	蒋浩妈妈收到捐款	074
第 23 章	准备迎接投资商	078
第 24 章	合作谈成	082
第 25 章	因为道路，合作不欢而散	087
第 26 章	暂停任教资格	091
第 27 章	村支书认清李莹真面目	094
第 28 章	李莹撤诉	099
第 29 章	苏哲奇恢复教学	102
第 30 章	刘大河进城挣钱	105
第 31 章	蒋浩妈妈出院	110
第 32 章	进城卖竹筐	114

第33章	帮蒋浩妈妈找到工作	118
第34章	曲医生比赛得第一	122
第35章	准备发展旅游业	125
第36章	刘大河出事	132
第37章	被旅游投资商拒绝	137
第38章	蒋浩到城里生活	140
第39章	苏哲奇，准备迎接挑战吧	144
第40章	蒋浩妈妈带蒋浩回村	151
第41章	可以修路了	153
第42章	找农家乐卖木耳	156
第43章	签下木耳合同	160
第44章	核桃销售到国外	164
第45章	杜坤木耳出事	168
第46章	杜坤资助孩子们上学	173
第47章	李莹得资助	178
第48章	卖出去的石榴烂了	180
第49章	种百合花	185

第 50 章	王莎莎回来了	188
第 51 章	孩子们要建设家乡	193
第 52 章	刘大河回来建设家乡	197
第 53 章	脱贫道路，任重而道远	200

第1章　初来青山村

苏哲奇看着此时已经阴云密布的天空，大雨仿佛随时都会倾盆而下。

还有一段距离，就到他这次要去支教的村庄了。

这时司机突然来了一个急刹车，还好他系着安全带，但脑袋还是实实地撞到了前面的座椅。

两人赶忙下车查看，原来是压到了一块石头。

"小伙子，前面的路你自己走吧，我这车都快颠废了。"司机说完，不等苏哲奇回应，已经自顾自地拿下苏哲奇的行李，调头扬长而去。

直到最后一团尾气消失在苏哲奇的视线中，他才反应过来，他被司机"抛弃"了。

这里只有这一条路，还崎岖不平，太阳被乌云遮住，影影绰绰的群山围在道路两边，前边还有一条蜿蜿蜒蜒的小河，但是此刻的苏哲奇可没有心情观赏这好风景。

他看着一地的大包小裹，突想：老妈干吗非要装这么多东西？这下好了，就自己一人，这些东西要怎么拿到村庄？

这次来支教，老妈是一千万个不放心，一直在责备他，才上大四就已经是党员了，毕业了无论是考研还是考公务员，前途都是一片大好，可他非要选择一个偏远的贫困山村支教。

面对母亲的指责和不理解，他只是简单地笑笑道："越贫困的地方才越需要帮助！"

天空响起一声惊雷，震得苏哲奇一激灵。

看来马上就要下雨了，要在下雨之前赶到村庄，不然这山路就更不好走了。

正在发愁之际，远处突然跑来了几个孩子。

他们跑到苏哲奇的跟前，用好奇的眼光打量着他，苏哲奇的眼神中也充满疑惑。这几个孩子看样子也就十一二岁。

为首的高个子男孩率先开口："您是苏老师吗？"

苏哲奇还是第一次听见"苏老师"这个称呼，心里顿时升起一种异样的感觉。

"我是，你们是谁？"苏哲奇反问道。

"苏老师，我叫蒋浩，他是程孝强，她是王莎莎，我们是青山小学的学生，是校长说您今天会来，让我们来接您的。"蒋浩指着一个胖乎乎的男孩和一个瘦瘦的女孩说道。

"苏老师，我们快走吧，我爸说，今天会有大雨呢！"苏哲奇还没来得及说话，这个叫程孝强的胖男孩搬起他的行李，就要往前走。

"苏老师，那我帮您拿这个吧！"一直不说话的王莎莎也拎起了一个小一点的包。

苏哲奇有些不好意思，身为老师还让这么小的学生们帮他拿东西。

蒋浩和程孝强已经抱起了包在旁边等着了，苏哲奇对大家说道："谢谢你们了，同学们，莎莎，你就不用拎了，这些包我自己就能拿。"

说完他掏出了几块压缩饼干递给这几个孩子，王莎莎看到压缩饼干时眼睛亮了一下，她上次吃饼干还是去年春节的时候她妈妈买回来的呢。

其他两人对于压缩饼干也很好奇，平时在这村子里，要是哪个孩子能吃块普通饼干都已经非常奢侈了，这压缩饼干还是第一次听说，究竟是什么新奇玩意？

"谢谢苏老师。"大大咧咧的程孝强率先接过饼干，直接将包装打开，咬了一大口，立刻惊呼道："哇，这个饼干竟然有肉的味道。"

蒋浩看着程孝强一脸满足的表情，对压缩饼干更加好奇了。他也接过了一块，试探性地咬了一口，确实好吃！

只有王莎莎，低着头，怯怯的，不敢伸手。

苏哲奇把饼干的包装打开，递给了王莎莎，王莎莎用极小的声音腼腆地说道："谢谢苏老师……"

她咬了一小口之后，脸上的表情也带着说不出的喜悦。

"这个饼干就是肉松味的。"苏哲奇向大家解释。

程孝强和蒋浩三两口就把饼干吃没了，只有王莎莎，咬了一小口之后就把饼干揣起来了。

想不到母亲怕他坐车饿，顺手放在他兜里的压缩饼干，竟然给这几个孩子带来这么大的快乐，他看见孩子们的笑脸，突然觉得这一路的颠簸，真是值了。

程孝强吧嗒着嘴，意犹未尽地边走边说："苏老师，这个压扁饼干真好吃，下次我爸去城里，我要让他给我买点，这玩意是怎么卖的？"

"什么压扁饼干呀，苏老师给咱们的叫压缩饼干。"蒋浩立刻纠正道，两人都哈哈大笑起来。

王莎莎跟在他们身后默默走着，脸上也泛起了浅浅的微笑。

苏哲奇脑筋一转，突然想考考同学们："孩子们，压缩饼干三元一块，五元两块，十元五块，买三十元的还能再打九折，你们说，我花了四十五元，一共买了几块饼干？答对的同学我会再奖励一块。"

"啊，苏老师，压缩饼干这么贵呀，我可不吃了。"程孝强挠着脑袋，躲避着苏哲奇的问题。

"二十二块。"蒋浩回答道。

"不对，是二十三块。"王莎莎在后面小声地说道。

"二十三块，回答正确。"苏哲奇把兜里的最后一块饼干给了王莎莎，虽然这题不难，但是没想到王莎莎这么快就算出来了。

蒋浩还在疑惑："苏老师，为什么是二十三块呀！"

苏哲奇让蒋浩回家再好好算一下，明天上课的时候会给他讲。

一路上，程孝强都在问城里还有什么好吃的，苏哲奇耐心给他们讲，很快就和孩子们打成了一片，孩子们都觉得这位城里来的苏老师一点架子也没有。

不知不觉就到了村口，有几个坐在树下闲聊的村民，看见苏哲奇和几个孩子进了村子，他们全都不说话了，齐刷刷地看着他们。

苏哲奇感受到了大家的注视，虽然这注视没有包含任何的不友好，可能只是好奇，但这些眼神使得他浑身不自在。

天空之中又划过几道闪电，震耳欲聋的雷声响彻天际，几滴零星的雨滴开始飘落。

"苏老师，快走吧，大雨马上就来了。"蒋浩带着苏哲奇一路小跑，终于跑到了学校。

校长已经在门口等他们了。突然狂风大作，苏哲奇还没来得及和校长打招呼，顷刻间大雨就"砸"下来，门被风吹得"嘎吱嘎吱"响，来回晃动着。

"快进去，进屋再说！"校长把几个人都推了进去，雨点"噼里啪啦"猛烈地打在窗户上，校长赶紧把门关上。

苏哲奇和校长简单地寒暄了几句，王莎莎在一旁突然"哇"的一声哭了。

第2章　王莎莎的家

"莎莎，你怎么哭了？"苏哲奇关切地问道。

蒋浩和程孝强面面相觑，站在一边，脸上摆出一副"我可没欺负她"的表情。

"这么大的雨，我担心奶奶，她一个人在家。"王莎莎抽抽搭搭地说。

原来懂事的莎莎是因为这事才哭。

校长在一旁安慰莎莎："莎莎，雨一会就停了，奶奶不会有事的。"

大雨砸在窗户上，丝毫没有停的迹象，玻璃已经变得雾蒙蒙的，不停地往里面渗雨，外面现在变成什么样已经看不清楚。

"小苏老师，真不凑巧，你刚来就赶上这么大的雨，要不一定好好招待……"校长客气话还没说完，棚顶又有两个角落开始小面积漏雨。

"快，快拿盆接着。"大家手忙脚乱地忙活着。

窗户也被风吹得发出"呼呼啦啦"的声响，只听"啪"的一声，有块玻璃被大风吹落在地，玻璃碎溅得四处都是。

苏哲奇赶紧将几个孩子拽到一边："你们不要在窗户附近站着，窗户随时都有再次破裂的危险。"

"苏老师，我真的好担心奶奶，我家的玻璃还没学校的结实，不知道会不会也碎了……"王莎莎说完，又哭了出来。

"莎莎，你爸爸妈妈会照顾奶奶的。"苏哲奇轻轻拍拍王莎莎的头，这么大的雨，他也不知道该怎么办才好。

校长把苏哲奇拉到一边，悄悄对他说："王莎莎的爸妈带着她弟弟出去打工了，两三年才回来一次呢，家里的活都是莎莎干，莎莎的奶奶身体不好，她还要照顾奶奶，不过莎莎真的非常懂事，学习上也是个好苗子，每次考试都能考第一。"

王莎莎的手里还紧紧攥着苏哲奇给她的压缩饼干，那本来是她想带回去给奶奶吃的。

苏哲奇听完校长的话，心里一阵难受，莎莎小小年纪就要承受这么多，城市里的孩子像她这么大的时候，恐怕连袜子都不会洗，上学都要父母接送。

几人都目光凝重地看向窗外，期待着雨停，校长在一旁念叨着："哎，学校其他的教室还不知道漏进多少雨呢，明天可怎么上课呀！"

苏哲奇他们在校长办公室等了两个小时之后，雨渐渐小了。

王莎莎见状，就准备往家跑。

苏哲奇担心她一个人，立刻拉开行李箱翻找雨伞："莎莎，雨还没停呢，我送你回去。"

突然响起急促的敲门声，校长刚打开门，一个村民直接进来，火急火燎地说道："校长，可急死我了，看见王家那女娃娃没有，她家出事了！"

王莎莎一听家里出事了，赶忙上前："李大伯，我家出什么事了？"

这李大伯是王莎莎家的邻居，平时看王莎莎懂事，对她颇为照顾。

苏哲奇心中顿时升起一股不好的预感。

王莎莎的家里一定出了要紧的大事，不然李大伯不会冒雨出来找王莎莎，可是王莎莎一个十一岁的小女孩，又能解决什么呢？

"哎哟，莎莎，可找到你了！"

校长好奇地问："老李，你先别慌，到底出什么事了？"

"刚才雨下得太大，王莎莎家东侧的土墙被冲垮了，我听到声音赶紧翻墙进去，但是墙塌了，瓦片碎了一地，我一个人根本搞不定，也没找见老太太！那房子垮下来的声音太大了，大得吓人。"李大伯说道。

"老李，莎莎她奶奶到底怎么样了？"校长听了李大伯的话，也不免担心起来。

李大伯气得直跺脚："就是没找到她！房子墙倒了，我一个人也没敢进去翻找，喊了也没人答应，给莎莎爸爸打电话也没人接。校长，我们赶紧找人一起看看去！"

王莎莎再也忍不住了，她冒着雨冲了出去，此刻她迫切地想见到奶奶。

李大伯还在后面喊："莎莎，打把伞呀，你这么跑会淋湿的！"

"校长，我去莎莎家看看。"苏哲奇说完也跑了出去。

"校长，这个年轻人是谁？"李大伯这才发现，屋子里还有苏哲奇这么个人。

"这是学校新来的老师，刚来的第一天就赶上这么个事，哎……也不知道他看见咱们村子这情况，还能不能继续留下来教书了。"校长语气惆怅，生怕苏哲奇一走了之。

"哎哟，我的大校长，现在哪还有闲工夫管他走不走，咱们先去莎莎家要紧！"李大伯说完，也和校长冒着雨朝莎莎家一路小跑。

虽然下的只是淅淅沥沥的小雨，但是从学校到王莎莎家，几个人也都被淋湿了，苏哲奇把伞移到王莎莎的头顶。

"奶奶，奶奶，你在里面吗？"王莎莎急切地朝里面喊着，没有听见奶奶的回应，她就急着要往屋里冲。

还好李大伯一把抱住她："莎莎，这可不能进呀！你家这房子说不上什么时候还会再塌的，危险。"

附近的几户邻居也都冒雨跑来，院子里围满了人。

只见本就不大的院落东侧，墙体倒塌，木质的大梁倾斜在地上，东侧房屋的瓦片碎落一地，幸好，还剩下一侧的墙，这才保住了西侧的房屋。可以想得出倒塌的瞬间是多么的可怕。

此时，容不得任何人思考太久，大家都想赶快找到王莎莎奶奶。可是不管怎么喊，都没有听见王莎莎奶奶的回音。

她在哪呢？

"大家在这里等我，我去看看里面的情况。"校长撸起衣袖，交代了一下后续的事情，便准备上前查看。

苏哲奇冲上前去，一把抓住了校长的胳膊，他摇摇头半开玩笑地说道："校长，我去，这里面还不知道什么情况，我年轻，这种好事应该交给我。"

校长眉头紧锁，眼前这位年轻人，已经令他刮目相看。他拍了拍苏哲奇的肩膀，表示同意。

围观的村民开始议论纷纷。

"这么危险，这位新老师真能进去吗？"

"可不敢让他进去，上边的人别再来找咱们兴师问罪，没准还得赔钱呢！"

苏哲奇听见村民的谈论声，大家越说越起劲，丝毫没有回避他的意思。

王莎莎还在哭，苏哲奇不在乎别人的看法，他现在只关心王莎莎，如果现在不进去救她奶奶，万一莎莎奶奶在里面，那么每耽误一秒都会有生命危险。

想到这里,他扔下雨伞,径直冲进了房里……

第3章 受伤

耳后只听见了校长的声音:"小苏老师,别冲动呀!"

但是苏哲奇已经跑进了屋子。屋内湿哒哒的满是泥泞,踩上去滑溜溜的,一不小心可能就会摔个大跟头。

房屋的横梁横七竖八的倒着,墙体、瓦片在屋子中间堆起了一个土堆。

王莎莎的奶奶该不会在里面吧?墙已经塌了很久了,老人岂不是有生命的危险,那他又该怎么向王莎莎交代?

他弯腰钻过房屋中斜倒在地上的横梁,蹲下身子叫了几声"王奶奶,王奶奶"。但是没有回应。

他在屋子里四处寻找,想找一个工具挖开土堆。

这时他却听见了哼哼唧唧的声音,顺着声音来源看去,看到王莎莎的奶奶已被压在了柜子下面动弹不得。

千钧一发之际,苏哲奇用尽全力将柜子挪开,趴在王奶奶的耳旁,轻声地问道:"王奶奶,您没事吧?"

王奶奶微弱地回答:"没……"便没了声音。

苏哲奇用力抱起王奶奶,此时的苏哲奇完全不像一个刚刚毕业不久的大学生,他在凌乱的废墟中钻来钻去,努力向着屋外跑。

不曾想房顶的一大片淤泥脱落下来,苏哲奇躲闪不及,淤泥就重重地砸在他的头上。

苏哲奇一个踉跄,险些摔倒,瞬间觉得天旋地转,只听见门外响起了惊呼声,但他的眼睛已经被淤泥盖住什么都看不见了。

他抱着王奶奶艰难地往前走,大腿像灌了铅一样沉重。

直到他又感受到了雨滴落在身上,周围人七手八脚地接过王奶奶,他才彻底失去意识,昏倒在雨地里。

等他再次醒来时，已躺在宿舍的床上，意识还没有完全清醒，耳边传来说话声。

"校长，小苏老师已经没什么事了，一会儿就会醒，我就先回诊所了，有问题再给我打电话。"那是一阵清脆的女声，苏哲奇还没完全睁开眼，只看见一个模模糊糊的白色身影。

"小曲医生，麻烦你了，多亏了你呀！"校长说完就将人送出了门外。

苏哲奇挣扎着坐起来，校长正巧进屋："小苏老师，你醒了呀，还有没有不舒服？"

"校长，我没事了，就是脑袋感觉胀胀的。"苏哲奇伸手去摸自己的脑袋，发现已经蒙上了一层纱布。

"小苏老师，你被掉下的淤泥砸昏了，还好只是擦破点皮，没有大碍，刚刚咱们村子的曲医生已经来为你包扎过了。"校长把苏哲奇的枕头靠在了他后背上。

苏哲奇立刻想到王莎莎："王奶奶怎么样了？还有莎莎，他们现在在哪？"

"小苏老师，王家的事真是多亏了你，你放心，王奶奶在曲医生的诊所，没啥大事，慢慢恢复就好了，就是他家的房子不能住了，不过莎莎的爸爸已经回来了，给莎莎安排了新的地方。哎，这可怜的孩子呀！"校长说完又愁容不展。

"校长，您带我去看看莎莎吧！"苏哲奇说完就下床穿鞋。

"小苏老师，你真是太有责任心了，不过你这个身体状况能行吗？还是多休息吧！"

校长没想到，苏哲奇才来了这么短的时间，对学生却这么关心，之前他还担忧，这城里新来的老师会看不上这里，现在心已经放下了一半。

"没事，咱们现在就去吧！"苏哲奇说完就朝门外走去，校长赶紧上前扶住他。

两人走了很长一段距离，这才走到王莎莎的住处。

苏哲奇看到王莎莎现在住的房子时心都凉了一截，这个房子来时路过看见了，已荒废了许久。

房子本来是用木架子简单搭的，之前没有人住，王莎莎搬来之后，在墙体有空隙的地方都塞上了茅草，窗户架子也粘上了报纸，尽量不让风透进来。

再下雨的话这房子肯定会有危险，王莎莎的父亲竟然会让女儿住这种地方！

进屋之后看到的场景更让人难受，屋里根本没有电，煮饭的大锅里只漂浮着几片绿菜叶。

"莎莎，你就吃这个吗？"苏哲奇指着菜叶不忍地问道。只听说王莎莎家较一般的家庭贫穷，却也没想到会穷到这个地步。

"苏老师，校长，你们怎么来了？"王莎莎眼中闪过一丝惊喜，又自卑地低下头。这几片菜叶就是她的晚餐，但是她不想让别人看到，不想让别人可怜她，特别是她敬爱的苏老师。

"苏老师，我过几天就搬走了，爸爸说我家的房子需要修修，所以我只是暂时住在这里。"

"可是这里连灯都没有，你一个人晚上不怕吗？"苏哲奇说话的时候心中泛着酸楚。

"没关系，苏老师，以前的房子虽然有灯，但是我和奶奶也不怎么用的。"王莎莎坚强地笑笑，苏哲奇的心中却更加难受。

"校长，可以让莎莎先住我的宿舍吗？我来这个房子住！"苏哲奇把校长叫到一旁，低声说。他实在不敢想，一个小姑娘独自一个在没有灯的屋子里会多害怕，而且也不知道会不会有危险。

"小苏老师，你的好意我知道，但是恐怕村子里会有人说闲话呀！毕竟……"校长的话没说完，但是苏哲奇已经知道校长的意思，毕竟他是一名男老师，如果是名女老师，还能好办一些。

校长见苏哲奇愁眉不展，安慰他道："小苏老师，莎莎她爸这几天就把房子修好了，你也别太放在心上……对了，我想到一个地方，可以让莎莎先去那住几天。"

"是哪呀，校长，安全吗？"苏哲奇不解地问道。

校长一拍脑门，接着说道："刚才怎么没想到，我可以先把莎莎送到曲医生那里住几天，绝对安全，这个你就甭操心了。对了，小苏老师，还没有给你接风呢，咱们去我家喝点，我和你聊聊学校的事。"

苏哲奇毕竟还要熟悉工作，面对校长的邀请，盛情难却，只好答应，不过他带上了王莎莎，看着王莎莎干瘦的样子，想让王莎莎也去吃点好的。

第4章 被说管闲事

校长做了一桌子的菜，热情招呼着苏哲奇："小苏老师，你别客气，这都是咱们当地的特产，今天咱爷俩好好喝一顿。"

苏哲奇先给王莎莎夹了一块鸡肉，他才拿起酒杯和校长猛干了一口。

这酒乍一喝，又烈又辣，苏哲奇勉强咽了下去，他也不是不会喝酒的人，但这酒他喝下一口就干咳了好几下。

校长见状大笑不已："哈哈，小苏老师，这酒一般人我还不拿出来呢，这可是我自己酿的高粱酒。"

校长说完，又撞了一下苏哲奇的杯子，抿了一小口，流露出一副回味无穷的表情。

苏哲奇也跟着喝了一小口，再入口时没有刚才那么辛辣的感觉了，反而有一种甘甜和醇香回味在口腔。

"小苏老师，莎莎奶奶的事情真是谢谢你了，我相信你会是一名好老师，我替莎莎家属和学生们敬你一杯。"校长说完，又一杯酒下肚，面色已经微红。

"校长，千万别这么说，帮助学生是我应该做的。上面派我来，不只教书，还得帮助大家，所以您千万别跟我客气。"苏哲奇见校长这副架势，脸都红了，看来今晚是要和校长不醉不归了。

"谢还是要谢的，小苏老师，之前听说你要调过来的时候，我看你资料，还好奇你怎么能年纪轻轻就是党员了呢，现在见识到你的为人，我终于理解了，你这样有责任心的青年就是实至名归嘛。"

校长说完又不停地给苏哲奇和王莎莎夹菜："妮，你们两个都吃了，都吃了，不准剩菜。"

苏哲奇尝了一口校长夹的凉拌木耳，那木耳清脆爽口，吃在嘴里薄而有弹性。

"校长，这木耳的口感真好，也是咱们这儿的特产吗？"苏哲奇忍不住啧啧称赞。

"当然了，小苏老师，不是特产我还不给你往桌子上端呢，我现在就去给你装点，你在宿舍做饭吃。"校长说完就起身。

苏哲奇连连摆手，他可是一道菜都不会做呀！

"小苏老师，你别客气，咱这特产，又不值几个钱。"

说话功夫，校长已经给苏哲奇找出了好几个袋子："小苏老师，这里面是核桃，我专门给你准备的，补脑的，教学最辛苦了。这里面是石榴，你尝尝咱这石榴，酸酸甜甜的。还有这些，就是木耳了，缺啥少啥，再来跟我说。"

"这可不行，校长，我不能刚来就收这么多东西，我是来教书的，不是享福的，更何况，我身为一名党员，有这些好东西都先紧着群众，不能先给我。"苏哲奇受宠若惊地说道。

校长听完哈哈大笑:"小苏老师,都说了,给你的这些东西是咱们这儿的特产,家家户户都有,不值几个钱的。"

苏哲奇看着这各色各样的土特产,哪一样在城里卖的不贵?这些东西要拿到城里走亲访友都倍有面子,但是在这个小村子里却不值钱。

吃完饭之后,校长把王莎莎送到了曲医生的诊所,苏哲奇则独自回了宿舍,想不到来的第一天就受伤了,这里的环境与市里真是大相径庭。

不过好在,今天见到的那几个学生都很朴实,校长也很热情,他来到这里的最初目的就是教书育人,改变这里,让孩子们走出大山,所以无论面对多艰难的环境,也没什么好抱怨的。

第二天醒来的时候,已经十点多了,苏哲奇用力揉揉眼睛。还好他早来了两天熟悉环境,今天不用上课。昨天和校长喝了挺多酒,不知道他现在醒来没有?

苏哲奇穿上衣服,来到校长办公室,才想起今天周日,校长也没有来。

他突然想到王莎莎,她家的房子这两天还在修葺,趁着今天没事,可以去帮她一下,早点修完,省的她住别人家里。

苏哲奇一路打听着王莎莎家的位置,他发现这个小村子的房子多数都是土房,走了半天,这才找到王莎莎家,王莎莎的爸爸领着几个人正在修房子。

说是修房子,其实也没有大的改善,就是将被雨冲垮的那堵墙,重新砌上。

"你们好,请问谁是莎莎爸爸,我是莎莎的老师。"苏哲奇先上前打招呼。

一个满脸褶皱的中年男人走来,脸上有掩饰不住的疲态,胡子好像好几天没刮了:"是苏老师来了呀,我就是莎莎的爸爸,有什么事吗?"

王莎莎爸爸王瞬脸上一点表情都没有,不咸不淡地说着,旁边的几个人看了看苏哲奇,谁都没有打招呼。

苏哲奇顿时感受到了一股低气压:"莎莎爸爸,听说你家在修房子,我是来看看能不能帮上什么忙的。"

"不用了,苏老师,这里的活都快干完了,您去忙吧,学校还有很多事要处理吧。"王莎莎的爸爸口气不容置疑,直接拒绝了苏哲奇,旁边的几个工友发出几声冷笑。

"莎莎爸爸,学校也没有别的事情……但是,我担心您继续用土砌的话,再下大雨可能还会有危险。"苏哲奇犹豫了半天,还是将对房子的顾虑说了出来。

"不碍事的,家里就两口人,下次下雨莎莎带着奶奶躲到那个屋子就好了。"王莎莎的爸爸明显没把苏哲奇的话放在心上,也没把女儿和母亲的安危放在心上。

"莎莎爸爸，咱们一次修到位了，以后莎莎和奶奶住的也安心呀！"

王莎莎的爸爸笑笑刚要说话，他旁边的工友立刻不乐意了："哎，我说你这城里来的苏老师烦不烦，这活我们想怎么干就怎么干，你一个城里人懂什么，不用你在旁边指指点点。"

"我……我就是来帮忙的。"苏哲奇没想到工友的反应会这么强烈，这不是好心办了坏事吗？

"你还好意思说呢，要不是莎莎去接你，她奶奶哪会一个人在家？如果不是一个人在家又哪会发生意外？城里人就会装模作样。"

工友说话丝毫不留情面，字字戳心，苏哲奇一句话都说不出来，因为莎莎确实是因为接他才不在家，他的心里又何尝不内疚。

"好了，好了，别说了，苏老师他也是好意。"莎莎爸爸赔着笑脸过来打圆场。

"什么好意，他什么都不会干，就在这指手画脚，真是狗拿耗子多管闲事。"

工友说话咄咄逼人，苏哲奇一时间陷入尴尬的境地。

莎莎爸爸赶紧将工友拉到一边。

苏哲奇忘记了那天是怎么回到的宿舍，只记得工友愤愤不平的声音一直在耳边回荡，他只是想去帮忙，不知道村民怎么会这么仇视他。

刚来的时候，他的确是抱着一腔热血，他想做的，不只是教书，还想从根本上解决村民的困难。

现在看来，以村民对他的态度，正常沟通都很费劲了，要是想解决困难，那无异于比登天还难。

这也让他心里初次产生了抵触和一丝后悔的情绪，当初不顾母亲和同学的劝阻，执意来到这里，是做错了吗？

第 5 章　家访

一夜无眠。

苏哲奇早上起床的时候，眼睛里满是红血丝。

今天就是正式上课的日子了，无论昨天发生了什么，心情是怎样的，都不能把负能量带入课堂。

他早早来到了班级准备教案，校长给了他一份资料，上面把每个学生的学习成绩和家庭状况都写得清清楚楚。

同学们陆陆续续也来了，他只认识王莎莎，蒋浩还有程孝强，都是第一天来接他的同学。

蒋浩热情地告诉大家讲台上的就是新来的苏老师，同学们都投来好奇的目光，看得苏哲奇很不自在。

他昨天也和校长了解过，青山小学教师资源稀缺，之前也来过几名老师支教，但是因环境太差，都没坚持太久就走了，只有一位姓张的老师毕业之后就来支教，已经坚持了六七年。

校长教一年级和二年级，张老师教三年级和四年级，苏哲奇的心里对校长和张老师都升起一股敬意，这么贫困的地方，难为校长和张老师都能苦苦坚守，尤其是校长，已经坚持了二十几年。

终于，上课铃响了，苏哲奇教的是五年级，马上就要升初中的年级，但是班级里只有六名学生。

同学们各自都做了自我介绍之后，他让每一个同学都写了一篇作文，题目是"我的理想"。

程孝强扭动着胖胖的身体叫苦不迭："苏老师，怎么第一节课就要写作文呀？"

王莎莎学习成绩好是毋庸置疑的，但是程孝强的成绩差也是大家公认的，有时候甚至都不及格。

小学都不及格意味着什么？意味着初中没学校愿意要。

"每个同学都要写，写不完的话……"苏哲奇把话说了一半，想看看同学们都是什么反应。

程孝强立刻接话："苏老师，是写不完不准回家吗？那我就晚一点回去吧！"

同学们都哈哈大笑，王莎莎已经低头在写了。

"写不完可以回家，不过我会去做家访。"

听苏老师这么说，刚刚几个看热闹的也已经开始动笔了，只有程孝强还在左顾右盼："苏老师，你说的是真的吗？"

"说到做到。"

苏哲奇说完，程孝强也开始不情愿地动笔了。

下课之后，同学们把作文都交了上来，王莎莎字迹工整又干净，其中给苏哲奇触动最深的一句话是："长大之后，我不想变得多有钱，我只想像苏老师一样，做一个对社会有用的人。"

苏哲奇觉得他为王莎莎做的一切都没白做，莎莎是一个懂得感恩的女孩。

其他同学写的无非也就是当科学家，当警察，当作家，只有程孝强写了个开头，就不再往下写了："我的理想是当一条懒懒的虫子，每天什么都不用做，除了晒太阳，就是吃东西。"

苏哲奇看完甚至笑了出来，小学生没经历过人间疾苦，想法总是千奇百怪。

校长说过，程孝强的爷爷头几年出去务工出了意外，工头赔了一笔钱，所以程家在这个小村子里，条件相对来说还算不错。

程孝强自然没有王莎莎那样的烦恼，所以他也不会有王莎莎那种奋发图强的精神。有人不求上进，有人却拼命想用知识改变命运。

程孝强已经偷偷走到教室门口，苏哲奇眼尖地发现了："程孝强，你去哪？打算逃跑吗？"

"不，不是，苏老师，我只是想上个厕所。"程孝强尴尬地挠着后脑勺，本来想偷偷溜走呢，看来苏老师的家访是非去不可了。

蒋浩也过来跟着凑热闹："苏老师，就算程孝强先跑了，我也知道他家在哪儿，到时候我领你去。"

程孝强白了蒋浩一眼，气愤地说道："哪儿都有你，哼！"

苏哲奇和程孝强来到他家门口时，程孝强犹豫着不敢进去。他家是砖瓦房，院子里盖了三间，比起王莎莎家的土房，条件确实十分优越，村子里恐怕数他家房子最大。

他家养的狗看到陌生人来了，狂叫个不停。程孝强的爸爸听到了狗叫声，赶忙走了出来。

"儿子，你回来了，这位是……"

程孝强低着头站在一边不敢说话，苏哲奇只好自己介绍："孝强爸爸，您好，我是孝强的老师，今天是来家访的。"

"原来是苏老师呀，我是孝强的爸爸程大柱，欢迎欢迎……你小子怎么不说话？是不是在学校又惹事了？"程大柱直接抽了程孝强的后脑勺一下。

苏哲奇明白了，难怪程孝强这么怕家访，原来是家有"虎父"："孝强爸爸，您不要打他，我来就是和您沟通孝强的学习状况的，提升他的成绩不只是在学校，回到家您也要多多督促。"

"苏老师，我也没啥文化，回家也没时间管教他，农活还有一大堆呢。说实话，我家也不指望这孩子以后多么出人头地，嘿嘿，苏老师，您来一根不？"

程大柱大大咧咧地说着，一边说一边把耳朵上别着的烟拿了下来。

苏哲奇摇了摇头拒绝，他可从来不抽烟："孝强爸爸，我之所以来支教，就是希望孩子们将来能够走出山村，孝强小小年纪，当然要用心学习了，这与您的管教也是分不开的。"

程大柱听苏哲奇这么说就不乐意了："苏老师，您这意思是我管教得不好？"

"我没有说您管教的不好，我只是说您还需要加强管教，孝强成绩不好，您不能对他放任不管，虽然现在都是九年义务教育，但是以孝强现在的成绩，恐怕没有初中想要他。"

苏哲奇如实地把程孝强的状况说了出来。

"苏老师，您这么说话我可不乐意了，他成绩不好，也是在学校出的问题，那是你们老师没教好，可不能怪到我们家长头上。"程大柱说完话直接把烟头扔在了地上，瞪着眼睛看着苏哲奇。

第 6 章　打疫苗

苏哲奇错愕地站在原地，程孝强更是连大气都不敢出。

本来是一片好心来家访，怎么弄得和昨天去王莎莎家的状况一样，苏哲奇忍不住想：究竟是沟通方式不对，还是这里的人听不懂我说的话？

"孝强爸爸，看来今天我们已经不能沟通了，我先回去了。"苏哲奇转身就要走，他迫切地想让自己冷静冷静。

程大柱拉着程孝强就要进屋，没想到开门的瞬间大狗就扑了出来。

"孝强……"苏哲奇看到大狗朝程孝强的方向跑去，他惊呼了一声。

随即他一下子扑在程孝强身上，程孝强这才没被大狗咬到。

程大柱赶紧上前把大狗拉开："旺财，你抽什么风，快给我起来。"

程孝强也将苏哲奇扶起："苏老师，您没事吧？"

"我没事，你没有被吓到吧？"苏哲奇仔细看了看程孝强身上，见没有受伤，他松了一口气。

大狗也没有咬到苏哲奇，不过他的手臂上被划出了一个触目惊心的红印子。

程孝强的父亲也有些害怕了，说起了软话："苏老师，对不住呀，它平时很老实的，不知道今天是怎么了，我让孝强送你回学校吧？"

"不用了，孝强爸爸，我要先去诊所，打一针狂犬疫苗。"苏哲奇不免担心，这么小的村子，诊所里面能有疫苗吗？

程大柱听苏哲奇这么说，又发火了："什么？还要打狂犬疫苗？苏老师，你连血都没出，打疫苗没必要吧？"

"狂犬病都是有潜伏期的，无论是被狗咬伤还是抓伤都应该打狂犬疫苗。"苏哲奇已经懒得和程大柱解释了，转身就要离开，现在打上疫苗才是重要的事。

"我们村子家家户户都有狗，被狗抓伤那是常有的事，你问问这村子，有几个人没被狗抓伤过，也没看谁打疫苗，更没人得狂犬病。"程大柱在后面不依不饶。

周围已经走出了几户村民来看热闹，又开始指指点点。

两个人就僵持在原地，好好的家访最后竟然要弄到不欢而散："孝强爸爸，注意你的态度，狂犬病的发病致死率是百分之百，被狗抓伤打疫苗是基本常识，疫苗我今天一定要打，你不能阻止。"

这么多邻居都在，程大柱脸上有点挂不住，就开始冷嘲热讽："这城里人真娇贵，一点小伤就要打疫苗，您还不如回城里当您的少爷算了！"

程孝强在一旁小声说道："爸，确实是咱家的狗抓伤了苏老师，你别和苏老师吵了。"

程大柱又一巴掌抽在了程孝强的后脑勺："你个吃里爬外的东西，看我回去不收拾你。"他一边说着，一边拧着程孝强的耳朵进了院子。

苏哲奇心里知道，程大柱是怕赔偿疫苗的钱，少说也要几百块，所以才故意颠倒是非，不讲道理，刚才打程孝强不过是找个借口逃走罢了。

不过苏哲奇可没有要让程大柱赔钱的意思，他知道这里的人生活的不容易，闭塞又落后，虽然程大柱家比别人家家庭条件好点，几百块钱也是吃不消的。

但是诊所他还没去过,要先到学校麻烦校长和他一起去了。

"跟我去诊所吧!"耳边突然响起了一道清脆的女声,那声音以前好像听过。

苏哲奇回头一看,一个看起来和他年龄相仿,穿着白大褂的女孩正在前面等他。

女孩见苏哲奇没有动弹,又对他说:"我是诊所的曲医生,你想打疫苗就跟我走吧!"

原来她就是曲医生,难怪声音这么熟悉,上次他被淤泥砸昏的时候,就是曲医生给他包扎的伤口,但是曲医生走的时候,他还没完全清醒,只听见了她的声音,没有看见她的样子。

曲医生已经走在了前面,苏哲奇也赶紧跟上。到了诊所之后,曲医生就为他打了一针疫苗。

"下次接种的时间是三天之后。"

曲医生说完给了苏哲奇一张接种卡:"注意事项上面都有,需要忌口。"

苏哲奇连连点头:"还好这里有疫苗,不然村子交通这么不方便,出去打就来不及了。"

"本来也是没有的,但是我来之后就有了。"曲医生笑笑,让人有如沐春风的感觉。

"你是工作调动到这里吗?"苏哲奇接着问道,他看曲医生不像是这村子里的人。

"这个诊所是我爷爷开的,不过他年纪大了,所以我大学毕业之后就回来了。"曲医生解释着,干净清爽的短发披垂在耳边。

"哦,那你是回来建设家乡呀!不错不错,真伟大。"苏哲奇发自内心地赞美,原来曲医生这么无私。

"算是吧!不过这里可不好建设。"曲医生耸耸肩,开始整理桌子上的药品。

不知道为什么,苏哲奇感觉,曲医生说话让人特别舒服,她没有校长热情,但是给人的感觉总是暖洋洋的。

苏哲奇突然想到校长给他的那些土特产,就问曲医生:"这里的土特产很多,在外面都很值钱,别人不知道,你上过大学还不知道吗?怎么不告诉大家拿出去卖?"

曲医生白了他一眼,又笑道:"哈哈,你是不是走到哪都喜欢管闲事,爱教育人?"

"我这可不是管闲事,我是为了村子着想,我就觉得,我既然来了,帮大家想想办法脱贫也是应该的。"苏哲奇有点不好意思。

曲医生叹了口气,接着说道:"我逗你的,别当真呀,其实大家以前也把东西拿出去卖过,但是这里交通太不方便了,村民们如果把东西拿出去卖,来回要折腾好几天,还有路费钱、住宿钱,主要人工运输,一次也拿不了太多,所以也赚不到钱。"

苏哲奇心里明白了,归根结底,还是交通不便导致的。

"怎么不跟政府申请修路呀?"

"修路哪有那么容易,这里距离最近的车站也要上百公里,修路可是几千万的大工程,哪能说修就修。"

最后曲医生又无奈地说:"这里是改变不了的。"

苏哲奇没完全明白曲医生的意思,不过他们今天说的话,他都记在了心里。办法总比困难多,他既然来了,就一定会帮助这里的村民。

想到村民,又想起了在王莎莎家遇见的工友和程大柱,苏哲奇的心里不免又一阵堵。

第7章 再次家访

今天发生的事情让他的心里极度不舒服,他是一心一意为了群众好,群众不领情,他却不得不接受,毕竟改变不是一朝一夕就能做到的。

第二天醒来的时候,天刚蒙蒙亮,太阳还没完全露出来。来了这几天,都没能睡个好觉。

怎样都睡不着了,索性出去走走。乡村的早晨空气格外清新,整个村子都笼罩在一片静谧之中,这还是苏哲奇第一次认真观察整个村落。

这里依山傍水,远离城市,没有喧嚣,只会偶尔有几声公鸡的啼叫。

"苏老师!"

苏哲奇感觉有人在叫他,回头一看,蒋浩正兴奋地朝着他跑来。

"苏老师,你怎么起这么早?"

"我睡不着,就起来了,你怎么也起这么早?上课的时候可不准打瞌睡。"

苏哲奇发现将浩后面还跟着一个中年女人，她有着和蒋浩相似的眉眼，应该是蒋浩的母亲。

"这位就是苏老师吗？小浩经常提起你。刚才小浩和我去地里掰玉米了，苏老师，你别怪他，浩浩怕我累，我每次去他都在后面跟着。"

苏哲奇这才注意到，蒋浩和他妈妈都背着一个大竹篓。

"蒋浩知道帮你干活，说明他懂事着呢！"苏哲奇看着蒋浩背的一竹篓玉米，背都有些压弯了，额头上渗出细密的汗水。

"蒋浩，把竹篓给我吧，我帮你背到家。"苏哲奇说完就要接蒋浩的竹篓。

蒋浩把身体转到了一边："苏老师，我背得动，这些玉米一点都不重。"

蒋浩说完又故意向前跑了几步："苏老师，你看，真的不重。"

苏哲奇拿他没办法。

蒋浩妈妈说道："苏老师，小浩有些调皮，以后在学校他有什么不对的地方，该打该骂您尽管管教。"

苏哲奇连连摆手："蒋浩妈妈，您放心，每一个学生我都会用心管教，但我绝对不会体罚学生，暴力教育是不对的。"

"苏老师，小浩的爸爸去世得早，家里只有我和小浩两个人，我希望浩浩能好好学习走出大山，但是小浩的成绩一直不太理想，以后可要多麻烦你了。"蒋浩妈妈语气平缓地说着，说到走出大山的时候眼睛里闪烁着希望的光芒。

苏哲奇之前听校长说过，蒋浩的爸爸在他出生后不久，就脑出血去世了，蒋浩妈妈一个人抚养蒋浩，也着实不容易。

但是蒋浩妈妈对蒋浩的学习一直很上心，这一点比村子里的大多数家长做的都好。

"蒋浩妈妈，我最近正在整理适合每个同学的学习方案，我会根据蒋浩的实际情况，为他准备一套学习方法，帮助每一个学生是我的职责，我希望这里的孩子们都能走出大山。"

苏哲奇言辞恳切，蒋浩妈妈这才放心地点了点头。

随着公鸡的最后一声长鸣，太阳已经完全升起来了。

苏哲奇和蒋浩母子道了别，回到宿舍洗漱。

他来到教室的时候，王莎莎已经开始晨读了，不一会儿，同学们也都陆陆续续来上课了。

上课铃声已经响起，但是程孝强今天却没有来，苏哲奇向同学们问了一下，没有人知道程孝强为什么不来上学。

是程孝强家里出什么事了吗？但这么小个村子，如果真的有谁家出了事，那整个村子都传遍了，苏哲奇不会不知道。

那就只有一种可能了，因为程孝强的父亲。苏哲奇在心里暗自想着，看来今天下课之后还要再去程孝强家做一次家访。

下课之后，苏哲奇带着书本来到程孝强家。

程孝强家的大狗看见苏哲奇又狂吠个不停，程大柱听见院子外面有动静赶忙走了出来，发现是苏哲奇，脸都黑了一半，难道苏老师追到家里要钱来了？

"苏老师！"程孝强也跟了出来，看见苏哲奇非常惊喜。

苏哲奇把课本递给了程孝强："今天怎么没来上课？"

程孝强看到课本的那一瞬间，眼神立刻黯淡下去："我……我今天……"

他支吾了半天也没说出个所以然。

苏哲奇当然明白是怎么回事，他对程大柱说道："孝强爸爸，孝强今天没来上课，希望你以后能多多督促，他就快升初中了，这样下去是不行的。"

见程大柱不说话，苏哲奇又清了清嗓子接着说道："我的一切出发点都是为了学生考虑，不论我们大人之间发生了什么，都不应该上升到孩子。还有疫苗的钱，我……"

听到疫苗钱，程大柱不等苏哲奇说完就着急开口道："苏老师，您说昨天您连血都没出，只是被抓伤了一下，非得去打那个破疫苗，今天你又找上门来，究竟有完没完？"

程大柱这个急脾气，都不给苏哲奇解释的机会，一涉及钱的事，就开始发火。

"呦，老程，不在家吃饭，喊什么呢？"

苏哲奇刚想张嘴，就听见有人在叫程大柱，他循着声音望去，发现来的人就是那天在王莎莎家和他拌了几句嘴的工友。

"咳，刘老哥呀，也不是什么大事，这不，城里来的苏老师，昨天被我家的大狗挠伤了，连血都没出一下，非要去打狂犬疫苗，今天又来了！"程大柱和刚来的刘老哥抱怨着，全然没把苏哲奇放在眼里。

苏哲奇听见程大柱这么说，心里顿时也升起不满，只是，这次又未等他开口，刘老哥就接上了话："前几天我帮老王家砌房子，咱们的这位苏老师也过来指手画脚，这城里人真是又金贵又爱管闲事……你家狗把他抓伤了，那你就自认倒霉，赔偿他疫苗钱吧!"

最后这句话刘老哥是凑到程大柱耳边说的，但是声音却没有放低，明显是故意说给苏哲奇听。

第8章 带土特产回城

"刘大哥你误会了，没让谁认倒霉，疫苗钱我自己出就行。"苏哲奇皱了皱眉头说道。

"误会？你这个城里人就是矫情。"刘大哥抱着肩膀，横眉竖眼地说。

苏哲奇不想解释，今天的目的就是让孩子去上学。

谁也不知道程孝强什么时候走出来了，一脚踩在树枝上，一根树枝应声断成两半："刘叔叔，不许您这么说我老师。"

"你这孩子，大人说话你插什么嘴，不懂事，快回屋去。"程大柱转身看着抠弄手指的程孝强，皱着眉头说。

"我不回去，本来就是你和刘叔不讲理，合伙欺负苏老师。"程孝强虽然害怕，但还是走到苏哲奇面前，抬起头，坚定地维护他的老师。

"你这孩子怎么胳膊肘往外拐，不识好歹。"程大柱说完抬手就要打程孝强。

苏哲奇急忙把程孝强挡在身后，自己的肩膀却被程大柱打了一下。

苏哲奇用手捂着被打的肩膀，疼得眯起眼睛，强忍着，心想："好疼，还好被打到的是我，要是打到孩子就完了。"

程大柱看着通红脸的苏哲奇，他愧疚道："苏老师，没事吧？"双手停在空中，把手拿回来不是，把手放到苏哲奇肩膀上也不是，一时间尴尬不已。

紧接着他们就听到了"呜呜"的哭声，是程孝强在苏哲奇身后抽泣。

"对不起，苏老师，如果不是我，您就不会……"程孝强没说完就被苏哲奇打断："老师不怪你，你是懂事的孩子。"

苏哲奇又问："是你自己不愿意去上学吗？"

程孝强用糙黑的小胖手擦擦眼泪和鼻涕，"老师，我想上学。"又低下头小声地说,"就算学习不好,我也想上学。"

苏哲奇蹲下身,双手把着程孝强的双肩:"那老师明天等着你。"

说完,他真诚地看着程孝强的父亲:"程大哥,孝强是个好孩子,他很聪明,现在开始努力,一定能去个好初中。"

程大柱听到老师肯定他儿子,他想了又想,道:"苏老师,我知道该怎么办了。"

第二天清晨,阳光顺着窗帘的缝隙打进来,打在桌子上的钟表上,5点30分。

苏哲奇拉开窗帘,只见外面的草上还有水珠,苏哲奇打开窗户,呼吸新鲜空气:"还是乡村好啊!"

苏哲奇进入班级就看见程孝强已经坐在座位上,书本整齐的放在书桌上,而他正呲个小白牙向苏哲奇笑着。

苏哲奇也对他笑了一下:"好了,现在我们上课。大家把书翻到……"

只是一会儿的工夫,孩子们朗读课文的声音充斥了教室的每一个角落。

苏哲奇看到这些朴实的孩子心中感慨:朴实无华的孩子是最可贵的。

母亲从小就教育他:"小奇,做人一定要顶天立地,不一定要多么了不起,但一定不要忘本。"

他时刻记着"少年强则国强"。

母亲在报社工作好多年,苏哲奇记得小时候,母亲经常带他去报社,他在报纸上看到过类似青山村的文章,他那时候不懂,于是举起那张报纸问:"妈妈,真的有这么贫困的乡村吗?"

苏妈妈摸了摸苏哲奇的头:"当然有了,我们看不到罢了,那里的孩子能去上学的很少。"

"那您去过那里吗?"苏妈妈把苏哲奇抱在怀里,给他拿了另一张报纸,也是贫困的地方,"这些地方妈妈都去过,虽然那里的风景很美,但……"苏妈妈没有接着往下说,只是摇摇头。

从那时候起,乡村就在苏哲奇心里留下了印象,这也就是他不顾母亲和朋友的劝告,毅然决然来到青山村支教的原因。

"报社。"他忽然想起来母亲,拍了一下大腿,"对啊!我可以找老妈帮忙,但老妈能帮得了这个忙吗?"

"不管了,先回家再说。"苏哲奇找到校长,"校长,我想和您请个假,我想回家一趟。"

校长一听苏哲奇要回家，他司空见惯："你要是有什么想法就跟我说，我尽量给你争取最好的待遇。"

苏哲奇知道校长误会了，他立刻走到校长面前说："您误会了，我不是这个意思，我是想把咱们青山村的情况登到报纸上，让更多人看见。"

校长听完后叹了一口气："以前也有过这种想法，可没什么大用处。"又抬头看着苏哲奇，略显沙哑地说，"咱们村子不是不好，是很多好东西带不出去。"

"我打算让我母亲帮忙，把村子的情况发到报纸上。"苏哲奇扶着校长坐到椅子上。

"小苏老师，你这样为村子着想，真是太感谢你了。"校长激动地握住苏哲奇的手，"要是真能解决咱们村子现有问题，可真是帮助了孩子们，他们的未来就有着落了。"

"校长，我记得咱们村子有很多土特产，我能带回去吗？看看能不能卖出价钱。"苏哲奇问校长。

"当然能带回去了，要是能卖上价钱就更好了。走，我这就带你去问问。"校长心情激动，一下没站起来又跌坐在椅子上，苏哲奇赶紧把校长扶起来。

两人来到种植木耳的李大娘家，苏哲奇开口问道："李大娘，我想带点您家的木耳回城，看能不能卖出去。"

大娘眼神变了变，看了一眼苏哲奇，顿了下说道："你等着，我给你拿去。"

李大娘递给他一小袋，苏哲奇看了看这小袋的木耳问："大娘，能不能多拿点？"

李大娘什么也没说，又给他拿了几袋。

乡亲们看到拎着木耳要回城的苏哲奇，纷纷围在一起谈论此事。

"这不是李大娘家的木耳吗？李大娘家都那么穷了，这苏老师还惦记上了。"

"谁说不是呢，难道这城里人没见过木耳？"

苏哲奇看了看这些人，没有说话，而一旁的校长很不高兴："你们这些人懂什么？小苏老师自有打算。"

这时一道刺耳的嘲笑声传来："哟，矫情人要回城了，这怎么还拿着我们村的特产，怎么，要拿回去给城里人尝尝啊？"

校长瞪了一眼刘大河，呵斥道，"有你这么说话的吗？"

"我怎么了，校长，我说的是实话。"刘大河看到苏哲奇手里的木耳接着说："这不是李大娘家的木耳吗？这都让你拿来了，厉害。"说完向苏哲奇一脸嘲笑地伸出大拇指。

第8章 带土特产回城

苏哲奇心里很不高兴，但他只能苦笑："刘大哥，你误会了，我把村里的土特产带回去看看能不能卖上价钱。"

"别和他说了，跟他说不明白。"这时正好车来了，"车来了，快上车吧！注意安全。"校长拍着苏哲奇的背说。

"快回去吧！校长，我很快就会回来的。"苏哲奇却不知道这次回城，差一点回不来。

第9章　众骂刘大河

苏哲奇回到城里的第一件事，就是来报社找母亲。苏妈妈看见儿子大包小包，她很疑惑："儿子，你拿的都是什么啊，怎么这么多？"

"这是我拿回来的土特产，木耳。"苏哲奇拿起桌上的纸巾擦擦汗水回答。

"你拿这个干什么？木耳到处都有，你看，那里就有卖的。"苏妈妈说完指了指报社门口的一个木耳摊，主人正在吆喝："木耳，卖木耳喽，正宗的好木耳。"

苏哲奇看着门口的木耳笑了，心里想着："我们青山村的木耳肯定比他的要好很多。"

苏妈妈看了看墙上的表，5点整，"好了，儿子，我们回家吧，妈给你做好吃的。"

回到家，苏妈妈做了一桌儿子爱吃的菜。"妈，我想和您商量件事。"苏哲奇坐在饭桌前，拿着筷子说。

苏妈妈夹菜的手顿了一下，随后把菜夹到苏哲奇碗里："有什么话吃完饭再说。"

吃完饭后，苏哲奇帮母亲刷碗、擦地、收拾厨房，苏妈妈看到后很高兴："儿子，你怎么变勤快了？"

"我本来就很勤快，只是以前您没注意而已。"苏哲奇看见母亲很高兴，他想借这个机会把青山村的事和母亲说。

"妈，我想将贫困村的事情报道出去。"他看母亲没说话，以为这件事能成，就接着说,"我想为青山村尽一份微薄之力。"

苏妈妈听完儿子的话,她笑着摇摇头:"儿子,穷的地方太多了,你是帮不过来的。"

"可我想能帮一个是一个。"苏哲奇坐到母亲身边,握着她的手,"我们班里有一个叫王莎莎的女孩子,她学习很好,可是家里太穷,恐怕连高中都上不了,我想资助她直至上大学。"

"儿子,你想资助她可以,妈妈同意。"苏妈妈很了解儿子的性格,她知道儿子想资助更多的孩子,所以她要先挑明,"可你要知道咱们家的情况不是很富有,资助一个孩子是可以的,可如果你要资助更多的孩子,是万万不可能的事。"

苏哲奇惊住了:"妈怎么知道我要说什么?"

苏妈妈看着惊讶的儿子笑了笑,拿起桌上的报纸:"小奇你看。"只见报纸上有一行醒目的大字"贫困村调研"。

"这是?"苏哲奇错愕地看了一眼母亲,苏妈妈笑着点点头道:"妈妈前阵子去调研了。那里因病致贫的村民很多,有人在干农活时,不慎踩空摔下山坳,导致膝盖粉碎性骨折,高额的手术费,让他放弃治疗,最后病情愈加严重。很多人都是'小病拖,大病扛',这是很多贫困群众的真实写照。"

"小奇,青山村这件事不是妈妈不帮你,而是真的帮不了你。"苏妈妈说完就要站起来。

"妈,您等会。"苏哲奇说完一把拽住母亲,"您朋友多,能不能帮忙发个朋友圈,看能不能把木耳卖出去?"

就在刚刚母亲拒绝他的时候,苏哲奇突然想到了木耳。

苏妈妈转了转眼珠想:虽然青山村的事不能帮助小奇,但卖木耳这件事应该能帮他。

"那我得先看看木耳怎么样。"苏妈妈说。

"妈,你就放心吧!我拿回来的木耳肯定好。"苏哲奇对青山村的木耳很有自信。

过了半小时,苏哲奇拿泡好的木耳做了一道凉拌木耳,端过来让母亲尝:"妈,你尝尝,可好吃了。"

苏妈妈尝了一口:"真的挺好吃的,和外面卖的不一样。"

"那是,这是青山村独有的土特产。"苏哲奇骄傲地说,又催促苏妈妈快点发朋友圈。

苏妈妈看着眯着眼睛笑的儿子，拿出手机发了条朋友圈。果然，很快就有人联系了她。

就这样，苏哲奇拿着卖木耳的钱回到了青山村。在这之前，还出了一点波折。

苏哲奇临走的时候，苏妈妈递给他一个档案袋："我已经为你在城市安排了工作，青山村那边你就不要回去了，那个小姑娘我会资助她，至于木耳的钱……"

苏哲奇顿时就像炸毛的猫咪，打断了苏妈妈的话："什么？妈，您怎么能替我做决定？"

"我这是为你好，你在那个地方是没出息的，这个工作我已经替你安排好了，明天就去报道。"苏妈妈不容儿子反驳，说完后径直走了出去。

苏哲奇陷入了两难境地，一边是母亲，另一边是孩子们，不知如何选择。

"我该怎么办？"苏哲奇就像热锅上的蚂蚁，在房间里来回走动，脑海里突然闪现孩子们的身影，仿佛还听到了孩子们在叫他："苏老师，苏老师。"

苏哲奇猛地抬起头："对，我要回青山村，我答应了校长，孩子们还在等我。"

苏哲奇走到妈妈身边："妈，我是一名党员，给别人光和热，温暖的是我自己。再说我也不放心那些孩子。"

最后，在苏哲奇的软磨硬泡下，苏妈妈同意他回到青山村。

苏哲奇带着卖木耳的钱找到校长："校长，我要告诉您一个好消息，李大娘家的木耳卖出了好价钱。"

"真的吗？"校长听到这个消息后甚是高兴，"走，我们这就去李大娘家。"

"李大娘，在家吗？"校长激动地喊。

"在家呢，怎么了校长？"李大娘转头就看见苏哲奇站在校长身边，"小苏老师也来了，快进屋。"

"不了，李大娘，我这回来是给您送钱的。"李大娘不知道苏哲奇说的什么意思，"小苏老师，你给我送什么钱？"

"当然是卖木耳的钱了，我把您家的木耳带回城里，很多人都说好吃，说以后还要在您家买木耳。"苏哲奇说完把卖木耳的钱递给李大娘。

"小苏老师，太感谢你了！我为之前的态度向你道歉。"李大娘握住苏哲奇的手激动地说。

有几人路过李大娘家门口，问道："李大娘，你们在说什么呢？"

"是啊！什么高兴的事也和我们说说呗？"不管在哪都能看见刁钻的刘大河。

李大娘很愿意和他们分享自己的喜悦："小苏老师来给我送木耳钱。"

"小苏老师真的很厉害，居然把木耳卖出了，佩服佩服。"那个过路人笑着说。

"你们这些人就是大惊小怪，不就是卖点木耳吗？有什么了不起的，又不是什么大事。"刘大河怪里怪气地说。

苏哲奇霎时脸色发白，本来是好事，可经过刘大河这么一说，就像好心办坏事。

李大娘从院子端出一盆水，"哗啦"全浇在刘大河身上："刘大河你真是狗嘴里吐不出象牙，既然你这么能说，那怎么不见你把咱们村的土特产卖出去？"

"对啊！刘大河，怎么从没见过你为咱们村办一点好事，就看见你为难苏老师了？"过路的人也附和道。

"大家要和平相处，不要……"苏哲奇还没说完就被校长打断，"刘大河平时嚣张跋扈也就算了，可今天不行。"

刘大河一听所有人都向着苏哲奇说话，他脸色很难看："你们什么时候看见我欺负苏老师了？"

"我们现在都看着呢！"众人异口同声。刘大河看自己不占理，还被浇了个落汤鸡，只能愤愤离开。

苏哲奇看着'落荒而逃'的刘大河，他喊道："刘大哥，大家不是那个意思。"

"你不要猫哭耗子假慈悲了，你就会装，早晚有一天你的丑陋嘴脸会被识破。"刘大哥指着苏哲奇，愤恨地吼叫。

苏哲奇无奈地摇摇头，他第一次遇到这种人。

第10章 准备开垦荒地

苏哲奇和校长回到学校，他很不理解刘大河为什么对他是那种态度："校长，刘大哥是不喜欢我吗？怎么每次见到我都……"

"小苏老师啊！其实大河也是个可怜人，九岁那年他就失去了父亲，母亲还和别人跑了，这种性格也是那时候养成的，他只不过是嫉妒别人的生活罢了。"

校长又从抽屉里拿出一张照片，"你看，最左面的人的是刘大河的父亲，他为咱们村立下了很多功劳，当初为了青山村累倒了……唉！"

"希望小苏老师不要和大河计较。"校长说。

"放心吧！校长，我不会和刘大哥计较的，他是村里的'老人'，有什么事我还得向他请教呢。"苏哲奇坐在校长身边说。

"那就好，那就好。"校长欣慰地拍着苏哲奇的手。

"对了，校长，我还要和您说一件好事。我母亲同意资助王莎莎，一直到她上大学。"苏哲奇高兴地说。

校长听到苏哲奇的话后很高兴："真是太好了，这个苦命的孩子可算有点盼头了。"又抬起头看着苏哲奇，"那，其他孩子呢？"

苏哲奇知道校长担心其他的孩子，但他实在是无能为力，"校长，其他孩子我是不会放弃的。"

"谢谢你，小苏老师，以前从来没有像你这么负责任的老师。"校长站起身，"我替孩子们谢谢你了。"

"这是我应该做的。"苏哲奇赶紧扶校长坐下，"校长，我想为咱们青山村做点事情，想让青山村逐渐富裕起来。"苏哲奇不为了别人，也要为了自己的学生们做出一番成绩。

"小苏老师，你不管做什么，我都会支持你。"校长很相信苏哲奇。

"我想让咱们的村民种植一些土特产，像核桃、木耳、石榴之类的，这些特产很适合咱们这里的环境。"苏哲奇拿出一张纸，"这是我做的调研报告，它们的市场价都很贵，如果我们的特产也能拿出去卖，我相信一定能卖个更好的价钱。"

校长拿过那份报告，只见上面写着核桃三十元／斤，木耳四十五元／斤，石榴六元／斤……

其实，这个报告是苏哲奇回青山村的时候，路过一个农贸市场，他找到摊位最好的商家，问了核桃、木耳和石榴的价钱。

"我只知道这些东西很贵，但这么高的价钱是头一次看见。"校长摸着纸张上面的数字，"我们的特产能卖到这么高的价格吗？"

"要是成品好，质量好，应该比市场价还要高。"苏哲奇对青山村的特产很自信。

"好，我这就把大家召集到一起。"校长说完往外走去。

"校长，找我们干什么呀？如果没事的话我还得回家喂猪呢。"陈大娘说道。

"等会儿吧，小苏老师可能有话要说。"李大娘把着陈大娘的胳膊说道。

苏哲奇站在前面双手做出喇叭状喊道："很感谢大家能来到这里，我想请求大家种植一些当地的特产，像核桃、木耳、石榴，这些都是比较贵的东西，如果能带出大山销售，一定能卖上好价钱。希望大家能积极主动配合，谢谢。"

苏哲奇说完向村民鞠了一个90度的躬，随后把那份调研报告传给村民看。

"小苏老师，你说这些特产能销售出去？我咋不相信呢？"刘大河挤到前面问苏哲奇。

"刘大哥，特产能不能销售出去我说了不算，得大家说了算。"苏哲奇走到刘大河面前，"还得刘大哥帮忙啊！"

刘大河不懂苏哲奇说的什么意思，刚要开口就听见远处传来曲医生的声音，他忙喊道："曲医生，我在这。"

可曲医生并没有搭理刘大河，径直走向苏哲奇。

刘大河看见自己心爱的姑娘奔向他人，眼睛里充满了怒火，仿佛下一秒就要把苏哲奇烧成灰。

"苏老师，我找你好半天了。"曲医生回头瞥了一眼刘大河，就看见刘大河紧紧盯着两人看，她哆嗦了一下，赶紧把苏哲奇拉到远处，"别理那个刘大河，他不是什么好人。"

"小曲，大家都在一个村子里住，不可以这么说自己人。"苏哲奇"训斥"曲医生。

"知道了。"曲医生伸了一下舌头，"刚才你说的我都听见了，青山村的特产真能卖个好价钱吗？"

苏哲奇看着眼前的荒地，他一下子坐在了地上，曲医生挨着苏哲奇坐了下来。

苏哲奇指着眼前的荒地："你看。"

眼前是一片荒草丛生的黄土地，布满泥泞的脚印。

"看什么？"曲医生疑惑地问。

"你看那片黄土地能长出玫瑰吗？我看能。"曲医生听到苏哲奇的话后她愣了一下，"黄土地能长出玫瑰？"

苏哲奇笑了笑，指着眼前的黄土地说："大自然是巧夺天工的，如果能有人加以修饰，它会是一幅漂亮的画。"

第10章 准备开垦荒地

苏哲奇对青山村的人自信,对青山村的土地更加自信。可就是因为这份自信,差点把他压垮。

"那你想怎么办?"曲医生蜷起双膝,胳膊放在膝盖上问。

"我想先种植一批,做一下实验,如果要是好的话,就大规模种植。"苏哲奇说完站起来,闭上了眼睛,感受着清风的吹拂,几秒后他睁开眼,"到时候会让我母亲在报纸上刊登这里的农作物,看看能否引来投资商。"

曲医生也立刻站起来,高兴地说:"如果能引来投资商就更好了。"

苏哲奇晚上给母亲打了电话:"妈,我和你说一件事,喂,妈?"

"喂,喂,儿子,妈现在在和别人吃饭呢,这边信号不好,我先挂断了。"苏妈妈那边声音嘈杂,没听完整苏哲奇的话,只好先挂断。

苏哲奇把现有的一部分农作物样品木耳和核桃,寄给了母亲,他要让母亲帮忙试一下销路。

很快就听见妈妈特有的手机铃声,他连忙接起来:"妈。"

"小奇啊!妈妈一早就收到了一个大包裹,里面全是木耳和核桃,你是想让妈妈帮你卖这些木耳和核桃吗?"苏妈妈看着一袋子的木耳和核桃,无奈地问。

"是的,妈妈。回家的时候,我看木耳的反响很好,想再让您帮忙把这些木耳和核桃卖出去。"苏哲奇回答。

"小奇,妈妈这次可以帮助你,但你要知道,妈妈不能永远这么帮你,如果你不自己想办法,妈妈帮助你一万次也是徒劳。"苏哲奇听完妈妈的话,想:"一定要自己找到销售土特产办法,办法总比问题多。"

第11章　苏哲奇被村民质问

苏哲奇来到学校后,就看见校门口聚集了很多人。看到苏哲奇过来了,这些人蜂拥而上,把苏哲奇团团围住。

"苏老师,你说的是真的吗?我们的特产真能销售出去?"

"是啊!你就是个新来的老师,不会是给我们安慰药呢吧?"

其他人也纷纷附和道,不相信苏哲奇。

苏哲奇从人群中挤出来后,就看见校长朝他们走过来:"大家安静,请听我说。"

"校长说话了,大家安静点。"其中一个个子很高的人说。

这个大高个叫葛奇,他是村里的热心人,谁家有事找他,他都会尽力帮助,还经常帮助校长和孩子们。

"大家不相信小苏老师还不相信我吗?我在村里待了六十来年了,青山村的变化我是亲眼看见的,一年赶不上一年。当初如果不是大河他爸,我们也许过得比这还困难。现在有人能帮助青山村走向小康,不是很好吗?"校长左手背拍打着右手心,皱着眉头说。

大家听到"大河他爸"都低下了头,他们知道当初的青山村更困难,属于米都揭不开锅的那种穷,是大河他爸带领村民打井、修渠、开垦荒地,村民才有饭吃。

"校长说的对,校长是村里的老人了,他不会骗我们的。"葛奇说。

"我也相信苏老师。"所有人都看向发声的人,是曲医生。

曲医生站在苏哲奇身边,抬头看着他说:"我相信苏老师,他一定能帮助青山村走向小康生活。"

"既然校长和曲医生选择相信苏老师,那我葛奇,也相信苏老师。"葛奇转身看着村民,拍拍胸脯说。

村民们互相看了看,小声嘀咕:"既然葛奇都相信了,那我们也相信吧!万一我们生活真的好了呢。"

"好,我们相信苏老师。"

"谢谢大家相信我,我现在有个建议。就是在我们后山的那片荒地里种植特产,希望大家能出一份力,能拿出一些钱。"苏哲奇刚说完,就听见村民们的嗤鼻声。

"什么?还要我们出钱,你是要把我们榨干啊?"

"是啊!我看你这个人就是没安好心,扫把星。"

"什么老师?我看是吸血鬼,我们都这么穷了,还要我们拿钱,成心的吧!"

村民们你一言我一语,就是不想拿这份钱。

"我知道大家不愿意拿出这笔钱,所有我会出大头,大家拿出一小部分就可以了。"苏哲奇向大家说道。

"一小部分,别说一小部分,一分钱我都不想拿,没钱。"陈大娘说。

陈大娘是村里蛮不讲理的村民,大家都知道她。谁要是占她一米墙,她都能把人家锅盖掀翻。

"陈大娘说的对，怎么能让我们拿钱？"

"大家听我说，请听我说。"苏哲奇赶紧安抚村民们，"我希望大家能尽一份力，让我们青山村富起来。"

"尽力可以，要钱没有。"

这时曲医生走到村民面前喊道："我理解大家为什么不想拿这份钱，我也知道大家很需要这份钱。但是，大家有没有想过，青山村特产要是真的成功了，带来的收益会更多些，这笔账我想大家都清楚吧！"

"曲医生说的对，大家都能算明白这笔账吧！现在大家拿出的只是一小部分钱，等特产卖出去了，有收益了，我们赚到的钱是现在的好几倍。"校长附和道。

"这，这……"

"曲医生说的对啊！如果特产真的成功了，我们大家都有收益了。"

"我愿意出一份钱，支持苏老师，也支持我们青山村。"曲医生说完从兜里拿出钱。

"我也愿意出钱。"葛奇说完，村民都看着他从兜里拿出钱。

大家看到葛奇拿出钱，他们犹豫了一下，随后也从兜里拿出仅有的钱。

他们把钱交到苏哲奇手上，葛奇走的时候对苏哲奇说："苏老师，有什么需要帮助的，找我葛奇就可以。"

"谢谢你，葛大哥。"苏哲奇点了点头。

"谢谢大家支持我，我会尽我所能，一定不会辜负大家的。"

钱对于青山村的村民，那是多么的重要啊。他们恨不得把一分钱掰成两半使。

苏哲奇深知村民出这么多钱，很不容易。

他当然也知道，买种子这个事青山村没有一个专业一点的人可以去做，除了他，也没有别的合适人选了。

苏哲奇和葛奇来到卖植株的园林。

他一路都在思考、计算着这一户户商家的报价；他心里明白带了多少钱，能买到多少种子，要买多少种子，还有运费。他可没少费心思。

在一家摊位前，苏哲奇拿起核桃的种子在手里搓了又搓看了又看，一粒粒坑坑洼洼的桃胡，苏哲奇握在手中视如珍宝；一株株绿油油的石榴植株，他也是左看右看。苏哲奇问："老板，这些种子是你们这最好的吗？"

"当然是最好的，你看这植株的成色。"老板嘴里贱着唾沫星子，望眼欲穿地看着苏哲奇说,"你看,这些核桃种子,和你手里拿的种子就不是一个品种。"

苏哲奇皱了皱眉头。

毕竟内行看门道,外行看热闹。苏哲奇虽然在此行之前已经做足了功课,可是面对这实战,确实是第一回。

"你到底买不买,不买我就拿走了。"老板催他们两人,直勾勾地盯着两人。

"买,买,怎么能不买。"葛奇拽住老板的胳膊。又对苏哲奇说,"咱们都逛完了,我看这家种子挺好的,而且价格也实在得很,我看行,要不咱们都在这家买了吧。"出于对价格的贪慕,葛奇跟拾到宝了似的。

老板一听,心里乐开花了,故作镇定,表现出一副你们爱买不买的样子。

"老板,给我们来600块的。"还没等苏哲奇说话,葛奇便对老板说。

"嗯……那行吧……就在这买吧。"苏哲奇想多逛逛,但想着兜里仅有的预算,这家不仅货品齐全,价格还实惠,也便没有再做考量。

苏哲奇付了核桃、木耳和石榴植株的钱,共花了600元。

两人走出园林后,葛奇停住了脚步:"小苏老师,你看咱们买这么多植株才花600元,真是占了大便宜。"

苏哲奇笑了笑:"是啊!咱们占了大便宜。"苏哲奇拿着种子心里多多少少还是有一些担心的,就害怕俗话说的"便宜没好货"!

"大家快出来,我们把种子买回来了。"葛奇一进村就大喊道。

经过葛奇这么一喊,大部分村民都来到村口看种子和植株。

"哎呀!种子都买回来了,那我们什么时候种啊?"

"那还不快吗?只要把后山的荒地开垦出来,在把种子往里一撒,很快就能出来了。"

"你说得这么轻松,那你去种,看你能不能种出来。"

"大家安静一下,只要我们准备好工具,随时都可以种植。"苏哲奇看到大家很高兴,就把种子袋打开,很多人纷纷凑上来看种子。

"大家现在回家准备工具,我们在后山集合。"苏哲奇说完后,大家都返回家里。

不一会儿,大家就拿着铁锹、铲子、水壶等工具出发了。

几个小时后,汗水打湿了衣襟,有人拿着毛巾擦拭额头,有人拿着冰水浇在头上。

种子、植株种上了,就等着开花结果,有个圆满的收成。可让他们失望了,等来的只有残败的枝丫。

苏哲奇再次来到后山时,他僵住了:怎么会变成这样?开始还好好的?

他失去了先前的自信,内心生出沉重的压迫感。

只见植株上面全是坑洼的斑点,枝丫就像枯枝一样,一压就会断。土里埋下的种子只长出一厘米,周围的土壤裂开缝隙,有的芽长得歪歪扭扭。

曲医生也走过来,看到眼前的情况,她愣住了,顿时脸色煞白:"这是……怎么……回事?"说完抬头望着苏哲奇。

"我被骗了,那个老板卖给我的是残次品。"苏哲奇往后退了两步,他很绝望,不知道如何是好。他红了眼睛,"不行,我要去找那个老板问个清楚,为什么卖给我的是残次品,他要给我赔偿。"

苏哲奇转身就要走,被曲医生一把拉住:"你冷静点,你现在去有什么用,那个老板是不会承认的。"

"那我怎么办?"苏哲奇控制不住现在这个场面,如果村民问起这件事该怎么回答?"我辜负了大家对我的期望。"

很快,其他村民赶过来,看到满山的疮痍后,他们把苏哲奇推到前面质问:"你看看你干了什么好事,你不仅骗我们的钱,还骗我们对你的期望。"

"苏哲奇,你对得起我们吗?你对得起校长和曲医生帮你吗?"

"你没来之前我们过得挺好,可你一来又是搞特产,又是开垦荒地,你是不是就想折腾我们?"

"我……对不起……对不起。"苏哲奇不知道该说什么能弥补大家的损失,只能连忙道歉。

"你来到这不好好教学,搞这搞那,下次是不是要把我们青山村卖出去?"

刘大河走过来挤开人群,走到苏哲奇面前笑了笑,转过身对村民说:"大家听我说,人家小苏老师也是一番好意,想让我们青山村富起来,你们这样咄咄逼人,是不是有点太过分了。好歹苏老师也是城里人,知识分子,人家做事还用你们操心?"

刘大河看似为苏哲奇说话,实则是在侮辱苏哲奇,就像是在说:"谁让你没事找事,咸吃萝卜淡操心。"

"刘大河,你不要瞎说。"葛奇上前推了一下刘大河,"当初是我和苏老师一起买的种子和植株,现在出事了,我也有责任。"

第 12 章　双方冰释前嫌

刘大河摇摇头笑道:"葛奇,你就不要替苏老师说话了,大家都知道你是个老实人,不要被别人骗了。"

"没有任何人骗我,是我自愿的,我相信苏老师。"葛奇挺起胸膛,"做人就要顶天立地,不能在背后说人坏话。"

刘大河知道葛奇是在说他,指着葛奇:"你……"

"好了,不要吵了。"校长双手背在身后,缓缓走了过来,"干什么呢?开批斗会呢还是当审判长呢?"

"校长,你来得正好,你看看苏老师都干了什么?"

校长转身后看到眼前的荒地,他也愣了一下,可他知道这里面肯定有原因。

校长转过身对村民说:"唉!我以为多大点事,就这么点事你们至于惊天动地吗?"说完伸出右手,食指顶着大拇指比了一个"一点事"。

刘大河一看校长向着苏哲奇说话,他不高兴了:"校长,什么叫这么点事?这还不算是大事?"

校长看看刘大河没有说话,摆了摆手:"没事都回去吧!不要在这'聚会'了。"

"我会给你们一个交代的。"校长说完就走了。

村民见校长这么说,他们只能愤恨地离开。

苏哲奇回到学校,就看见校长在门口站着。

"小苏老师,你一定有什么想说的,说吧!"校长坐到椅子上。

"我被骗了,被卖种子的老板骗了。他说他卖给我的都是好货,我就信以为真,可谁承想能变成现在这样。"

苏哲奇不敢相信自己能被骗,他以为相互之间有了信任就能办任何事,可现在看来,并不是这样。就像青山村村民那么相信他,可他却让大家失望了。

"那你有没有办法补救这些损失?"校长问完后,苏哲奇拿出一沓钱来,递到校长面前。

"你哪来的这么多钱？"校长一张一张数着手里的钱，总共1500元。

"这是之前卖特产的钱，之前送到城里的当样品的特产都卖出去了。"苏哲奇又解释道，"我妈妈把这些样品卖给了报社同事，她们说这些特产很好，还想复购。"

就在买种子的前一天，他给苏妈妈打了电话："妈，那个样品您帮忙卖了吗？"

"卖出去了，我把它卖给了我们报社同事，她们说很好吃，都想再买呢。"苏哲奇听到妈妈这么说，很高兴，心里想："妈肯定认可了青山村的特产。"

"妈，那能不能帮我把这个青山村的情况在报纸上发表一下啊？"苏哲奇试探地问。

"小奇，你怎么还想着这件事呢？妈妈早就和你说过，贫困的地方那么多，不可能救得过来。"电话那边的苏妈妈摘下眼镜，扶着额头说。

苏哲奇并没有把这件事和校长说，他怕校长知道后会失望。其实这种事情，校长已习惯了，以前有记者来青山村做采访，想要通过电视的形式把青山村的贫困状况播出去，可后来这件事不了了之，青山村还是那个样子，没有任何改变。

"校长，我想把这些钱给村民们，我还要向他们道歉，是我事先考虑不周，才造成这么大的失误，也算是给他们的交代。"苏哲奇说完咬了一下嘴唇，他感觉自己就像一个罪人，事情没有办好，反而弄出一堆乱子。

"好，小苏老师，既然你这么说，那我这个老头就帮你帮到底。"校长说完就要站起来，苏哲奇急忙上前把校长扶起来。

校长通过广播的形式喊道："请大家立即来到学校集合……"

"这又怎么的了？怎么还让去学校集合呢？"

"校长不是说要给我们一个交代吗？"

不一会儿，学校挤满了人，村民们熙熙攘攘，有人抱怨太阳太晒，有人抱怨地方太小，站不下。

校长看人来齐后，他站在比较高的地方喊道："大家安静一下，现在给大家发钱。"

"钱，什么钱？我们哪里还有钱？"陈大娘以为是向他们要钱，立马就不高兴了。

"你听错了，陈大娘，校长说要给咱们发钱。"李大娘拍了一下陈大娘的肩膀。

"这怎么还要给咱们发钱？是天上掉馅饼了？"陈大娘看了看天，却被太阳刺到了眼睛，她赶紧低下头闭了闭眼睛。

"是苏老师卖特产的钱，他现在要给咱们发下来。"葛奇说。

"葛奇说的没错,就是苏老师卖出的那些特产钱。"校长拿出钱,把钱放到了葛奇的手里,"把这些钱给大家发下去,一家发100元。"

村民们把钱拿到手后,他们很高兴。

可有人就是不想让别人过得好,比如刘大河,他站出来"发言":"肯定是那个姓苏的觉得自己理亏,才把钱发给我们的,要不然,他就独吞喽!"

"大河,你在乱说什么?"校长指着刘大河呵斥道。

刘大河把双手插在兜里,瞥了一眼校长却不敢说什么。

"这是小苏老师托他母亲,把样品卖出去拿到的钱,总共卖了1500元,小苏老师还搭了300元,有人多拿到的100元是在你家拿样品的钱,其他人一家100元。"校长尽量给大家解释明白,以防有人再误会苏哲奇。

"而且,咱们村的特产得到了别人的肯定,那些人还要复购呢。这些都要感谢小苏老师,如果没有他,大家能分到这么多钱吗?"校长说到"复购"两字的时候,他特意加重语气,表示此事的重要性。

"小苏老师,你能帮我们挣到这么多钱,以后不管什么事,我们都相信你。"

"苏老师,有什么事尽管说,只要我们能做到的,一定帮你做。"

"是我们错怪苏老师了,苏老师帮我们卖特产、买种子、买植株,都是为了我们好,可我们都说了些什么?"

苏哲奇知道这些人其实不坏,只是因为找不到方法赚钱,才会一时嘴快说出伤人的话。

"我不会责怪大家的,当初是我不对,是我欠缺这方面的经验,自己还没有精熟就要求大家做这些事,是我对不起大家,大家能包容我,我很感激,谢谢大家对我的支持。"苏哲奇边向大家鞠躬边说。

"还有件事要和大家说。"村民听到校长说"还有事",他们立刻打气精神,就怕错过每一个细节。

"上回让大家凑钱买到的种子和植株,回来种上后不是残次品嘛,小苏老师为了表达歉意,他自掏腰包赔偿给你们。"校长又从兜里拿出一沓钱,"这里的钱一分不差,你们拿到手可以自己查查。"

"查什么?不用查,我们相信苏老师。"

从此,所有人对苏哲奇的态度改变了,不再叫他名字了,而是改成了苏老师。但以后还会不会发生类似的事情,谁又知道呢?

残次种子和植株这件事就过去了，苏哲奇和村民们也冰释前嫌，谁也没有再提起这件事，就当这件事不存在。

夜晚，青山村后山的荒地被月色笼罩，空气中弥漫着翻新过的泥土散发出的闷热的湿气。

只见一道人影在荒地里忙碌着，是苏哲奇，他擦了擦汗水："快完事了。"

手机上的时间显示0点30分"还有一点就干完了，加油！"

这个阳光大男孩又恢复了活力，从被村民的埋怨再到信任，他仿佛度过了一个世纪。

他把残败的植株拔出来，又把种子翻出来，把土壤翻新。不一会儿，就变成了一片整齐的土地，而不再是荒地。

"我来这里不是为了享福的，我是为大家谋福利的。"苏哲奇的这句话成了他今后的座右铭。

第13章 再次捐钱买植株

忙碌了一晚上的苏哲奇，在不知不觉中睡着了。第二天，他是被太阳晒醒的。

"嗯！怎么这么热？"苏哲奇觉得身子暖洋洋的，很舒服，他慢慢睁开眼睛，看到眼前的景象后，被惊到了，一下子站了起来，"我怎么在这里？"

眼前是一面黑黝黝的土地，地面因为太阳的暴晒，已经变成灰色，四周是山丘和绿草。

过了一会儿他猛然想起来了，狠拍一下脑门："哦！我想起来了，昨天晚上翻地，实在太困，不小心在地里睡着了。"

苏哲奇拿出手机想看时间，可手机没有任何显示，"手机怎么这个时候没电了？"他又抬头看了看太阳的方向，"现在应该8点了，不知道校长会不会找我？"

苏哲奇不知道现在的自己是什么样子，只想到了校长会不会有事情找他，拿起地上的铁锹，赶紧往回跑。

"小苏老师，你怎么才回来啊？我都找你一早上了。"苏哲奇刚回到寝室就听见校长在喊他，他回过头就看见校长用诧异的眼神盯着他："你这是去干什么了，怎么弄成这个样子？"

"啊？"校长说完后，苏哲奇才发现自己是多么的狼狈。

衣裤上都是结块的泥巴，头发乱得和破笤帚一样，黑色的布鞋面变成了灰色，上面还有泥土块，左脚鞋边破了个口子，白色的袜子变成了灰色。

不一会儿，校长从外面端进来一盆水："快把衣服脱下来，把脸洗洗。"又皱着眉头问，"小苏老师，你这是去后山了？"

苏哲奇洗脸的手顿了一下，随后拿起身旁的毛巾："嗯，我就是去看看那片土地能不能使用，回来的时候不小心摔了一跤。"

苏哲奇不想让校长担心，所以他并没有说出实情，可他不知道，校长已经猜出了这件事。

"摔了一跤怎么能弄得满身的泥巴？肯定是干了一晚上的活，不小心睡着了，早上跑回来的。"校长心里念道。

苏哲奇很快换上了一身干净的衣物，他扶着校长坐下来："校长，我还是想用那片地。我看了看那里的土壤，很适合种植核桃、木耳和石榴。"

校长拍了拍苏哲奇的手："好！小苏老师，既然你决定了，我一定会帮你。"

很快，村民都聚集在学校里。

"哎！我听说苏老师又有好主意了。"

"他好像还要在那片荒地上种植特产，不知道这次能不能成功？"

村民们七嘴八舌地谈论此事。

校长走过来对大家喊道："大家安静一下，小苏老师有话要和大家说。"

残次种子的事已经过去了，村民对苏哲奇的看法也改观了。

就像现在，听到'苏老师'后，大家立刻肃静下来。

"我有一个想法，就是还在那片荒地上种植特产，不知道大家是否同意？"苏哲奇想问问村民的意见，他要把这些人全面照顾到，不想落下任何人一家。

"那片荒地不是已经被使用了吗？"

"对啊！哪里还能腾出地方啊？"

"那片荒地已经被翻新了。"葛奇从人群中走了出来，"我刚从后山回来，那里翻新后的土壤正适合种植咱们的特产。"

"什么？土壤都翻新了？是谁做的这件事？"

第13章 再次捐钱买植株

"该不会是……"村民齐刷刷地看向苏哲奇。

"没错,苏老师昨晚在后山干了一晚上活,今天早上才回来。"校长说道。

苏哲奇错愕了:"校长怎么知道的?难道是我不够严谨?"

其实,昨晚苏哲奇拿着工具走的时候,校长就已经知道他要做什么,可没想到苏哲奇翻了一夜的土,第二天早上才狼狈地跑回来。

苏哲奇的形象在村民心里又上升了一个高度。

"小苏老师,你让我们这些人怎么过意得去?"

"是啊,小苏老师,你时刻都为我们着想,真是太谢谢你了。"

"只要能为大家做事我就很开心。"苏哲奇喜欢帮村民做事,事情成功了他开心;事情失败了,他会想出更好的办法弥补。

"小苏老师,你为我们青山村做了这么多好事,我们再不同意你的想法,那我们怎么对得起你的付出?"

"对啊!我们同意在后山的那片土地上种植特产。"

"我们都同意!"

苏哲奇看见大家对他的认可,很高兴:"谢谢大家的认同。"

"这次不强求大家买种子和植株,想买的自愿交钱。"苏哲奇想这次一定不能辜负大家对他的信任,一定要买到最好的种子。

"我交钱,我交钱。"说话的是李大娘,她因为卖样品已经尝到了甜头,所以对于这件事特别积极。

还有几个村民和她一样都是因为卖样品得到了甜头,所以愿意交钱。

不一会儿,地上的纸箱里装满了钱,苏哲奇也从兜里拿出一些零钱,大约200元,默默地放到那个纸箱里。

苏哲奇走到葛奇身边:"葛大哥,这次还得麻烦你和我一起买种子。"

"不麻烦,这次我一定要好好看清楚老板,再买种子。"葛奇想到了骗他们的那个老板,就想揍他。

苏哲奇又看了看村民,所有人都在排队掏钱,只有一个中年女人站在那里,一会儿看看这,一会儿看看那,心不在焉。

苏哲奇记得她,那是蒋浩的妈妈。

"蒋浩妈妈。"

蒋妈妈听见声音后抬起头:"苏老师,你怎么过来了?"

"看见你站在这里,我就过来了,有什么能帮助你的吗?"苏哲奇问。

"苏老师,我也想采购一批植株,我非常认同种特产。但……但是家里实在是拿不出多余的钱来。"蒋浩妈妈看到别人拿出钱,可自己只能站着看,觉得很不舒服。

"没关系的,蒋浩妈妈。这笔钱我可以替你垫付上,什么……"苏哲奇还没有说完就被蒋浩妈妈打断,"不可以的,苏老师,你为了我们青山村已经付出很多了,我不能再麻烦你了。"

蒋浩妈妈边说边摆手表示不可以,随后急匆匆地走了。

苏哲奇其实已经把钱掏出来了,差一步就可以给蒋浩妈妈了,但他没想到蒋浩妈妈拒绝了他的好意,之后他以蒋浩妈妈的名义购买了一批植株。

蒋浩妈妈在回家的路上,做了一个大胆的决定,就是冒险上山采药换钱,再买植株。

她回到家里拿起了布满灰尘的采药工具,蒋浩看见妈妈拿起了好久未用的工具,很纳闷:"妈妈,您拿这个做什么?"

"我要去上山采药换钱,你在家要听话。"蒋浩不明白妈妈说的什么意思,只能懵懂地点点头。

很多人都看见了蒋浩妈妈背着采药筐,于是他们聚在一起讨论。

"蒋浩妈妈不会是要上山采药吧?"

"哎呀!山里多危险,我去年上山采药,差点没回来。"

"可能是没钱买植株,才会想起这个办法吧!"

几个人谈论蒋浩妈妈上山采药的事,全被刘大河如数听了进去。

刘大河转了转眼珠:"这个苏哲奇,一肚子'墨水'。"

唉!刘大河又要给苏哲奇使绊子,苏哲奇又会怎么办?

第 14 章　蒋浩妈妈受重伤

天色已经朦朦胧胧,距离蒋浩妈妈上山采药都过去 6 个小时了,她还没有回家。

蒋浩在屋里踱来踱去,时不时地抬头看向钟表:"2 点 15 分了,妈妈怎么还没回来?"

他等不及了,立刻跑出家门,看见路过的熟人就问:"李奶奶,您看见我妈妈了吗?"

蒋浩一连问了好几个人,都说没见着。

"蒋浩,你妈妈还没有回来吗?"

"我早上就看见你妈妈背个药筐出去了,现在都2点多了,还没回来?"

"是啊!我妈妈早上出去后就没有回来。"蒋浩嘟嘟嘴,抬头对面前的人说,"妈妈让我在家听话,可都这么长时间了,也没有看见妈妈。"

"你要不再等等,你妈妈可能在回来的路上呢?"

"不行,我等不及了。我要去找苏老师,他肯定有办法。"蒋浩说完就向学校的方向跑去。

来到学校后,他径直跑向苏哲奇住的宿舍,边敲门边着急地喊道:"苏老师,苏老师……"

"蒋浩,怎么了?"苏哲奇看着眼前的蒋浩,满脸通红,汗水和泪水混合在一起。

"妈妈……山上……采药……换钱。"蒋浩已经哭得上气不接下气,磕磕巴巴地说了几个关键词语。

苏哲奇听完后便明白了,他给蒋浩擦了擦眼泪:"你先别哭,你妈妈是不是和你说她要上山采药,换钱买植株?"

蒋浩认为妈妈说的应该就是这个意思,他点点头。

苏哲奇没想到蒋浩妈妈居然会上山采药换钱,他觉得很愧疚,如果不是他提出买植株这件事,蒋浩妈妈也不会上山。

"走,我们这就去山上找你妈妈。"苏哲奇说完拉起蒋浩出门。

"蒋浩妈妈……你在哪里?"苏哲奇找了好几个地方,也没有看到人影。

山上道路崎岖,到处都是石子和泥土,两边长满了杂草,一不小心就会跌倒。

苏哲奇走着走着不小心左脚踩到了一块松土,他赶紧把脚拿回来,就看见那地方的土"哗哗哗"地往下掉,他拍拍胸脯:"呼,这个地方真吓人。"心里却在想:"一个男人走山路都这么困难,何况一个女人呢?"他更着急了,一定要快点找到蒋浩妈妈。

"苏老师,你没事吧?"蒋浩担心地问。

苏哲奇摇摇头:"我们快点找你妈妈吧!"

"妈妈,你在哪里?"蒋浩毕竟还是个孩子,从小被妈妈呵护长大,突然找不到妈妈的他就像一头受伤的小鹿,找不到回家的方向,"呜呜呜",他忍不住哭出声。

母子两人就像有心灵感应一样，就在离他们不远的地方传出呜咽声。

"苏老师，我听到了妈妈的声音。"蒋浩突然停住了脚步，随后转过身，指着传出声音的方向。

"那我们快过去看看。"苏哲奇和蒋浩跑过去。果然，在那里发现了蒋浩妈妈。

那是一个很深的大坑，四周全是杂乱无章的硬草。

而蒋浩妈妈身上密集的伤口，应该是不小心掉下去的时候被这些草割伤的，左腿弯曲着。

药筐被她紧紧抱在身上，看见赶来救助的苏哲奇她高兴地把药筐递给苏哲奇，发出微弱的声音："苏老师，药够了，能换钱买植株了。"

蒋浩妈妈此时已经没有力气了，说完后就晕了过去。

苏哲奇看着药筐，他不知道蒋浩妈妈为什么宁可冒险上山采药，也不愿意接受他的好意。

蒋浩妈妈在上山路上，自言自语道："我知道苏老师是好意，可我不能接受，那份情义我是还不回去的。"

而她却不知道这次险些让她失去生命。

"苏老师，我妈妈这是怎么了？她怎么不说话了？"蒋浩推着苏哲奇的胳膊问。

"你妈妈没事的，她只是暂时晕过去了，没有大碍的。"苏哲奇说完把蒋浩妈妈背起来，"你拿着药筐。我们赶紧去曲医生那里。"

苏哲奇背着蒋浩妈妈一路小跑，很快来到了曲医生的诊所。

苏哲奇喊道："曲医生，快看看蒋浩妈妈，她受伤了。"苏哲奇说着把人放到病床上。

苏哲奇的衬衣已经湿透了，就像刚被雨浇过的样子。

当曲医生看到蒋浩妈妈身上的伤时，她愣了一下，随后她为蒋浩妈妈检查了一下："她这是怎么了？怎么能伤得这么严重？"

苏哲奇把此事的前因后果和曲医生说了出来。

"都赖我，如果不是我，就不会发生这么多事。"苏哲奇内疚地说。

"苏老师，你别自责了，咱们谁也不想蒋浩妈妈受伤。"曲医生安慰道。

蒋浩走到苏哲奇身边，握着苏哲奇的手说："苏老师，真的不怪你。妈妈经常和我说你是好人，要听你的话。她很支持你，只不过是我家里太穷了，妈妈才会上山的。"

苏哲奇看着眼前这个懂事的孩子，更加自责了。

接着蒋浩又走到曲医生身边，握着她的手腕哀求道："曲医生，我求求你，你救救我妈妈吧！"

曲医生看了看病床上的人，她摇摇头："对不起，蒋浩，我不是不想救你妈妈，而是现在的状况无法施救。"

"为什么？"苏哲奇和蒋浩懵了。

"蒋浩妈妈受了很严重的伤，可咱们这里的医疗设备根本不够，得送到县城的医院去检查。"曲医生说。

"好！那我们现在就去。"苏哲奇边说边背起蒋浩妈妈。

他现在焦急而又慌乱，想快点救这个十一岁孩子的母亲。

见曲医生没反应，他问道："你在犹豫什么呢？我们快走啊！"

曲医生走到门口，指着外面的土路说道："我们怎么去？道路这么崎岖，连个车都没有，我们怎么去县城？"

"我可以把她背到村头大马路上，然后我再联系一辆车。"苏哲奇已经把蒋浩妈妈背到身上。

"苏哲奇，你冷静一点好不好？我知道你很急，但现在不是急的时候。"曲医生推了一下苏哲奇，苏哲奇这才慢慢冷静下来。

"那我们怎么办？"苏哲奇就像热锅上的蚂蚁，坐立难安。

这时，蒋浩哇哇大哭起来，走到苏哲奇面前："苏老师，我妈妈是不是没救了，我是不是要失去妈妈了？"

苏哲奇抱住这个可怜的孩子，眼眶红了，他抚摸着蒋浩的头，安慰道："不会的，你不会失去妈妈的，老师会想办法救你妈妈的。"

曲医生看着屋内抱成一团的两人，心中一阵酸楚，急忙说道："这样不是办法，我得出去找找有没有担架之类的东西。"

第15章　蒋浩妈妈有救了

有几个村民还在聊着蒋浩妈妈上山的事，看见曲医生东奔西跑。

"喂，曲医生，你跑什么啊？"

"看你这么急，是不是发生什么事了？"

曲医生听见几个人在叫她，急忙把事情说了："蒋浩妈妈受伤了，现在在我诊所呢，我得找个担架把她送到县城医院去。"

曲医生说完就走了，留下的几个人愣住了，过了一会儿才反应过来：

"不得了，蒋浩妈妈受伤，在曲医生诊所。"

"看曲医生这个样子，说明蒋浩妈妈挺严重的。"

"我们快去看看，看有没有什么能帮忙的。"

"大家这是去曲医生诊所帮忙吗？不介意的话就带上我吧！也许我也能帮上忙呢。"刘大河走到几人旁边，故作着急地说。

几人看刘大河很焦急的样子，说："走，走，我们快去！"

刘大河在几人后面嗤笑了一声，刘大河这声笑是什么意思，只有他自己知道。

也许是真的要帮忙，也许是故意要给苏哲奇难堪。

葛奇从家门口出来，就看见曲医生慌张的样子："曲医生，发生什么事了？你这慌慌张张的，怎么了？"

曲医生跑得很急，她擦擦额头上的汗水回答："葛大哥，我在找担架呢，蒋浩妈妈受伤需要担架。"

"担架。"葛奇皱着眉头念叨着，不一会儿，只见葛奇瞪大了眼睛，"你等一下，曲医生，我家里好像有担架，你等一会儿，我去找找。"

曲医生听到有担架，一下子高兴了："太好了，太好了。"

只听见"叮零当啷"一阵声响，葛奇从落满灰尘堆满杂物的角落里，拽出一个担架："曲医生，找到了，我们快走！"

两人拿着担架快速跑回诊所，就看见诊所里面聚集了很多人，正是刚才聊天的村民，还有"来凑热闹"的刘大河。

此时的刘大河正在阴阳怪气地数落苏哲奇："我说小苏老师啊！你管那么多事情干吗？你这不是找不自在吗？现在好了，蒋浩妈妈就是因为你说的什么破植株，她才受伤的，你说这个责任，谁来负？"

他见苏哲奇不说话，反而变本加厉，更加得意了，又对苏哲奇说："小苏老师，我这是为你好，自从你来到我们青山村，我们哪有一天是太平的，不是这家有事，就是那家断腿的，真不知道您这大驾是光临我们还是斩杀我们啊？"

刘大河特意把"我们青山村"说得很严重，就是要告诉苏哲奇我们才是一家人，而你只是个外人。

蒋浩很不喜欢这个刘叔叔，他说道："刘叔叔，我妈妈很支持苏老师的意见，她受伤不怪苏老师。"

"大人说话，小孩子插什么嘴？真是不懂事。"刘大河瞪着蒋浩，"你妈妈都成这样了，你还向着别人说话，你这孩子真不孝顺，我应该替你妈好好教训你。"说完就举起手来要打蒋浩。

蒋浩吓得往苏哲奇怀里躲，苏哲奇愤怒地看向刘大河："刘大哥，你说我也就罢了，蒋浩还是个孩子，你怎么能这么说他？"

"我，我……"刘大河自知理亏，"我"了半天没说什么。

这时，刘大河看见曲医生走进来，他赶紧走上去，拿出纸巾想要献殷勤为曲医生擦汗，刚碰到曲医生的额头，就被曲医生一把打下来。

她自己擦了擦汗反驳刘大河："刘大哥，听你刚才的意思，苏老师就不应该来青山村，不应该为青山村的村民造福，咱们就应该过着贫穷的生活，是吗？"

"小曲，你误解刘大哥了，刘大哥说的是实话啊！你啊也要离苏哲奇远点，否则他哪天惹一身祸，再连累到你怎么办？刘大哥好心劝告，你要听我的话。"

曲医生听到刘大河自诩刘大哥，感觉很恶心，但鉴于刘大河比她年长，还有这么多人在，她不好多说，只咧嘴笑了一下："好的，刘大哥，刚才你的话我已经听到了，现在是不是麻烦你让个道，我们要救蒋浩妈妈了。"

刘大河耸耸肩，让出一条道。刘大河的注意力一直没有放在救人上，他一心只想侮辱苏哲奇。

抱着蒋浩的苏哲奇始终没有说话，就在刘大河说完后，他在想：我可能真的不该来，应该回到城里找个好工作。

这个想法很快被曲医生打断："苏老师，不要听刘大河瞎说，他是什么样的人，我们都清楚，可你不一样，你是真心想为青山村的村民谋福的。"

"我们还是快点把蒋浩妈妈抬到担架上吧！"葛奇走到病床前，把蒋浩妈妈抬到担架上，"我先和苏老师抬，之后你们再抬。"

葛奇对旁边站着的几个村民说道。

经过大家的不懈努力，蒋浩妈妈终于被送到了县城的医院。

苏哲奇找到主治医生，他哀求道："医生，求您了，一定要治好这个病人，她还有个十一岁的儿子要照顾呢。"

"好的，你先不要急，你得让我看看病人的情况。"苏哲奇这才反应过来，自己有点着急了。

过了一会儿，只见医生皱了一下眉头，摇摇头说："病人情况很不稳定，她需要截肢。"

"什么？需要截肢，有这么严重，医生。"葛奇不相信医生的话，他认为这是个庸医，就是骗他们钱的。

而苏哲奇顿时就懵了，脸色煞白，没想到蒋浩妈妈的情况这么严重。

蒋浩不知道大人们在说什么，但他看到苏哲奇的神态后，知道妈妈情况很不好，他"哇"的一声哭了出来。

曲医生安慰着蒋浩："蒋浩乖，你妈妈会没事的。"说完把蒋浩领到一旁，她不想让这么小的孩子受到伤害。

"你看，她的腿是粉碎性骨折，原本骨折不需要截肢，但你看这里明显伤到了周围的神经和血管。这种软组织条件连带损伤确实也不常见。我推断，如果不截肢的话，很有可能威胁到生命安全，你们考虑一下吧！"曲医生拿出病人的片子一边比画着一边给苏哲奇解释道。

就在大家都愁容满面的时候，苏哲奇走到医生旁边问道："医生，如果截肢的话，病人有多大风险？"

"如果截肢的话，病人会很安全，但对她的心理会造成很大创伤，需要对她进行开导。"医生说道。

苏哲奇知道这对蒋浩妈妈很不公平，没有通过她的同意，怎么能擅自做主啊。但关系到生命安全，他只能这么做。

苏哲奇闭了一下眼睛："医生，我们什么时候开始手术？"

"你们先去交一下手术费，一万五，之后才能手术。"医生说完就走出了病房。

"什么？一万五，这么贵。"葛奇喊到。

"是啊！这么贵，我们怎么能一下子拿出这么多钱？"

"我家里总共存款也没有到一万，这医院恐怕是吸血鬼吧？"

"大河，你干了这么多年活，应该有点存款吧？"

刘大河一看有人把主意打在他的身上，他可不愿意，气愤地喊："你哪只眼睛看到我有钱了？我的钱还得留着娶媳妇呢。"

第15章　蒋浩妈妈有救了

"好了，大家不要吵了，我先拿点钱，剩下的我会想办法。"苏哲奇的嗓子已经沙了，他从兜里拿出一沓钱，有三千左右的样子。

可剩下的钱，怎么办？

曲医生动员大家在村子里捐款，但大家都很抗拒此事。

"曲医生，不是我们不想拿钱，而是我们的钱都买植株了，实在拿不出多余的钱了。"

"对啊！曲医生，你也知道我们买植株就花了一小部分积蓄，实在没钱啊！"

"蒋浩妈妈截肢后，那就是废人了，上哪弄钱还我们，到时候，我们是找蒋浩还是找谁还？"

"曲医生，你也应该为我们想想！"

"大家不要说了，我知道大家都难处，我不会逼大家拿钱的。钱的事已经有着落了，大家放心吧！"苏哲奇说道。

刘大河不知道什么时候又走过来："哟，苏老师动作真快，钱这么快就有着落了。"

"刘大哥，我哪里做的不对就请你直接说，不要拐弯抹角，否则别人会认为你在欺负我这个新来的老师。"苏哲奇说完转身就走了。

曲医生伸出手指比了个赞："你看刘大河吃瘪的模样，真是好笑。对了，苏老师，你的钱已经交给医院了，你在哪里又弄到钱的?"

刚才苏哲奇给他多年的好友打了电话："喂，生子，你借我点钱呗，我现在有点困难，等我有钱了第一时间还你。

那边的生子大喊道："苏子，你还能缺钱，快说，因为什么？"

苏哲奇把蒋浩妈妈的这件事告诉了好友，好友生子立刻给苏哲奇转来两万块钱："苏子，你什么时候有钱还我就行，有什么需要我的地方尽管说。"

苏哲奇的朋友是他的同学也是邻居，两人从小玩到大。就苏哲奇支教这件事，只有生子支持他。

就这样，苏哲奇拿到了救命钱。

"你这朋友真靠谱。"曲医生羡慕地说。

苏哲奇笑笑，很自信地说："那是，我身边的朋友都是好人。"

两人会心一笑，仿佛向村民借钱和刘大河的事，就是个插曲。

苏哲奇把手术费交上了，蒋浩妈妈很快被推进手术室。

第16章　苏哲奇被质疑

　　看着蒋浩妈妈被推进手术室，所有人都松了一口气，可蒋浩现在怎么办？
　　蒋浩看着眼前鲜红的三个大字"手术中"，问苏哲奇："苏老师，我妈妈什么时候能出来啊？"
　　苏哲奇吸了一口气道："你妈妈很快就会出来的，再等等！"又向蒋浩笑了笑，把他拉倒自己身边，搂住蒋浩安慰他，让他放心。
　　过了几个小时，蒋浩妈妈被推了出来，苏哲奇和曲医生赶紧上前询问："医生，她怎么样？"
　　医生摘下口罩说："手术很成功，病人很快就会醒来的。不过，往后需要你们对病人进行心理辅导，否则截肢这件事她一时会接受不了的。"
　　"好的，我们知道了。谢谢了医生。"苏哲奇说。
　　医生点点头走了。
　　"蒋浩，你妈妈没事了，很快就会醒过来的。"曲医生蹲下身，握着蒋浩的手说。
　　青山村村民知道蒋浩妈妈手术成功这件事，他们很高兴，都聚在一起讨论：
　　"蒋浩妈妈没事情就好，我开始以为她救不回来了呢。"
　　"说什么呢？乌鸦嘴，人这不好好的在医院里躺着呢吗？"
　　"哎，你们说这蒋浩妈妈失去一条腿，以后还能像正常人似的，下地干活吗？"
　　"她也是怪可怜的，年纪轻轻就落下个残疾，还得照顾蒋浩。"
　　"说起蒋浩，对了，你们说这蒋浩以后怎么办？"
　　…………
　　而医院里，传出一阵哭声。是蒋浩妈妈。
　　她醒来后，想下床倒点水，才感觉自己的腿已不听使唤，她向下摸了摸，没有摸到腿，只有空落落的病床。她倏然瞪大了双眼，猛然掀开被子，只见被子下只是一条空空的裤管。
　　她哆嗦着双唇，眼神空洞地看着裤管。一秒、两秒，她"啊"地喊出声。

苏哲奇和曲医生听到声音后，两人急忙跑进屋内。此时蒋浩妈妈正拎起那条空空的裤管，大声哭喊："这，这怎么可能，这不是真的……"

苏哲奇刚想上前安慰蒋浩妈妈，就看见蒋浩直冲过去。

他一把抱住妈妈，哭出声："妈妈，你终于醒过来了，我好想你。"

曲医生看着哭泣的母子两人，也流出了泪水。苏哲奇看到了，忙给曲医生擦擦眼泪："走吧，我们先出去！"

现在蒋浩妈妈是醒过来了，但她是否能接受现在的自己，谁也不知道。

过了一会儿，蒋浩从病房走出来："苏老师，妈妈叫你有事。"

苏哲奇怕蒋浩妈妈现在接受不了截肢的事，想安慰她："蒋浩妈妈，你现在……"苏哲奇话还没说完就被蒋浩妈妈打断："我知道苏老师想要说什么，我没事的，不管有没有腿，我都要振作。"

苏哲奇很佩服蒋浩妈妈，但还是希望能帮助她："蒋浩妈妈，有什么事你尽管提，我能做的一定帮你。"

蒋浩妈妈笑了笑说："苏老师，谢谢你在我受伤的这段时间能照顾蒋浩。"蒋浩妈妈说完就要给苏哲奇鞠躬，苏哲奇急忙走上前制止她，并说道："没关系的蒋浩妈妈，这是我应该做的。"

"苏老师，蒋浩上学的事我想麻烦你。"蒋浩妈妈看着自己的腿惨笑了一下，"我现在就是一个废人了，帮不上什么忙，希望你可以照顾蒋浩，让他好好学习。"

"好的，蒋浩妈妈，你放心吧！我会照顾好蒋浩的。"苏哲奇说。

"苏老师，蒋浩上学的问题有着落了，可是，蒋浩妈妈住院没人照顾，这可怎么办？"苏哲奇回到学校后，校长就问道，"再请帮工也需要钱，我们哪来那么多钱？"校长也犯难。

苏哲奇扶着校长坐下来，笑着说道："校长，这你就不要担心了，我已经想到办法了。"

苏哲奇知道校长一定会担心蒋浩妈妈的事情，所以他打算找母亲寻求帮助，就算母亲不同意，他也要说服母亲。

很快电话接通了，苏妈妈好久没听见儿子的声音了，她高兴地接了电话："儿子，你什么时候回来啊？妈都想你了。"

苏哲奇回答："妈，我忙完这阵儿就回去。现在有个事情想请您帮忙。"

苏妈妈一听又有事情，顿时就不高兴了，但又不能不帮忙，因为儿子的好友生子去看她了，说了借钱的事，苏妈妈先是大吃一惊，但很快平静下来，她知道儿子的性格，有求必应，很善良，喜欢帮助别人，所以她故作生气地说："又是那个村子里的事吧！你说吧，什么事？"

苏哲奇嘿嘿笑了一下，说道："妈妈，您能把蒋浩的事情报道出去吗？这个事情真的非同小可，求求您了，这个孩子还小，他真的很可怜，我想帮助他。"

面对儿子的乞求，苏妈妈于心不忍，答应了苏哲奇，把贫困村和蒋浩的事情刊登在报纸上。

苏哲奇上回借生子的钱，给蒋浩妈妈交完手术费后还有一些剩余，他把这些钱拿出来递给校长说："校长，蒋浩还小，他不能照顾他妈妈，我想帮他妈妈找个帮工。这样，蒋浩妈妈的生活起居就有着落了。"

校长握住苏哲奇的双手，激动地说："小苏老师，你真是个大好人啊！我代蒋浩妈妈谢过你了。"

就这样，蒋浩妈妈有了帮工，她得到了好的照顾。

"苏老师，我要是回去上学，妈妈有人照顾吗？"蒋浩抬起头，眨眨眼睛问。

苏哲奇摸摸蒋浩的头说："你妈妈有人照顾的，你现在的任务就是好好读书，你把书读好，你妈妈就高兴了。"

蒋浩听完后眼睛都亮了，大声喊道："我要读书，我要好好读书。"

两人边说边笑，不一会儿就来到了学校。

下午放学的时候，苏哲奇把学生们送到门口，刚要转身往回走就听见有人喊他："苏老师。"

苏哲奇看到曲医生朝他跑过来，由于跑得急，她额头上全是汗水。擦了一下汗水，曲医生对苏哲奇笑着说："苏老师，我告诉你一个好消息。"

"什么好消息？"苏哲奇疑惑地问。

"咱们新买的植株已经种植上了。"曲医生笑着说。

苏哲奇也跟着笑道："这么多天了，终于有点好事了。"

可接下来几天，苏哲奇总是无意间听到有人在说闲话：

"你们说这个苏老师这么帮助咱们青山村，是不是有什么目的？"

"他能有什么目的，一个初出茅庐的小孩子，他还能翻天，我咋就不信呢？"

"你这么说也对，苏老师对咱们这么好，咱们这么说他不好吧！"

"有什么不好的？我就是看不上他，一副多管闲事的样。"

"哎，你们知道吗？蒋浩妈妈的帮工也是苏老师帮忙的，他不会对蒋浩有什么目的，才这么帮助蒋浩妈妈吧？"

"你们在那里瞎说什么呢？再说我就对你们不客气！"刚才一起说闲话的几人，听见声音后转过身，就看见葛奇瞪着眼睛在看他们。

而在葛奇旁边站着的人正是刚才他们口中"有目的"的苏哲奇，他们被吓了一跳，觉得理亏，看了一眼苏哲奇就散了。

两人刚从后山回来，植株已经种上了，就等开花结果了。

"苏老师，你别听他们瞎说，这些蛮人，什么都不懂，净胡说八道。"葛奇转头看苏哲奇脸色不好。苏哲奇拍了拍葛奇的肩膀，"葛大哥，就让他们说吧！"

苏哲奇帮助蒋浩，不是出于什么目的，更不是村民口中的多管闲事，他是真心想为青山村谋福。而且现在的他是蒋浩唯一的依靠，对蒋浩的帮助既包含了师生情也包含着重重的责任。

"这不是我们苏老师吗？怎么不高兴了？是谁说了不好听的话惹到我们苏老师了？啧啧。"刘大河不知道从哪里窜出来，走到苏哲奇身边，手插在裤兜里，眯着眼看着苏哲奇。

下一秒，刘大河"扑哧"笑出声，摇摇头，"安慰"苏哲奇："苏老师，别不高兴了，那些人说话不好听，我替他们给你道歉，还请您大人有大量原谅他们。"

刘大河表面上说的好听，可谁都知道他没安好心。果然，下一秒刘大河就露出了真面目，他凑到苏哲奇耳边，轻声说道："苏哲奇，你就是个什么都不懂的小伙子，你拿什么和我斗，早晚有一天你会被我赶出青山村，我会让你什么都得不到。"

刘大河说完吹着口哨高兴地走了。

站在原地的苏哲奇脸色很难看，一阵青一阵白。葛奇不知道刘大河刚才说了什么，但他知道以刘大河的性格一定会为难苏哲奇，他往地上狠狠地吐了口唾沫："我呸，这个刘大河，不知好歹，给点脸就上树，真是烦人。苏老师，不要理他，我葛奇一定会力挺你。"

苏哲奇苦笑了一下没说话。

他回到学校后，校长看他闷闷不乐，坐在苏哲奇身边问道："小苏老师，怎么了？"

"没怎么，校长，我在想还要怎么帮助蒋浩家，才能让他过得更好？"苏哲奇回答。

"小苏老师，你做得已经够多了，不用再做了。是不是有人说你的不是了？"校长又问道。

"没有，是我想得太多了。"苏哲奇说。

校长看到苏哲奇的表情后，知道又有村里人说闲话了，站起来往门口走去。

苏哲奇来到青山村不是一天两天了，他很清楚这些村民是什么样子，有人支持他，就必定有人反对他，在背后说闲话。他不会去为自己辩解，更不会因为一点小事就闹得鸡犬不宁，他是来支教的，为孩子、为村民造福的。

苏哲奇又一次来到后山，眼前全是种好的植株，有的植株上面还长出了小花。看到眼前的景象，他深吸一口气，轻松地说："这是好景象啊！"

"苏老师。"苏哲奇听见有人在喊他，转过身看是葛奇，葛奇一脸焦急，脸上流着汗，苏哲奇心里咯噔一下，感觉有什么大事要发生，他忙跑过去问道："怎么了，葛大哥？"

"不好了，校长去找那几个人理论，那些人错手把校长打了。"葛奇边说边用手指着村头的方向。

苏哲奇听完后顿时激动起来，双手抓着葛奇的肩膀，瞪着眼睛问："葛大哥，到底怎么了？你快和我说。"

"校长听说你被几个村民说三道四的，就去找人理论，那些人承认了此事，校长说你是为咱们村造福，可那几个人不听，校长走上前还想说什么，那个人一挥手就打到校长了。"葛奇气喘吁吁地说着事情的来龙去脉。

"那校长现在怎么样了？"苏哲奇担心校长，毕竟年龄大了。

"苏老师，你别着急，校长已经被送到曲医生诊所了，应该没事了。"苏哲奇听到没事了，松了一口气。

两人来到曲医生诊所后，校长左手打着点滴，右手拿着水缸子，看见苏哲奇进来后，他放下水缸子："小苏老师，你怎么来了？"

"校长，您没事吧？"苏哲奇担心地问道。

校长摇摇头："没事。就是被他们刮了一下，无大碍的。"

"我的校长哎！你没事吧？这些人也不知道尊老爱幼，怎么就能狠心下得了手？"刘大河从门口一下子扑到校长身边，还故意掉两滴眼泪，他跪在校长面前，握住校长的手，"苏老师，别人说你两句怎么了，能掉块肉还是能怎么的，你就打小报告？校长年龄都这么大了，你就忍心让他替你出头？"

"行了，大河，你别说了，是我自己去找那帮人的，不关小苏老师的事。"校长说完把手抽出来，推开刘大河，"你快起来，地上凉。"

刘大河"嗯"了一声，从地上起来。

苏哲奇看着刘大河，突然笑出声。刘大河纳闷了："苏老师，你笑什么？"

"我笑你无知，刘大哥，你每次都假意说为我好，可事实呢？变相侮辱我，我以前是不想理你，可现在你越来越过分了。"

苏哲奇真的生气了，他不想和人计较，可刘大河太过分，什么事都能被他颠倒黑白，真的很可恨。"你这么多年为青山村做过什么好事吗？别人家有点事情你就立刻说这说那，明明只是一点小事也能被你夸大成天大的事，你真是前无古人后无来者。"

刘大河听见苏哲奇把事实说了出来，他觉得很没面子，上去就要打苏哲奇，身后的葛奇赶紧上前抱住刘大河，气喘吁吁地说："大河，有事好说，不要打架。"

"有事好说，有什么事能好好说？葛奇，你不要在这装好人了，谁都知道你和苏哲奇是一伙的，有啥好事你能不向着他？你就是胳膊肘往外拐。"刘大河力气大，越说还越生气，挣扎过程中一下子打到葛奇头上。

葛奇觉得眼冒金星，苏哲奇看见葛奇被打，他立刻就急了，上前推了一下刘大河："你打葛大哥干什么？"

刘大河怎会让自己吃亏，随手推了一下苏哲奇。就在两人要打在一起时，校长大喊道："你们两个，快停手。"

此时，曲医生也从外面赶来，看见拧扎在一起的两人，还有地上躺着的葛奇。立刻上前扯开苏哲奇和刘大河。

"你们两个丢不丢人，让外村人看见了，以为我们村人不合呢。"曲医生皱着眉头大喊道。

刘大河拍拍衣襟，"哼"了一声。

"真是晦气。"刘大河愤愤地说道，转身吐了一口唾沫。

苏哲奇瞪了一眼刘大河，也拍拍自己的衣襟。

"葛大哥，你没事吧！"苏哲奇把葛奇扶起来，担心地问道。

葛奇摇摇头，刘大河看了一眼葛奇低下了头，小声说道："对不起啊！我不是故意的。"

葛奇是个出了名的好脾气，他也知道刘大河不是故意的，笑了一下说："大河，我没事!"

"刘大哥,你还有事吗?没事的话请你出去吧!"曲医生把校长的点滴瓶换了下来,对门口的刘大河说。

"这是在下逐客令啊!"刘大河气愤地点点头,"行,我这就走,不打扰你们开会了。校长您好好休息,小曲,我会来看你的。"

"唉,这个刘大河,太过分了。"校长叹声气,摇头说道。

"大河也是可怜人,他从小失去父母,性格也是那时候养成的。"校长回想起刘大河小时候吃的苦,就感觉很心疼。

小时候的刘大河很懂事,很讨人喜欢,见到熟人都会叫一声大爷大娘好,可自从父亲去世,妈妈和别人跑了,他就像变了一个人,到处搞破坏,长大后更甚,说人是非,见不得别人好。

"你刚才去哪里了,曲医生?"校长问道。

"我刚才去打了个电话。"曲医生回答。

苏哲奇和刘大河的冲突就这样过去了,不再追问谁对谁错,别人都认为这只是一场误会。校长见没有事了,便和葛奇先回去了,诊所里只剩下曲医生和苏哲奇了。

"我刚才给同学打了电话,想让他们帮咱们。"曲医生边整理工具边说道,"他们愿意帮忙。"

"那就太好了。"苏哲奇很高兴,"我妈妈已经把青山村的特色土产品都刊登在报纸上了,希望能吸引投资商。"

上次苏哲奇给母亲打电话的时候,不仅把蒋浩一家的事说了出去,还有青山村特色土产品的事也和母亲说了。

第17章 刘大河跑了

一阵铃声响起,两人的谈话就此中断。

"喂,曲雅,你抽空来一趟城里吧,我刚才替你找到了一个商家,他表示愿意帮忙。"

曲雅就是曲医生的名字，但大家习惯叫她曲医生。

"真的吗？太谢谢你了，鱼茹。"曲医生高兴得手舞足蹈，"苏老师，我同学说有个商人想帮助咱们青山村，让我这几天就过去。"

苏哲奇听着曲医生的话，总觉得怪怪的，为什么平白无故就有人愿意帮忙，他也跟着笑了笑："我和你一起去。"

很快就到了约定时间，苏哲奇和曲医生一起来到城里，他们见到了那个商人。

"你们好，你们就是青山村的代表吧！我叫杜坤，是大尚公司的经理。"杜坤伸出手。

苏哲奇很有礼貌地回握了一下说："您好，我叫苏哲奇，很感谢您愿意帮助我们青山村。"

"我也是托人帮忙。"杜坤笑了笑，看到苏哲奇身边站着的曲医生，"这位应该是曲医生吧！果然长得很美。"

曲医生并不是很高兴，觉得这个杜坤有些虚情假意，但她不能表露出来，回了一个不失礼貌的微笑："杜总好，还希望杜总能多多帮助我们青山村啊！"

"一定，一定。"杜坤说道。

"你们带青山村的特产了吗？我得先看看品质才能决定是否能合作。"杜坤问道。

苏哲奇赶紧拿出小袋装的木耳和核桃，杜坤看了看后点点头。

这时杜坤的助理在他耳边轻轻地说了几句话，只见杜坤脸色骤变，随后摆摆手让助理先行离开。

他拿着手中的样品，对苏哲奇和曲医生说："那个，实在不好意思，我这边还有点事要忙，这个特产我就先拿回去，如果品质过关的话，我们再联系。"

"好的，那就麻烦杜总了。"曲医生笑着说。

杜坤让助理把样品拿去质检。

助理把样品拿走了，结果需要过几天才能出来。

星期一的早晨，教室里传出来了一个女孩子的朗读声，是王莎莎。

她很早就来到了教室，把教室打扫干净后，就坐在座位上，拿出课本，大声朗读课文。其他学生也陆续来了，拿起课本开始朗读。

苏哲奇进入教室看到孩子正拿着课本认真地大声朗读。不过总有学生是例外，比如程孝强，他正在用手托着头打瞌睡。

苏哲奇摇摇头，走到程孝强身边，刚要叫醒他，就看见程孝强的身子向地面倒去，苏哲奇一把抱住程孝强，接着程孝强从梦中惊醒，还颤抖了一下，转头就看见"黑脸"的苏哲奇。

程孝强知道自己做错了，立刻站起来，低下头闷闷地说："对不起，苏老师，我错了，请惩罚我吧！"

苏哲奇突然"扑哧"笑了，点了一下程孝强的头："你这是从哪里学到的台词？"

程孝强抬起头，露出前面的小白牙，挠挠头回答："电视里就是这么说的，是我说错了吗？"

接着他就听见全班哄堂大笑。程孝强噘噘嘴，指着笑他的同学："你们不许笑，不许笑！"

可其他同学不顾他的"警告"，还在笑，程孝强气得满脸通红，眼泪汪汪的。

苏哲奇也笑出声，又看向那些大笑的学生们："好了，大家不要笑了，再笑老师就不高兴喽！"说完还象征性地板板脸。

在相处的过程中，苏哲奇和孩子们的感情更加深厚。

下午放学的时候，苏哲奇又来到后山，他站在山峰上，俯视青山村。虽然他来到这里后发生过很多不愉快，但大多数时间都是高兴的，他感受到了这里的风土人情，也感受到了这里的温暖。

因此，他对山村的感情更加浓厚。

苏哲奇走到植株前，想望向远处，而视线已被浓密的花遮住了。

"终于开花了，就差结果了。"苏哲奇看着这些茂盛的植株，满意地笑了。

但万万没想到，这些植株被人为破坏了。就在苏哲奇离开后山时，有个人影从山峰的另一面走出来，愤恨地说："苏哲奇，你摊上大事了。"

第二天，后山全是被破坏的植株，地上到处都是残枝败叶，有的植株被连根拔起，有的植株被从半截弯断。

苏哲奇刚走出教室门口，就看见一帮村民聚集在学校操场上指指点点。

他很奇怪，不知道这是什么情况，正巧葛奇走到他身边，便问："葛大哥，这是怎么了，又发生什么事了？"

"后山的植株全被人给破坏了，大家以为是你做的。这不，来讨伐你了。"葛奇指着那些人说道。

"什么？全被破坏了？"苏哲奇被惊住了，昨天看到的植株明明还好好的，怎么一夜之间就被破坏了？"不行，我得去看看。"说完就要往后山走。

"不行，大家不能让他走。"

众人又把苏哲奇推了回去，苏哲奇一个踉跄没站稳，差一点摔在地上。

"苏老师，你说吧！你为什么要那么做？"

"对，你为什么要破坏植株？"

"让我们出钱买植株，我们买了，马上就要成了，你怎么又给破坏了，你于心何忍？"

苏哲奇感到莫名其妙。他分明是被栽赃陷害的，为什么会被众人讨伐？

"大家听我说，听我说！"苏哲奇无奈，但是必须要把大家安抚下来。

"今天你必须给我们个说法！"

"大家认真想想，种植特产这件事是我提出来的，现在马上就要结果了，我为什么要去破坏呢？"众人觉得苏哲奇说的很有理，"你接着说。"

"这些植株，我和葛大哥精挑细选，才选出来的，又是大家辛苦种的，我们出了这么多人力物力财力，我怎么可能去破坏呢？"苏哲奇怕大家听不清楚，扯着嗓子喊道。

"是啊！小苏老师是不会去破坏大家的劳动成果的。"校长去了后山，这才知道怎么回事，他很了解苏哲奇，"苏老师不会做对不起大家的事的。"

大家看校长发话了，才平复下来，因为校长是值得信赖的。

"那是谁这么坏，把植株拔下来？"

过了一会儿，只听见"呀"的一声。

"该不会是刘大河吧！他那么讨厌苏老师，做出这种事也不为过吧？"

"我昨天就看见刘大河在后山鬼鬼祟祟，原来是做这种事！"

"等我看到刘大河，我一定要揍他满地找牙。"

"走，我们这就去问刘大河，他为什么要这么做？"

这些人又往刘大河家的方向走去。

"苏老师，我们也去看看吧！"葛奇说道。

他们来到刘大河家里，只见大门紧闭，窗户也都紧紧关上。

"刘大河，快点出来！"这些人敲了好长时间的门，也没见里面有人出来。

有人一脚把大门踹开，其他人蜂拥而入，打开门后，里面没人。

"这人是跑了？"葛奇看着空空的衣柜问道。

"哼，刘大河，别让我找到你！"

还有人踹了一脚凳子，发出"哐"的声音："刘大河，你等着！"

刘大河就这么跑了，剩下的烂摊子还得苏哲奇收拾。

第18章　王莎莎奶奶去世

"这可怎么办？刘大河把植株破坏了，我们可怎么办？"

"是啊！刘大河这个害人精。"

"哎，小苏老师，种植特产是你想出来的，你看看怎么办吧！"

苏哲奇想到了当初还有剩下的植株，那是没有地方可种才留下的。这些植株都栽培在葛奇家的院子里，原本是准备补栽没成活的植株。他对村民说："还有点植株，现在种应该还来得及。"

葛奇猛地拍了一下大腿，瞪着眼睛说："不好了，苏老师，那些植株要被烧掉了。"

"什么？怎么回事？"苏哲奇惊了一下。

"我家那老太太，不知道这是植株！正要用它烧火呢！"葛奇出来的时候，只是瞄了一眼灶坑，"我打眼一看以为是破烂木棍呢，就没当回事，现在想想应该是植株，快，现在回去应该来得及阻止。"

葛奇说完后，赶紧往家的方向跑去。

到了葛奇家后，大家看见植株正整齐的摆放在门口。

"这些植株不是好好的吗？"

葛奇也纳闷，摸着后脑勺：快被烧掉的植株怎么会出现在这里？

"哎呀，葛奇，你可算回来了。"

说话的人是葛奇的媳妇，叫苏达，她和葛奇一样，为人老实，喜欢帮助别人。

"苏达，这是怎么回事？"葛奇指着地上的植株问。

"刚才咱妈要烧火，我一看居然是那个植株，可把我吓坏了，立马就把植株抱出来，换上别的木头给妈烧火了。"苏达说完后怕地拍拍胸脯。

"那就好，植株没事就好。"葛奇也松了一口气。

苏达转过头就看见了苏哲奇，立刻想起刚才的事情，走到苏哲奇身边，说："苏老师，刚才曲医生在找你呢，你来的时候没看见她吗？我看她好像很着急。"

"曲医生找我，她说了是什么事吗？"苏哲奇疑惑地问。

"没有，她告诉我看见你的话就让你赶快去诊所。"苏达回答。

"好，知道了，我这就去，谢谢你，葛大嫂。"苏哲奇说完就往诊所跑去。

留下的人看见植株没事，也就散去回家了。

苏哲奇来到诊所，只看见了里面躺着一个人，旁边还有个小女孩，是王莎莎和她奶奶。

王莎莎看见苏哲奇，一下子跑过去抱住了苏哲奇，抽泣着说："苏老师，我奶奶生病了。"

苏哲奇把王莎莎的头抬起来，给她擦了擦眼泪，小声问道："莎莎，你奶奶怎么了？"

"我奶奶今天一大早突然晕倒了。"王莎莎哭着说。

"曲医生，这是怎么回事？"苏哲奇着急地问曲医生。

"王奶奶是突发的急性脑溢血。"曲医生闭了一下眼睛说。

苏哲奇抿着唇没说话，王莎莎一下子就哭了出来："我只要奶奶，我要奶奶好好的。"

苏哲奇把王莎莎抱在怀里，看着曲医生问："严重吗？"

曲医生摇摇头并示意苏哲奇跟着她前去，小声说道："你也知道，患者突发脑溢血情况有多危急，现在最重要的是，患者到目前还没有意识，我给她使用了凝血的药物。这种属于颅内出血症状，具体还是要看患者的颅内压、神经功能和血管的情况。目前我能做的就是帮助王奶奶控制住脑部的出血，等情况不那么危急的时候看情况再做处理。"

由于青山村的医疗条件有限，像王奶奶这样年纪的人突发脑溢血，不仅很难在第一时间进行全方位的检查，而且药品也并不齐全。但由于病人年纪过大，她必须在第一时间得到救治，所以青山村的诊所也就成了第一选择。

过了一会儿，王奶奶的心跳监视仪发出了警报。

"滴——"

曲医生焦急地在过道大喊，"护士快，王奶奶情况紧急。"

随即，曲医生跑到病床边给王奶奶进行心脏复苏，她疯狂的按压，10分钟，20分钟，30分钟过去了。病房内安静的落针可闻。

其他人都紧张地看着病房中的一切，王莎莎年纪太小了，苏哲奇带着她走到病房外，焦急着等待着！

40分钟后，护士拽了拽曲医生的衣角，小声提醒道："曲医生。"

曲医生根本听不进护士的声音，她还拼命地按、拼命地按，一边按，一边哭。

"时间到了。"护士再一次提醒曲医生，她也知道，曲医生难过。

一个小时过去了，曲医生瘫软在了床边。她忍住眼眶里打转的泪水，缓缓起身宣布："王奶奶，急性脑溢血经抢救无效，死亡！死亡时间……"

"奶奶，奶奶，你醒醒啊！"无论王莎莎怎么哭喊，王奶奶都不会再睁开眼睛了。

苏哲奇和曲医生也红了眼眶，王莎莎还这么小，面临着没人疼爱的情况。有人问道："那王莎莎的父母呢？"

苏哲奇冷哼了一声："她没有父母。"

"怎么可能没有父母？"那人问。

"从小就没有过父母的疼爱，奶奶照顾她长大的。"苏哲奇红着眼眶回答。

"那你是谁，为啥要照顾她？"那人又问。

"凭我是她的老师，凭我是她的亲人。"苏哲奇回答。

在苏哲奇的帮助下，王莎莎度过了这段难过的时期，可她现在面临的是没有书读的处境。

"苏老师，你看见王莎莎了吗？"曲医生跑到学校问苏哲奇。

"我先让莎莎去蒋浩家里了，她和蒋浩一起玩儿呢。"苏哲奇笑着回答。

"那就行，我这几天没看到她，有点担心。"曲医生气喘吁吁地说。

"我让她去了蒋浩家，等下周他们就一起来上学了。"苏哲奇让曲医生坐在椅子上，又给她端了一杯水。

"莎莎真的很乖，就是她父母有点差劲。"曲医生提到王莎莎父母，撇了撇嘴巴，"对了，那个植株怎么样了？"

"植株已经重新种上了，很快就能开花了。"苏哲奇也是刚从后山回来，他也帮忙种植株了，裤子和鞋上还沾着泥土。

"苏老师，这些植株好像比上回种的植株还要好？"

"因为以前的植株种的早，现在才是最合适的时候，这些植株可得小心点啊！差一点就要光荣牺牲，当柴火了。"

说完两人都哈哈大笑起来。

"苏老师。"蒋浩忽然急匆匆地跑进来，他看见了这样的画面：苏哲奇和曲医生正在"深情"对视，曲医生的双手还支撑在苏哲奇椅子的扶手上。

"苏老师。"两人听见有人喊苏老师，才回过神来。曲医生拍拍苏哲奇的衣服，尴尬地说了一声"脏了"，坐回自己的椅子上，脸面通红，不好意思抬头看苏哲奇。

苏哲奇咳嗽两声，也拍拍自己的衣服，这才招呼蒋浩："怎么了，蒋浩，火急火燎的？"

蒋浩知道轮到自己说话了，紧绷的小脸立刻哭了出来。苏哲奇和曲医生以为是自己刚才的行为吓到蒋浩了，曲医生走到蒋浩身边小声询问："怎么了？是不是刚才姐姐吓到你了？"

蒋浩摇摇头，"那是怎么了，别哭了。"曲医生边说边帮蒋浩擦眼泪。

"是王莎莎，她妈刚才去我家，把莎莎拽走了。莎莎不走她妈就把莎莎揍了，说不让她读书，让她干活。"蒋浩磕磕绊绊地说出了实情。

"这个父母是怎么当的，真是讨厌。"曲医生哼了一声，仿佛看见了王莎莎父母，往外面瞪了一眼。

"那王莎莎现在在哪里呢？"苏哲奇起身走到蒋浩身边问。

"她妈把她架回去了。"蒋浩回答。

"走，我们现在就去王莎莎家。"苏哲奇对曲医生说。

第19章　刘大河回村

"蒋浩，你先回家吧！"苏哲奇拍拍蒋浩的肩膀说。

王莎莎家里是这样的情况：王莎莎站在墙边，她妈妈李莹手里还拿着一根木棍，还往地上敲，吓得王莎莎浑身直哆嗦。

"我不是告诉你了吗，不让你出去，你怎么就是不听话？"李莹说完把木棍打在王莎莎屁股上,王莎莎疼得"哇"一声哭了出来。

王莎莎哭叫着:"妈妈,我错了,我再也不出去了。"

苏哲奇听到声音后立刻走进来,把王莎莎抱在怀里,摸着她的头安慰她:"莎莎乖,不哭了,苏老师来了。"

"苏老师,我好疼啊!"王莎莎抱着苏哲奇的脖子,哭着说。

曲医生一把夺过木棍,扔在地上,发出"啪"的一声。

"你这是做什么啊,莎莎妈妈?"苏哲奇看着坐在椅子上的李莹问。

"我在教训我自己的女儿,你们敢阻拦我?"李莹瞪大眼睛,说完就要扯过王莎莎,王莎莎害怕,往苏哲奇怀里躲。

曲医生推了一下李莹,李莹一下子就急了,从椅子上站起来,指着曲医生大喊:"你干什么啊?"

这时王莎莎爸爸王瞬从外面走进来:"李莹你在喊什么?在门口就听见你的声音了。"

此时王瞬还没看见苏哲奇和曲医生,李莹又冲丈夫喊道:"你说我干什么,是他们先推我的。"

"他们?"王瞬回过头,这才看见曲医生和苏哲奇,还有趴在苏哲奇怀里的女儿。

"苏老师,你来干什么?"王瞬认识苏哲奇,那还是"盖房子"的时候。

苏哲奇让曲医生安慰王莎莎,他说道:"我来看看莎莎。"

"现在人你也看到了,就不要耽误莎莎干活了。"李莹抢先说道,说完就把苏哲奇和曲医生往外推。

"莎莎还这么小,你让她干什么活?"苏哲奇用脚顶住大门,皱着眉头问。

"现在不让她干活,难道要等到像蒋浩妈妈那样,什么也不能干才好吗?"苏哲奇没想到李莹嘴这么毒,居然这么说蒋浩妈妈,他立刻反驳道:"莎莎妈妈,你怎么能这么说蒋浩妈妈,她是个很要强的人,就算她以后不能干活,我也会想办法帮助她的。"

"好好好,你怎么说都有理,现在你能走了吧!院里那么多木头和玉米都等着她呢。"果然,苏哲奇看见了院子里没劈的木头和没剥的玉米。

"你们怎么忍心让她干这么多农活,她才这么小?"苏哲奇说完就要往里面挤,但李莹怎么能让他进来,一使劲就把苏哲奇推了出去,随即就把大门关上,还用木棍支住,怕苏哲奇进来。

第19章 刘大河回村

李莹进屋把王莎莎推到院子里，指着玉米和木头说："还愣着干什么？还不快点干活。"说完转身进屋了。

苏哲奇在土墙边往里面看，王莎莎垂着头，正拿着斧头费劲地砍柴，还差一点砸到脚，吓得她"啊"了一声。

李莹闻声赶紧走了出来，左手叉腰，右手捏着王莎莎的耳朵拧扯着："你喊什么？你弟弟醒了怎么办？"

"我知道了，妈。"王莎莎委屈地说着，又把刚才掉到脚边的木头捡起来。

苏哲奇看着王莎莎，他感觉很痛心，这么小的孩子就要干这么多农活，他第一次看见这样子的父母，不疼爱孩子，而是把孩子当作干活的工具。

他想要从墙上跳进去帮王莎莎的忙，曲医生一把拦住苏哲奇："苏老师，你不能进去，你要是进去了，王莎莎父母肯定会找你的麻烦，我们先回去。"

一天后，王瞬抱着王莎莎跑到曲医生的诊所："曲医生，你快帮我看看莎莎，这是怎么了？"

"莎莎。"曲医生叫了一声王莎莎的名字，见王莎莎没有反应，她摸了摸王莎莎通红的小脸和额头。

"这是高烧了，你快把莎莎放到床上。"曲医生又拿出听诊工具听了一下，"没有什么大碍，就是高烧了。"

"高烧，怎么能高烧？家里还有那么多活没干呢。"李莹怀里抱着一个小男孩走了进来，看到床上的王莎莎没有一点心疼的样子，反而是瞪了她一眼，"累赘。"

"莎莎妈妈，请问你是她的亲生母亲吗？孩子不能帮你干活，生病了就说是累赘。难道她生来就是替你干活的？"曲医生给王莎莎打了退烧针，转身对李莹说。

"我没这么说。"李莹见曲医生把她的心里话说了出来，就不再说话了。

曲医生笑了一声："莎莎没事了，等打完点滴回家吃点好的就可以了。"她怕王莎莎父母还让她干农活，"你们这几天就不要让莎莎干农活了，她很快就会好起来了。"

就这样，王莎莎醒来后跟着父母一起回家了。

曲医生刚出门口，就看见外面蹲着一个人，她被吓一跳，哆嗦着双唇问："你是谁啊？"

那人慢慢抬起头，曲医生看见那人的脸后，顿时就惊住了，指着那人说："你，你，你是刘大哥？"

没错，那个人正是刘大河，此时他灰尘土脸的，穿的衣服就像乞丐一样，鞋子还破了几个洞，隐约能看见露出的脚趾。头发就像扫帚，站立起来。

"曲医生，我……"刘大河话还没说完，就听见后面有人喊，"刘大河。"

刘大河以为是"那些人"，他吓得抱住头，嘴里还发出"别打我"的咕哝声。

"葛大哥，你等会，我去给你拿药。"曲医生磕磕绊绊，赶紧转身回去给葛奇拿感冒药，把药递给葛奇，"葛大哥，你看这怎么办？"

"没事，你先回屋吧，刘大河交给我，回去把门锁好。"葛奇说道。

葛奇走到狼狈的刘大河面前，他蹲下身，扒拉着刘大河的头发，看见刘大河的模样后，他也吓了一跳，感觉眼前的人很可怜，可转念一想植株的事，他拿起药就走了，他要向被刘大河坑了的人报告。

"刘大河逃回来了，刘大河回来了。"葛奇大喊道，不一会儿就看见曲医生的诊所聚集了很多村民。

刘大河一看情况不好，站起来就要跑，可被众人挡住了去路。他被一把推倒在地，眼睛里充满了惶恐。

"刘大河，你还有脸回来，也不嫌臊得慌？"

"我要是你我宁可在外面自生自灭，也不回这个村子里。"

"你真是不要脸，你把我们祸害成什么样了，还有脸回来。"

苏哲奇挤开人群，看到眼前的刘大河后，他皱了一下眉头，轻声地喊："刘大哥。"

刘大河听见有人喊他，抬起头。苏哲奇看见这个人果然是刘大河，他急忙走上前想要扶起刘大河，却被葛奇一把拦住："苏老师，小心为妙。"

"没关系的。"苏哲奇说完走到刘大河面前，把他扶了起来。

刘大河却一下子甩开苏哲奇："不用你假好心。"

苏哲奇只能缩回手，又看了一眼愤愤不平的村民。

"大家安静一下，那件事已经过去了，大家就不要为难刘大哥了。"苏哲奇不希望村民因为植株的事找刘大河麻烦，于是他打算讲和，不再提植株的事。

"既然苏老师这么说了，那我们就不为难刘大河了。"

"刘大河，苏老师替你说话了，那件事就算了。"

众人在刘大河的惊恐中离开了。

"刘大哥，你这是发生什么事了？"苏哲奇问道。

"你起开，不用你可怜我。"刘大河回答。

"刘大哥，我没有可怜你，我是真的想帮助你。"苏哲奇说。

刘大河转了转眼睛，心想：这样也好，苏哲奇在村里还有点威望，我现在还需要他的帮助。

"你想帮我的话，就给我找套衣服吧！"刘大河说。

苏哲奇笑了，以为刘大河接受他了，高兴地说："好。"

回到学校后，苏哲奇给他找了件比较宽松的衣服："刘大哥，你先将就穿，等会儿我去给你找几件你能穿的衣服。"

刘大河点点头。

刘大河在苏哲奇的宿舍转了转，摸着下巴说："这小生活，过得挺好。"说完气愤地踹了一脚床边。

苏哲奇把水端进来，放到洗脸架上说："刘大哥，你先洗把脸吧！"

"苏老师，以前是我不对，我向你道歉，请你原谅我。"刘大河装得掉了两滴眼泪，瘪着嘴巴说。

"哎，刘大哥，别说那么见外的话，以前的事我早都忘了。"苏哲奇笑笑。

"苏老师，我听说大河回来了，在哪呢？"还没看见校长人，就听见校长的话音。可见，校长是多么希望刘大河回来。

"校长，刘大哥在我这里呢。"苏哲奇说完把校长扶了进来。

"大河，这次回来就不走了吧！在外面是不是受老苦了，你看看，都瘦了。"校长握住刘大河的手问。

"嗯，校长，我回来就不走了，还得麻烦您老人家了。"刘大河笑着回答。

"不麻烦，不麻烦。"校长笑眯眯的。

"刘大河，刘大河，你给我滚出来。"外面来了一帮人，叫骂着刘大河，让他滚出来。

苏哲奇听见外面有人喊刘大河的名字，他想走出去，却被刘大河一把拽住衣角，颤抖着说："苏老师，不要理他们，他们过一会儿就走了。"

苏哲奇看了一眼刘大河，坐在椅子上没有走出去，可几分钟后就听见了玻璃破碎的声音。

"我怎么听到了玻璃碎了的声音？"校长问。

"我出去看看吧！"刘大河想阻止苏哲奇，却晚了一步，苏哲奇还是走了出去。

"你们为什么砸玻璃？"苏哲奇指着眼前的人问。

"我们找刘大河，你是谁？"那个领头的人喊道。

"我是苏哲奇，你们找刘大河做什么？"苏哲奇看着眼前的这些人不好惹，一个个凶神恶煞的。

"苏哲奇，我们不认识你，我们只找刘大河。"那个领头人瞪着眼睛，快要把眼珠子瞪出来，凶狠地说，"快点让刘大河出来，否则这个破学校就倒霉了。"

苏哲奇不想让学校出事，可他又不想让刘大河落在这些人手里，谁知道这些人有什么坏道道。

"刘大河不在这里，你们还是走吧！"苏哲奇壮着胆子说。

"哼。"领头的又瞪了一眼苏哲奇，往地上吐了一口口水，"不在这里，可我们收到消息，刘大河就在这里。"

苏哲奇吓得往后退了几步。

第20章　王莎莎被撵出家门

"大河，那些人是找你的吧？"校长站在窗边看着手拿棍棒的人问道。

刘大河从青山村逃出去后，去了另外一个镇子，在"朋友"家里住了几天。可他没想到的是，那个"朋友"居然带他赌博，来来回回就欠下了一笔债。

没钱还，那些人就把他绑了起来，拳打脚踢、棍棒相加那就是家常便饭。想到这里，他浑身颤抖着。

身上全是青紫，没有一块好地方。

"大河，你不能让小苏老师替你承担责任啊！"校长急得跺了一下脚，恨铁不成钢。

"我没有让他出去，是他自己出去的。既然他已经出去了，就让他当一次替死鬼吧！"刘大河颤抖着发紫的双唇说。

"刘大河，你有没有心，苏老师不欠你的，以前你说他的坏话，他都不和你计较，现在你怎么忍心说出这样的话？"校长一巴掌拍在刘大河的脑袋上。

刘大河这才慢悠悠地走了出去。

"刘大河，终于舍得出来了。"那个领头的人说道。

刘大河顿时头皮发麻，一下子跪在那人身前，苦苦哀求道："吕大哥，求您再宽限几天，过几天我一定还你钱。"

只见吕大哥冷哼一声，一脚踹倒刘大河，蹲下身拎着刘大河的衣领说："我已经给你很多天了，谁承想你居然逃了回来，那就别怪我了。"

吕大哥又摸摸刘大河身上穿的衣服，咂巴咂巴嘴："衣服不错，肯定很值钱。这件衣服能抵挺多钱，没钱的话就把衣服脱下来抵债吧！"吕大哥说完就要把刘大河的上衣脱下来。

刘大河把吕大哥推到一边，双手紧紧护住身上的衣服。

吕大哥从地上起来，擦擦嘴边沾上的泥土："兄弟们，给我上，今天一定要把这件衣服脱下来。"

就在众人要上前的时候，苏哲奇从兜里拿出一沓钱，挡在了刘大河身前。那些人踌躇不定，纷纷看着吕大哥。

"这些钱还你，放了刘大河。"苏哲奇盯着吕大哥的眼睛说。

吕大哥看看苏哲奇，又看了一眼地上的刘大河，害怕苏哲奇反悔似的一把抢过钱，数了数后，笑道："刘大河，算你走运，这笔账有人替你还了，我们不会再来了。"说完后转身就走了。

那些人走后，苏哲奇把刘大河扶了起来。刘大河却一把抱住苏哲奇，哭出声："对不起，苏老师，对不起，我错了。"

刘大河认识到了自己的错误，和苏哲奇冰释前嫌。

"苏老师。"曲医生急匆匆地跑到学校，此时苏哲奇正在洗脸，没有看见曲医生人，只听到了她的声音，想拿毛巾擦脸却忘记了放在哪里，到处摸索着毛巾也没摸到。

"给，毛巾。"曲医生把毛巾递给了苏哲奇。

"谢谢。"苏哲奇擦干脸又问道："你一早就来找我，发生什么事了？"

"是王莎莎，她前阵子发烧了到我诊所，打了一针退烧针好了，可刚才他父亲又到我诊所拿药，拿完就走了，我没来得及问莎莎的情况。"曲医生担心王莎莎，急得在屋子里转着圈走。

"你别担心，我们这就去王莎莎家里看看怎么回事。"苏哲奇说。

两人来到王莎莎家里，还没走到她家门口，就听见一个男孩子的哭声。

接着他们就听到了一阵训斥的声音："你怎么照看你弟弟的？啥也不是，啥事能指上你？快去干活，干不完不许吃饭。"

王莎莎瘪着小嘴，不敢吭声，径直走到木头旁边，拿起斧头费劲地劈柴。

　　苏哲奇听不下去了，他径直走到王莎莎身旁，一把抢过王莎莎手中的斧头，扔到地上。

　　而那个小男孩显然被吓到了，"哇"的一声哭了出来，王瞬听见儿子的哭声，忙抱起儿子，哄道："儿子不哭了，跟爸说，怎么了？"

　　那个小男孩是王莎莎的弟弟，叫王宝，是家里的宠儿，父母一心都放在这个男孩身上，哪有时间管王莎莎，家里的农活自然是王莎莎干。

　　王宝指着苏哲奇站着的方向，王瞬眉头拧成"川"字，质问道："苏老师，你怎么又来了？"

　　"莎莎父母，我早就告诉过你们，不要让莎莎干活，对她发育不好，你们怎么不听，还让她干？"曲医生生气地拿起一个没劈的木头指着王莎莎的父母问。

　　"她干不干活关你们什么事？你们别在这多管闲事。"王莎莎母亲李莹也不示弱，瞪着眼睛说。

　　"莎莎，你想干农活吗？"苏哲奇蹲下身小声地询问。

　　"王莎莎，你要是说'不'，你以后就别回这个家了。"李莹冲王莎莎大喊道。

　　苏哲奇看了一旁呼哧带喘的李莹，瞪了她一眼，"这个人真是没素质"，但他没有说出来，只是心里想的。

　　"莎莎，你不要怕，你和老师说实话。"苏哲奇笑着摸摸王莎莎的头，小声说道。

　　"我想上学，我不想干活，也不想照顾弟弟。"王莎莎看着苏哲奇的眼睛回答。

　　苏哲奇知道这是王莎莎的心里话，孩子的眼睛是最单纯的，也是最不可能骗人的："那你愿意和老师走吗？"

　　王莎莎转头看了看李莹，而李莹正在瞪着眼睛看她，王莎莎吓得哆嗦了一下，又看向父亲王瞬，而王瞬根本没有看她，只顾着哄王宝。

　　王莎莎垂下了头，小手牵上苏哲奇的大手，等再抬头的时候，已经是眼泪汪汪的，委屈地说："苏老师，我愿意和你走。"

　　王莎莎很想听到父母的挽留，只要母亲说一句："莎莎，你别走。"王莎莎会立刻撒开苏哲奇的手，留在家里。可她等到的确是一句"撵人"的话："王莎莎，你走了就永远别回来了，我们王家不差你一个人。"

　　王莎莎听完妈妈的话后，哭得更厉害了，双肩止不住地颤抖着，和苏哲奇走到门口的时候，一下子被绊倒了。

苏哲奇给王莎莎擦了擦眼泪，抱着她走了出去，后面的李莹还在叫骂着。

"曲医生，让莎莎和你住几天吧！"苏哲奇抱着哭累睡着的王莎莎问曲医生。

"好啊！好啊！我很喜欢莎莎呢，她能来我这，我是求之不得。"曲医生很高兴，说完就要接过王莎莎。

"等她醒来的吧！"苏哲奇抱着王莎莎坐在学校的花坛上和曲医生说。

"切。"曲医生噘起嘴表示不满，"我以为你现在就让她去我那里呢，原来是等她睡醒啊！"

苏哲奇笑了出来，摸摸曲医生的头："莎莎这几天很累，我们就让她放心睡吧！"又帮王莎莎擦擦脸上的泪痕。

可让他们万万没想到的是，苏哲奇又摊上了大麻烦。

"苏老师。"王莎莎慢慢睁开眼睛，但由于阳光太刺眼了，她又把眼睛闭了起来。

"睁开眼睛吧，莎莎。"苏哲奇用手把阳光挡住，柔声叫着王莎莎。

一旁的曲医生直接站起来把阳光挡住，还特意伸个懒腰："莎莎，你可算醒了，要不然我们的苏老师就要成木乃伊了。"

王莎莎不知道木乃伊是什么，但她觉得这不是个好词，一下子从苏哲奇怀里跳出来。双手在胸前缠绕，小声说道："对，对不起，苏老师。"

苏哲奇看着曲医生的"得意样"，和王莎莎不好意思的样子，一下子笑了出来："莎莎，老师没关系的，是曲医生唬你罢了。"

"嗯？"王莎莎懵懂地抬头看向曲医生，只见曲医生正对她哈哈大笑，王莎莎不明白曲医生笑什么，也跟着笑了起来。

"好了，你们两个不要再笑了，我都起鸡皮疙瘩了。"苏哲奇说完摸摸胳膊，仿佛真起来鸡皮疙瘩似的。

"哼，不理他。"曲医生蹲下身，把着王莎莎的肩膀问："莎莎，你愿意和姐姐一起住吗？"

"愿意。"王莎莎点点头。

曲医生听完后更得意了，拍了一下苏哲奇的肩膀："从现在开始，莎莎的起居就由我来照顾，你……"曲医生伸出食指，在苏哲奇眼前晃了晃。

天也快黑了，曲医生领着王莎莎回了诊所，曲医生给王莎莎拿了零食，两人一起聊天，聊着聊着就困了。

第 21 章　诬告事件假实锤

很快又是一个星期一，教室里传来孩子们朗读诗篇的声音。

"草长莺飞二月天，拂堤杨柳醉春烟。"

苏哲奇在黑板上"刷刷刷"地写出了这两句诗的意思。

"小苏老师。"苏哲奇转头看见校长在叫他，他抬头看了一眼认真读书的孩子们，拍拍手上的粉笔灰，径直走了出去，笑着问道："有什么事吗，校长？"

"小苏老师，刚才有人让我把这个文件给你，你看看吧！"校长总感觉心里闷闷得不舒服，好像要发生什么事一样。

苏哲奇不知道这是谁给他的文件，他翻了翻文件的背面，上面却什么都没写，只是一张普通的牛皮纸，他打开文件，里面是一张纸。

苏哲奇看到纸上的字后，他惊住了，上面一行大字：处理通知。

他又往下看："我局接到信访投诉，教师苏哲奇私自携带学生外出，导致其学生出现严重问题，经研究决定：暂停苏哲奇教学工作。"

苏哲奇顿时脸色煞白，说不出话来。

校长拿过苏哲奇手里的处理单，校长也大惊失色，指着单子问道："小苏老师，这是怎么回事？"

"我也不知道。"苏哲奇双唇哆嗦着，此时脑袋已经一片空白。

"苏哲奇。"苏哲奇顺着声音看去，是王莎莎母亲李莹，只见她像风似的，一下子走到苏哲奇面前。李莹推了一下苏哲奇，苏哲奇被推的踉跄一下。

李莹指着苏哲奇问："苏哲奇，你把我们家莎莎拐哪去了？"再一转头就看见校长手中的那张处理单，她哼笑一声。

"哈哈哈！"李莹大笑起来，"苏哲奇，报应来了吧！"

"报应？什么报应？莎莎妈妈，你在说什么呢？"校长问道。

"苏哲奇拐走我家莎莎，我把他告了，你看，我就知道有人能处理他，你说这不是报应是什么？快，让我看看。"李莹此话一出，校长和苏哲奇都瞪大了双眼。

"莎莎妈妈，你为什么要这么做？你这是毁了苏老师的前程啊！"校长拍着大腿，瞪着李莹说道。

"莎莎妈妈，我是哪里得罪你了，你要去告我？"苏哲奇双手攥成拳头，放在身侧，忍着愤怒问道。

李莹双手抱膀，瞥了一眼苏哲奇："哼，你还好意思问我为什么要告你，你先问问自己，为什么要拐走莎莎，不让她待在我身边。"

"当初是你把莎莎撵出来的，让她不要回来，你想过莎莎的感受吗？"苏哲奇质问道。

谁承想李莹"哇"的一声，接着就坐在地上大哭起来，还用手指着苏哲奇："你怎么能不分青红皂白就冤枉一个母亲，我是莎莎的母亲，怎么能忍心撵她出来？"

聚集在学校的人越来越多，都对苏哲奇指指点点的。

闻声赶来的曲医生看到眼前的一幕，她不知道怎么回事，只知道李莹为难苏哲奇，她碰一下葛奇："葛大哥，李莹这是干吗呢，要疯啊这是？"

"哎，这个李莹，非得说莎莎被苏老师拐走了，她把苏老师告了，现在苏老师正在被调查。"葛奇不相信苏哲奇真的能"拐走"王莎莎，"我相信苏老师不是这样的人，你相信吗？曲……"

等葛奇转头要问曲医生的时候，发现曲医生不见了，原来曲医生到前面找李莹讲理去了。

"李莹，你说苏老师拐走莎莎了，你有证据吗？"曲医生质问李莹。

"证据，这就是最好的证据。"李莹说完把那张停课处分单甩给曲医生，"你自己看看。"

曲医生看完后瞪大了眼睛，盯着李莹，她已经愤怒到了极点。

李莹一下子站了起来，指着曲医生问："你这是什么眼神？"她又伸头看了看后面的苏哲奇，笑道："对了，你和苏哲奇是一个鼻孔出气，你这么讨厌我也没错。但是我告诉你，你别惹到我，小心你的'饭碗'保不住。"

"你……怎么这么不讲理？"曲医生说。

"是啊！莎莎妈，你怎么能去告苏老师呢，他是老师，还要为我们的孩子教课呢。"

"李莹啊！这怎么就不能收敛一下你的脾气呢。"

"苏老师为我们青山村做出多大贡献，你又不是不知道，你怎么能做出这种事？"

李莹看着和她一起生活了好几年的村民，此刻在为一个外人说话，她的脾气更大了："你们凭什么质问我，我才是青山村的老人，一个外人算什么东西？"

李莹指着苏哲奇和曲医生，又指着自己说，"你们能体会到一个做母亲的心吗？你家的孩子被人拐走了，你是什么心情？说风凉话谁不会，我比你们还会说呢。"

李莹说完后，风向又转向了她那边。

"苏老师，那件事是你的不对呀！你怎么能把莎莎领走呢？"

"快把莎莎带出来，让她和她妈妈回家吧！"

李莹看风向转向她，她得意了起来，可下一秒就被戳穿。

"莎莎妈妈，你撵走莎莎的时候，你怎么不说呢？现在来讨要，你想过莎莎的感受吗？"这话是葛奇说的，村民都知道葛奇是什么人，自然都信他。

而葛奇知道这件事，是因为他听到了那天几人的对话。

"妈妈。"王莎莎从教室里走出来，看到妈妈很是欣喜，可这份欣喜很快被打破。因为她看向妈妈的时候，李莹正用愤怒的眼神盯着她看。

王莎莎瘦小的身子哆嗦了一下，不敢上前。曲医生把王莎莎领到身边，柔声地问："莎莎，姐姐有个事想问你，那天你离开家里是不是因为你妈妈要撵你走，苏老师才把你带走的？"

王莎莎小心地点点头，可却听到了咳嗽声，她知道那是妈妈在警告她。每次她违背妈妈意思的时候，李莹都会发出咳嗽声警告她。

她又使劲摇摇头，就像拨浪鼓一样，李莹看到自己的女儿站在她这边，她笑了一下，可被愣住的是苏哲奇和曲医生。

"莎莎，你是自愿和苏老师走的吗？"葛奇看着莎莎反悔得很快，他很疑惑，直到听到李莹的咳嗽声，他才知道王莎莎是被吓住了，可他还是想听王莎莎的真心话，于是他轻声问道。

"不是，是苏老师把我带走的。"王莎莎低声说道。

苏哲奇倏然惊呆了，他把着王莎莎的肩膀问："莎莎，你为什么不说实话？你知道这件事是你妈妈的错，你为什么不说？你都说啊！"苏哲奇感到既失望又愤怒，他摇晃着王莎莎的肩膀。

王莎莎被吓得哭了起来，嘴里还嘟囔着："我不知道，我不知道……"

李莹达到目的了，可看到女儿快被晃倒的身子，觉得不是滋味，她上前推了一下苏哲奇："你干什么？"把王莎莎拽到自己身边。

第21章　诬告事件假实锤

村民们看到苏哲奇摇晃着王莎莎，和王莎莎承认被带走的事，他们叹口气摇摇头散去了，可对苏哲奇的闲话却不会散去。

还有人临走的时候说了这样一句话："被查就对了，这样的人有违师德。"

苏哲奇茫然无措，学校只剩下他、曲医生和校长三人，葛奇想要留下来却被苏哲奇打发走了。

就这样，王莎莎和母亲回家了，吃饭的时候，王莎莎提起了今天发生的事："妈，我想……"

王莎莎的话还没说完就被李莹打断："快吃饭，别说话，否则还让你去干活。"王莎莎这次回来，李莹的态度有很大改观，不让她干农活，让她好好吃饭，很少让她照顾弟弟了。

"苏老师。"学生们看见那些人都走了，才跑出来，抱着苏哲奇喊道："苏老师，苏老师。"

苏哲奇也抱着孩子们："对不起，苏老师不会有事的。"

孩子们不太明白事态的情况，只是都害怕苏老师不能再给他们上课了。

"不，我们就要苏老师教。"蒋浩哭着喊道。

"我们就要苏老师，苏老师你不要走。"程孝强也哭喊道。

一旁的曲医生和校长默默流下眼泪。

"苏老师，我们帮你找王莎莎妈妈，让她不要告你。"蒋浩说道。

苏哲奇摸摸蒋浩的脑袋："不用了，你们好好学习就是对老师最好的回报，快回去学习吧！"

苏哲奇把孩子们都赶回了教室，这件事他不想牵连到任何人。

第 22 章　蒋浩妈妈收到捐款

"小苏老师，这该怎么办才好？"校长看着愣住的苏哲奇问道。

"还能怎么办？这件事都是李莹引起的，就应该找她解决。"曲医生愤恨地说。

"找她也没用，她既然能告我，就不会撤诉的。"苏哲奇仰天长叹一声，他又想到了那些无辜的孩子。

"那你呢？"曲医生问，她有点放心不下现在的苏哲奇。

"我想去后山看看。"苏哲奇回答。

苏哲奇来到后山，他看见那里坐着一个人，是葛奇。

"葛大哥，你怎么来了？"苏哲奇问完就在葛奇身边坐了下来。

葛奇拍拍苏哲奇的肩膀说："我知道你一有事就会来后山，果然你来了。"

"有什么想说的都说出来，葛大哥一定会帮你的。"葛奇笑着拍拍胸脯说道。

"哎！"苏哲奇叹口气，不知道从何说起。

"小苏老师，我知道你不是那样的人。"葛奇低下头，拿起小棍在地上勾勾画画，"李莹是出了名的嚣张跋扈，很多人都吃过她的亏，只要是她看着不舒服的，她就会想办法扳倒人家。"

"如果还有一次选择，我还是会把莎莎带走，那个孩子真的很可怜，这件事我不后悔。"苏哲奇和葛奇说出了知心话。

"我第一次看见像你这么善良的人，很佩服你，不管你以后做什么，葛大哥都会帮助你。"葛奇突然扯起嗓门喊道。可他又想到苏哲奇被处分的事，顿时就丧气了，"那你教书的事怎么办？"

"不知道，走一步看一步吧！方法总比问题多。"苏哲奇转头对着葛奇说。

"对！"葛奇又抬头看了看天，"不早了，我们回去吧！"

从后山下去的路必然经过曲医生的诊所，等两人路过诊所的时候，就看见了这一幕。

醉酒的刘大河正抱着挣扎的曲医生，脸面通红，一看就是喝多了。接下来的一幕更是让人生气。只见刘大河贱笑着要去亲曲医生的脸，还说着胡话："小曲，刘大哥很喜欢你，你就不要惦念着别人了。"

曲医生拼命地挣扎："刘大河，你放开我，否则我饶不了你，快点放开我，混蛋。"

看到此场面的葛奇和苏哲奇，瞬间怒发冲冠，葛奇的拳头就像风一样，一下子打在刘大河的脸上。

刘大河被打倒在地。一阵风吹过，他瞬间清醒，揉了揉眼睛就看见挥着拳头的葛奇、横眉竖眼的苏哲奇，还有在苏哲奇怀里小声哭泣的曲医生。

突然感觉左脸很疼，他用手摸了一下左脸："真疼。"

葛奇上前一把拽住刘大河的衣领，刘大河懵了，不知道葛奇为什么要打他："葛奇，你这是做什么？"

"我做什么，你怎么不问问自己，对曲医生做了什么？"葛奇哼了一声，直接把刘大河拽起来，愤怒地问道。

"曲医生，我……不……怎么回事？"刘大河真喝多了，记不清刚才发生的事了，只见苏哲奇把外套脱下来，给曲医生搭在肩膀上。

刘大河看着苏哲奇的动作后，这才知道自己做了什么混账事。他甩开葛奇，跑到曲医生面前。曲医生真的被刘大河吓到了，直往苏哲奇怀里躲。

苏哲奇把曲医生挡在身后，忍着怒气说："刘大河，你为什么要这样做？你知不知道你真的很混蛋。"

"是，我是混蛋。"刘大河边说边扇自己耳光，"苏老师，对不起，我喝多了，我是真喝多了，才做出这种事的。你能不能让曲医生原谅我，我愿意补偿她。"刘大河很着急，伸头看向曲医生的方向。

"还是不必了，刘大哥还是管好自己吧！"苏哲奇说完，就把曲医生带走了。

葛奇瞪了一眼刘大河，也离开了这里。

刘大河就像泄了气的皮球一样。他看着身上的衣服，这是苏哲奇的衣服。而他喝酒，是因为自己已经家徒四壁，什么都没有，就连衣服都是别人接济给他的，他恨自己没用，就坐在凳子上一杯接一杯地喝酒，没承想喝多做出这种事。想到这里，他狠狠地扇了自己一耳光。

村口几个人正在闲聊。

"唉！苏老师这回是摊上大事了。"

"是啊！谁让他私自带走王莎莎？就她妈李莹谁不知道，那是村里有名的'一霸'，还敢惹她？不知道怎么想的。"

"那天你们看到李莹是怎么闹的了吗？"

"没有，她又怎么作妖了？"

"她居然坐在地上，让苏老师还她孩子。"

"呦呦，你们说这个人，真是讨厌。苏老师也是的，管她家事干吗？"

"你们说什么呢？"刘大河瞪着眼睛问那些乱嚼舌根的人。

"你不知道吗？李莹去找苏老师麻烦，现在苏老师被查了。"

刘大河听到苏老师的事情皱了皱眉头，看着几个人"威胁"道："你们不要在背后说苏老师这苏老师那的，在让我听见你们说苏老师一个不好的，别怪我不客气。"

那几人明显被吓到了，小声嘟囔几句就散了。

其实，这些"嘲讽"的话，苏哲奇已经听到了，但事实摆在那里，他也不好说什么。可让谁也没想到的是，王莎莎母亲又来闹。

"苏哲奇，你给我出来，快点滚出来。"李莹指着苏哲奇的宿舍大喊，"别以为你躲在宿舍不出来，我就不敢进去。"

曲医生正好在苏哲奇的办公室，看到后很生气，指着外面的人对苏哲奇说："这个人怎么阴魂不散？"

苏哲奇苦笑了一下："你坐在这里等着我，先不要出来，我很快就会回来。"苏哲奇摸摸曲医生的头发，又给她一个安慰的笑。

"莎莎妈妈，莎莎已经和你回家了，你又来找我做什么？"苏哲奇扶着额头，无奈地问。

"又来，什么叫又来？我不来能行吗？你看看我的宝贝莎莎，就被你拐走的那几天，她变成什么样子了？"李莹说完话就把身后的王莎莎推了出来。

只见王莎莎脸上都是小疙瘩，手背上也是红通通的，就连露出的小腿肚上都是小红疙瘩。

"你说，你是不是虐待我家莎莎了，她才会变成这样的？"李莹愤怒地问道。

"莎莎妈妈，我没有虐待莎莎，她在曲医生那里住的时候，明明是好好的。"苏哲奇说。

李莹一听在曲医生那里住，她一下子就"炸"了："什么？在曲医生那里住，那里都是细菌、病毒的，你怎么能让她住那里？现在好了，莎莎肯定是传染上什么病了，要不然她不能起红疙瘩，你说怎么办吧苏哲奇？"

苏哲奇知道王莎莎不是感染了什么病毒，但他也不知道是怎么回事。

这时曲医生走了出来，看到王莎莎身上的红色疙瘩，她不觉得惊恐，反而很镇定。

"你给莎莎吃了蘑菇吧？她是过敏了，你不用找苏老师的麻烦，你想要治好莎莎，你就跟我回诊所，我给她拿点药，吃点药就好了。"曲医生说道。

"你怎么知道她吃了蘑菇？"李莹甚是纳闷，自己都不知道女儿对蘑菇过敏，曲医生怎么会知道。她转了转眼睛问，"你不会拿我们莎莎做什么实验了吧？"

曲医生"扑哧"一声:"李莹,你以为我像你那么恶毒,不给饭吃还让莎莎干活。我那天做蘑菇饭,她吃了后就过敏了,我这才知道她对蘑菇过敏。"

"还有,你最好快点带着莎莎跟我走,否则莎莎严重了,你就不是在这找麻烦了,而是回家哭了。"曲医生又说道。

这件事就这么过去了,李莹和曲医生走了,果然,王莎莎吃了过敏药,红疙瘩一点点就没了。但李莹并没有谢曲医生,而是径直走了。

突然苏哲奇的手机响了起来,看到显示的来电人后他很高兴。

"妈。"这个电话是苏母给苏哲奇打来的。

"儿子,前阵子你和妈妈说的蒋浩的事,现在已经有人关注他了,还收到了爱心捐款,那个钱我已经寄给你了,下午差不多就能到。"苏妈妈说。

"太好了,谢谢妈!"苏哲奇听到这个消息很高兴。

有了这笔钱,蒋浩妈妈以后就有着落了,也不用为蒋浩操心了。

他下午把钱取出来来到蒋浩妈妈的医院。此时蒋浩妈妈正在吃饭,看见苏哲奇来了,立马放下碗笑着说:"苏老师,你来了。蒋浩那孩子听不听话啊?要是气到你的话不用客气,揍他一顿他就老实了。"

"蒋浩妈妈你就放心吧!蒋浩很懂事。"苏哲奇回答。

"那就好,苏老师别站着了,快坐下。"蒋浩妈妈指着旁边的椅子说。

"我来就是把这个捐款给你,而且,已经有人资助蒋浩上学了,你以后就不用犯愁了。"苏哲奇说着把那沓钱给了蒋浩妈妈。

蒋浩妈妈拿到钱后,瞬间眼泪就下来了:"苏老师,谢谢你,谢谢你对我们的好。"

"没事的,蒋浩妈妈,有了这笔钱,你以后就有保障了。"苏哲奇笑着回答,"我先回去了,明天我让蒋浩来看你。"

"好好,那就谢谢苏老师了。"蒋浩妈妈激动地说。

第 23 章 准备迎接投资商

"苏老师,你是去看我妈妈了吗?我妈妈怎么样了?"蒋浩看到苏哲奇就来个两连问，苏哲奇笑着摸了摸蒋浩的头，"你妈妈很好，你明天就可以去看她了。"

"太好了，明天去看妈妈喽。"蒋浩欢快地跑着。

"苏老师。"苏哲奇看过去，是刘大河在叫他，可因为上次曲医生的事，苏哲奇没搭理他。刘大河顿了一下，他知道苏哲奇还在生气。

"对不起，苏老师，我不是有意的，那天是我混蛋，我刚才已经向曲医生道过歉了，我以后再也不去骚扰曲医生了，你能原谅我吗？"刘大河摸着后脑勺，不好意思地问道。

苏哲奇没说话径直走到后山，在一块山丘上坐了下来，刘大河也跟苏哲奇并排坐了下去。

"你看这些植株，长得多好啊！"苏哲奇指着结出果实的植株说。

刘大河听见苏哲奇和自己说话，他很高兴，急忙说道："是啊！收成很好呢。"

"你当初为什么那么做？"苏哲奇问完后，刘大河顿了一下，可随后他笑了，"你想听听我的故事吗？"

"小时候，不是我吹牛，我也是一个好孩子，走到哪里都有人喜欢我，那是因为我父亲的缘故，当年他付出了生命才换来了如今的青山村。可后来，我妈妈和别人跑了，我成了没人要的孤儿，我逐渐就开始叛逆，谁的话都不听。看不了谁比我好，总想给别人找点事。从那以后，我走到哪里都有人在背后说闲话。你的到来让我更加嫉妒，才会做出那些糊涂事。"刘大河苦笑，又叹了一口气。

苏哲奇惊住了，他拍拍刘大河的肩膀："刘大哥，谢谢你能和我说这么多。"

两人就这么看着面前的景象，感受着风的吹拂。

"苏老师，你在这里啊！我找你好长时间了。"曲医生说。

刘大河回头看着曲医生，曲医生停下脚步，看着刘大河没说话。

"你们聊，我先走了。"刘大河这话不知道是对曲医生说的，还是对苏哲奇说的。

曲医生坐在苏哲奇身旁，指着走远的刘大河问："他来干什么？你没事吧？"说完就着急地查看苏哲奇有没有受伤。

苏哲奇把曲医生放在自己身上的手拿下来，握在手心里，笑着说："我没事，刘大哥不像以前了。"

"哦！"曲医生拿回手不好意思地搓了搓。

"还记得咱们之前去找的大尚公司的杜坤杜总吗？他给我打了电话，说想这几天就过来，了解一下咱们这里的木耳和核桃。"曲医生高兴地说。

第23章 准备迎接投资商

"太好了，咱们的特产终于有人光顾了。"苏哲奇也很高兴。

"这件事我想让村民们都知道，你的意思呢？"曲医生小心地问道。

"好啊！他们知道后肯定很高兴。但是我不能自己和村民们说，得找校长帮忙。"苏哲奇越说越小声，而且刚才眼中的光一下子就灭了。他知道这件事非同小可，但现在自己还有麻烦，不好出面，只能找校长代劳。

"那我们就去找校长吧！"曲医生说。

两人回到学校后，就看见校长正朝着寝室的方向走去，曲医生连忙喊道："校长。"

校长听见声音后转身，就看见苏哲奇和曲医生两人，脸上还露出笑容："你们两个有什么事这么高兴啊？"

"是这样的校长，有个投资商想来咱们村实地考察一下，这几天就过来，我想让村民们也知道这件事，可我现在不好出面，想让您帮忙代劳。"苏哲奇说。

校长听到投资商要来，也很高兴："好，我这就去告诉村民。"

过了一会儿，学校就聚集了很多人，有人看到苏哲奇很高兴，而有人看到苏哲奇瞬间变了脸色。

"校长，你找我们有什么事？"

"是不是要帮苏哲奇平反？要真是这样，我们可就都走了。"

"苏老师咋得罪你了，还用'平反'来说苏老师。"

"你难道不知道啊，王莎莎被拐事件？"

此话一出，所有人都看向苏哲奇，可很快又转移视线。因为苏哲奇也在看着他们，没有做过亏心事，凭什么怕人说闲话。

"好了，大家安静。我现在要说一件好事情。"校长拿着喇叭喊道。

"原来不是给苏哲奇平反啊！"

校长听到后有点不高兴，拿着喇叭对那个人说："你就这么期盼苏老师有事啊！"

所有人都看向那人，那人不好意思地低下头。

"好了，我要说的是关于咱们特产的事。咱们村的特产有人关注了，这几天就有投资商来咱们村，希望大家都能给人家留个好印象。"

"有投资商来咱们村，太好了。"

"咱们村也能出人头地，给邻村人看看了。"

对于这件事，大家都很高兴，校长又说道："这个投资商的事，是苏老师找他母亲帮忙找的。"

校长越说越生气，到后面声音大了起来，"苏老师对我们青山村这么上心，而你们呢，一有点事，就把错归结到苏老师的身上。苏老师对我们仁至义尽，你们听到别人说风就是雨，现在你们还想说苏老师一个'不'吗？"

校长喊完后大声咳嗽了起来，苏哲奇赶紧递来水，这才把咳嗽压下去。

"苏老师，是我们错了，我们不应该错怪你啊！"

"希望你大人有大量，能原谅我们，不和我们计较。"

"苏老师，你帮助我们这么多忙，我们还说三道四的，简直就不是人。"

这种事情已经很多次了，苏哲奇已经有点麻木了，有时候好心办坏事，有时候做了事别人还诬赖你。谁也不知道这种事还会不会有，苏哲奇会不会最后心灰意冷，一气之下离开青山村。这谁也说不准。

"哎哟哟，你看看你们这一副副嘴脸，苏哲奇就办了这点事，你们就求着人家原谅，下回是不是还要跪在他面前啊？"李莹挤开人群走到前面，指着村民们说，又转向苏哲奇的方向问，"苏哲奇，你说投资商要来，你怎么就那么肯定，万一他不来呢？"

"李莹，你不要在这里胡搅蛮缠了，如果不是你，苏老师至于被调查吗？"刘大河瞪着眼睛看向李莹。

"刘大河，你以前不是最看不上苏哲奇了吗，怎么调转风头，还向着苏哲奇说话呢？是不是苏哲奇给你什么好处了？"李莹双手叉腰，斜视一眼刘大河，阴阳怪气地说，她根本不在乎刘大河。

"我现在改好了，不像你抓住谁就不放，非得你占理才行。如果今天你就是来搅局的，就请你出去。"刘大河看李莹不顺眼好长时间了，可碍于这里这么多人，话说太重对李莹不好，所以点到为止。

"我不出去，我要看看苏哲奇是出于什么目的，才这么帮助我们青山村。"李莹哼了一声，"我就站在这里，不走了，你别想再撵我，否则别怪我对你不客气。"

"好了，不要吵了。大家对于投资商有没有什么看法？"校长问。

"哎，我有。"李莹高高地举起手。

"你有什么看法以后再说。"校长可不惯着李莹的臭毛病，"其他人没有的话就散了吧！"

众人在投资商要来的欢快氛围中散去，走的时候，谁也没有搭理李莹，反而看向李莹的时候,就像看到了脏东西。

"哼,有什么了不起?"李莹狠狠地瞪着苏哲奇,小声嘟囔。

第 24 章　合作谈成

为了让杜坤对青山村和青山村的特产有更多了解,并对合作更有信心,苏哲奇从 114 那里打听到了杜坤公司的地址。

两人根据地址来到了杜坤的公司,刚走进去就听见前台传来声音:"欢迎来到大尚。"

"你好,我想问一下杜总在吗?"苏哲奇问。

"您好,请问你和杜总有预约吗?"前台女生问。

"预约,我们没有预约啊!"曲医生说道,她不知道见杜坤需要预约,趴在苏哲奇耳边小声说,"我们没有预约能进去吗?我有点担心进不去。"

苏哲奇拍拍曲医生的手背,让她放心,又对前台那人说:"我们没有预约,但我们是青山村的,你们杜总知道的。你看能不能通融一下,让我们进去。"

"不好意思,先生,没有预约是不能见我们杜总的。"

"那个,真不能通融吗?"曲医生可怜巴巴地问,下一秒的举动震惊了在场的所有人,她拽住前台的手,还可怜的眨巴眨巴眼睛,"我们是真的有急事,求您让我们进去吧!"

曲医生和苏哲奇是真的着急,不然曲医生是不会这样的。接着,曲医生就红了眼眶,眼泪在眼眶里打转,仿佛下一秒就要掉下来。

前台抿了抿嘴,对着曲医生笑了笑,拿下曲医生的手:"不好意思,没有预约我们不能放。但我可以告诉你,我们杜总每天下午 3 点的时候都会出来,你们如果能等到那个时候的话,就能找他谈话,但如果不能……"

"能,我们一定能。"曲医生笑眯眯地对前台说,"谢谢你。"

两人就坐在大厅的椅子上,曲医生等得都困了,手拄在桌子上,困得脑袋直磕头。苏哲奇看了看时间 2 点 42 分,他推了推"点头"的曲医生,说:"快 3 点了。"

曲医生晃晃脑袋，这才清醒了一些。

快到3点半的时候，两人就看到从电梯口出来几个人，走在最前面的那个人就是杜坤。

两人赶紧起身，走到杜坤面前："杜总，您好，我们是青山村的，我是苏哲奇，这……"

"你们怎么来了？"杜坤停下脚步，惊讶地看着他们，"我不是说了会去的，这么等不及吗？"他挺高兴，又很意外，"虽然很高兴见到你们，但是我还有今天计划的很多工作，所以不好意思。如果你能等到我下班，我们可以详细谈谈。"杜坤说完就走了。

"我们一定等着。"曲医生很高兴，他们势必要等到杜坤下班。

杜坤下班的时候已经7点多了，他走出来就看见那两人还在大厅里坐着，他点了点头，径直朝两人走去。苏哲奇和曲医生看到杜坤走过来，急忙站起来，杜坤摆摆手，让两人坐下。

"你们很有诚意想和我合作。"杜坤往外面看了看，天已经黑了，"这样吧！今天不早了，我先给你们找个地方休息，明天再商量吧！"

"这，这怎么敢劳烦杜总呢？"苏哲奇笑着说。

"哎，小苏啊！这么说就见外了，你们先休息，明天我带你们去实验基地，去看看上回你带来的木耳情况，好吧！"杜坤说完叫来助理，"你去帮小苏和小曲找个休息的地方。"

助理点点头。苏哲奇和曲医生也跟着助理走了。

"啊？只有一间屋子？"曲医生惊讶地说道。

"曲医生，实在不好意思。我这边给咱联系了好几个地了，都是没有房间了，目前还就剩下这店的一间。"小助理的眼珠子不停地在两人身上徘徊，十分抱歉的回复道。

"是这样！这个房间给曲医生用吧！"苏哲奇应声说道。

"那怎么行？"

"要不然，我们先上去看看？"小助理带着两人来到房间，房间里只有一张床。

"这？"小助理尴尬的挠挠头。

"曲医生，你也别担心了！今天要不然你在房间睡，这大半夜的咱也没地方去。我正好想出去走走。"

第24章 合作谈成

"那怎么行？"

"行的，行的。"苏哲奇这会早已经困倦不已，但出于对女性的照顾，他只好借口出去走走，并表现出一副完全精神抖擞的样子。

"苏老师，要不然，你睡床的东侧地板，我睡西侧地板吧。"

苏哲奇怎么能让曲医生睡地上，要睡也是他睡地板。"要睡也是我睡地板，你睡床上。"

夜晚，曲医生躺在床上辗转反侧，夜不能寐，就怕这次无功而返。

"苏老师，你说杜坤能帮我们吗？我总觉得没有把握。"曲医生揪着胸口的衣服，哑巴哑巴嘴。

"应该能，我觉得杜总是诚心要和我们合作。先睡吧！明天就知道了。"苏哲奇躺在硬邦邦的地板上转过身闭上了眼睛，但他内心也很纠结，不知道杜坤能否帮忙。

"嗯，睡吧！"曲医生说完也转过了身，她始终没有睡着，还是为明天的事情发愁。

第二天，两人早早就醒来了，那时候的天刚蒙蒙亮。

洗漱完毕后，两人坐在房间里等待着，可等待的时间有点长，曲医生坐不住了，她站起身朝门口走去："我等不了了，我先出去看看。"

曲医生刚一开门，就看到了杜坤的助理，明显助理也是刚到，看到曲医生也愕然了一下，随即反应过来："两位，现在我们就可以去实验基地了。"助理很有礼貌。

"请问杜总现在已经到实验基地了吗？"苏哲奇跟在助理后面问道。

"杜总现在有点事情要处理，可能会晚一点到。"助理说道，又向两人比了一个"请"的手势。原来他们已经到实验基地了。

那里有很多工人，他们戴着无菌手套和口罩，都在认真做自己手里的工作。

"这是我们菌菇种植地，前面是我们的银耳种植地……"助理边走边为两人介绍这里的种植品种。

"你们这里怎么什么都有？"曲医生第一次看见这么大的种植地，觉得很新鲜，也想多知道一点。

"我们的农产品是要往各地销售的，找的都是各地最好的农作物。种类越多，品质越好，老百姓才能买得放心，吃得安心啊！"助理解释道。

"你们真的是太专业了,看来我们这回是找对商家了。"苏哲奇笑着说。

"不光是你们找对商家,我们也找到了好的农产品啊!我们的关系是互赢。"杜坤走过来对几人说道。

"杜总。"苏哲奇和杜坤握了握手。

"小苏啊!你和小曲对我们的实验基地感觉怎么样?有没有什么看法?"杜坤指着眼前的农作物问。

"我们没有什么看法,就是一个'好'字,还有您对农作物真的很执着啊!"苏哲奇笑着说。

"哈哈哈,小苏啊!你可真是太会说话了!"杜坤听完苏哲奇的话后很高兴,苏哲奇说的很对,他对这些农作物真的很执着,因为只有执着才能做出有品质的产品。

"走,我们去看看你们村的木耳和核桃。"杜坤说完拍了拍苏哲奇的肩膀。

走在后面的曲医生有点担心,怕他们的东西不达标,杜坤再瞧不上眼,一气之下取消和他们的合作,只能在后面喘大气。

苏哲奇握住了曲医生的手,又冲她摇摇头,用口形告诉她:"别担心。"

曲医生点点头。

等来到那个房间的时候,门上面有一个挂牌,上面写着:"耳室。"

"这个就是木耳室了,我们进去吧!"杜坤说完推开门,扑面而来的是一阵木耳的浓香。

"看看吧!这里面就是上回见面你们带来的木耳样品,现在已经成形了。"杜坤说完走到一朵木耳旁,他低下头仔细闻了闻,一股木耳的清香扑鼻而来。

苏哲奇和曲医生被言眼前的木耳室惊呆了,只见架子上全是一朵朵的木耳,可能由于水蒸气的原因,木耳上还有颗颗水珠,衬托的木耳就像一颗耀眼的明珠。

曲医生也上前闻了闻,是属于木耳的香气。

"这里都是我们青山村的木耳吗?真不敢相信。"苏哲奇从门口往里面走,越往里走,木耳的香气越浓。

"对,这里都是你们村的木耳。"杜坤说,"我们出去谈谈合作的事宜吧!"

"好。"苏哲奇说完,几人走了出去,助理在几人走后,重新把耳室的门锁了起来。

几人来到杜坤的会议室,谈起了木耳等农产品。

"小苏啊!你也看到了木耳的情况,我希望我们可以继续合作,我是很有诚意的。"杜坤说。

"杜总，我们来就是谈这件事的，既然您这边有意和我们合作，我们当然是万分愿意了。"苏哲奇说。

"那我们也选个日子，看什么时间去你们村子里看看。"杜坤说。

"我们随时欢迎杜总，就看杜总您什么时候有空？"曲医生说道。

"那就过几天吧！等我要去的时候，会给你们打电话的。"杜坤拿出手机说道，"其实，我们现在在和一家农贸公司竞争，正需要好品质的特产为我们打好品牌。"杜坤说到竞争的时候，他很严肃，说明这件事的重要性。

"很感谢杜总对我们青山村的信任。"苏哲奇说完站起来，给杜坤鞠了一躬表示感谢。

"唉，小苏啊！你这样就见外了。已经中午了，我们去吃个午饭吧！"杜坤说完就要助理安排吃饭的地方。

"杜总，您的好意我们心领了，但不能让您再为我们破费了。等下回您去我们村的时候，我和曲医生一定请您吃饭。"苏哲奇说。

杜坤看两人着急的样子，他也不强求了："好吧！等我去的时候，你们俩一定要请我啊！"杜坤指了指苏哲奇，又指了指曲医生，"千万别忘了。"随后哈哈大笑起来。

"您就放心吧杜总，我们忘了什么事都不能忘记这件事的。"曲医生笑道。

"好，那你们就快回村子里吧！已经出来两天了，你们再不回去，村里人也该着急了。"杜坤说道。

就这样，合作的事情成了，就等着杜坤去青山村考察了。

"校长，杜坤答应和我们村合作了。"苏哲奇回来后，喝了一杯水，就高兴地和校长说了此事。

"真的吗？太好了，我们青山村终于有人认可了。"校长也甚是激动。

"校长，我们这次去还看见咱们村的木耳了呢，他们培育的可好了。"曲医生把着校长的胳膊，随后又想起了那一朵朵的木耳，不大不小。想着想着，突然"扑哧"一声，笑出了声。

"那我们把这件事告诉村民吧！他们知道也会很高兴的。"苏哲奇说。

"我听说找投资商那件事成了。"

"我刚才看到苏老师和曲医生可高兴了，他俩一路上有说有笑的，看样子，这件事是真成了。"

"你们还别说,他俩在一起挺般配的,就是不知道两人咋想的。"

"哎呀!你怎么还说到这上面了呢?"

"我这不是有感而发吗?"

"好了,大家安静一下,现在苏老师要说一件好事情。"校长高兴地拿着喇叭喊道。

"我要说的事就是投资商的事,我已经和曲医生找到那个商家了,他有意要和咱村合作。"苏哲奇高兴地喊道。

"太好了,你看我说这事能成吧!"

"苏老师,那投资商什么时候来啊?"葛奇问道。

"他会给我们打电话。"曲医生说道。

"我们青山村可算是有出息了,这回一定要让旁村人看看,我们也能靠自己闯出一条路。"

"这都得感谢苏老师和曲医生,要是没有他们的帮助,我们能找到这么好的商机吗?"

"苏老师,真的太感谢你了,我们都不知道如何感谢才好了。"

"感谢大家对我的信任,我一定不会辜负大家的。"苏哲奇说。

可等到杜坤来的那一天,大家的希望又破灭了。

第 25 章　因为道路,合作不欢而散

几天后,杜坤给曲医生打来电话。

"小曲吗?我等会儿就去你们村子里看一下。"

"好的,杜总,欢迎您。"曲医生说道。

挂掉电话后,曲医生急忙去找苏哲奇。

"苏老师,我和你说。"曲医生跑得急,她咽了一下口水接着说,"杜坤,等会儿要来我们村。"

苏哲奇没想到杜坤这么快要来,他也先惊了一下,可很快反应过来:"他没说什么时候到吗?"

"大概 7 点半左右吧！"曲医生说。

苏哲奇看了看时间，已经 6 点 35 分了。

"我们准备一下，等会去村口接他。"苏哲奇说。

现在，村里的大部分人已经起床了，看到急匆匆的苏哲奇和曲医生，有点纳闷。

"苏老师，你俩这是干什么去啊，走得这么急？"

"我们去村头。"曲医生说，"先不和你们说了，我们还要去接人呢。"说完就走了。

"接人，去村头接什么人？"那人猛地拍了一下大腿，"我想起来了，应该是接那个投资商。"

"这投资商来得可真早啊！"

杜坤坐在车里，他紧闭着双眼，想再休息一下。可下一秒就感到五脏六腑被移位了，他以为是司机的失误，皱了皱眉头，拍了一下司机的肩膀说："小刘，怎么开的车？"

小刘又猛地转动一下方向盘，杜坤瞬间又摇晃了一下，他刚想起身骂小刘，就听见小刘说："杜总，真不赖我，你看这个道，是真的不好开啊！"说完又猛地打了一下方向盘。

杜坤艰难地"爬"起来，他摇下车窗，扑面而来的是一阵尘土，他咳嗽几声，赶紧把车窗摇起来。

"这是去青山村的道吗？你是不是走错了，小刘。"杜坤从车窗里看着崎岖的路。

"没错，就是这条道，杜总。"小刘很小心地开着车，"我以前来过这个村子，现在这路啊！已经是不错的了。"

杜坤听完小刘的话后，眉头更是拧成两个"川"形。他心里烦躁得很，不想再往青山村的方向走了，可又转念一想，已经到这了，再离开不好，于是就这么坚持到了青山村。

"杜总，我们到青山村了。"小刘说。

"呕……"杜坤是不晕车的人，但经过此次，他终于知道了晕车人的不易。

杜坤颤颤巍巍地打开车门，他刚想下车去呕吐，就看见苏哲奇和曲医生，只能强忍着。

"杜总，您没事吧！"苏哲奇扶着晕头转向的杜坤询问道。

杜坤摆摆手："没事！"说完苦笑了一下。

"小苏啊！你带我去你们的'基地'看看吧！"杜坤说。

"基地?"苏哲奇愣住了,但很快反应过来,"走吧!杜总。"

"哎,你们村子里的风土挺好,空气很新鲜啊!"杜坤说完深吸了一口气,感觉刚才的晕车感好多了。

"杜总,不瞒您说,我刚来的时候,也是像您一样,看到这蜿蜒曲折的路后,我也是很愁,但现在习惯了,感觉还是农村好。"苏哲奇对青山村很有自信,"这里的空气确实很新鲜,所以我才会留下来的。"

"小苏啊!你能留在这里,说明你这个人不一般啊!"杜坤哈哈大笑地说道。

"杜总过奖了,我就是尽责而已。"苏哲奇说。

"小曲是在村里当医生吧!应该很厉害吧!真是年轻有为啊!"杜坤笑着说。

"我就是为村民们看个小病什么的,没有什么厉害的。"曲医生摸着后脑勺说。

几人有说有笑的,慢慢就走到了后山。

杜坤看到了眼前的核桃等特产,他忽然瞪大了双眼,感叹道:"小苏啊!这可是一块宝地。"又指着眼前快要长成的果实说,"这应该都是你自己办的吧!你真是年轻有为,我欣赏你。"

"要不你去我们公司吧?我是诚心的。"杜坤又说道。

"杜总的好意我心领了,但怕我不合适,还是留在这青山村吧!"苏哲奇说完笑了。

杜坤拍了拍苏哲奇肩膀也笑了。

"小苏啊!你们这里还有什么好地方吗?"杜坤好不容易来一次,他想看看这里究竟有什么地方吸引苏哲奇,他很欣赏苏哲奇,真心想要苏哲奇这个人。

"那我就带你去看看我们的学校吧!那里可是我们最神圣的地方。"曲医生故作神秘地说。

"哦!"杜坤惊讶了一下,"那么厉害?"

"别听曲医生瞎说,就是个普通的学校。"苏哲奇接过话。

苏哲奇和曲医生又带杜坤来了学校。

"你们这里的学校果然不同凡响。"杜坤见到的只是几间教室,学校中间是一个大花坛,并没有什么特别之处。和城里的学校不一样,落差简直太大了。但总感觉很舒服。

"杜总,您还记得那顿饭的事情吧!要不留下来吃顿饭再走吧!"苏哲奇说道。

"不了小苏啊!我跟你说实话吧!我对于你们村里的特产很满意,但这个路啊……"杜坤说道路的时候,摇摇头。

"东西是好东西,我们要是合作肯定能赚大钱。但是这个路,实在是太难走了,车进不来,东西出不去,怎么运输是个问题。"杜坤愁眉苦脸地说。

"办法总会有的,杜总!"苏哲奇其实知道杜坤是因为道路问题才会这么说的,但他不想失去这个机会,只能硬着头皮说道。

"什么办法?小苏,其实我也不想失去这次合作,但无奈这路……不行啊!"杜坤说。

这时,有几个人走到了学校,最前面的人是刘大河。

"您就是杜总吧!苏老师一早就和我们说您要来,我们真的很高兴。"刘大河笑着说。

"你是?"杜坤问道。

"我是这里的村民,听说您要来,我们很早就准备好自家特产,要送给您呢。"刘大河说完从兜里拿出一个小袋子,里面是撬好的核桃仁。

杜坤拒绝了刘大河:"不了!我们合作的事还得从长计议!"

"杜总,您对我们村子是有什么不满意的吗?"刘大河又问道。

"不是你们村里的事,而是你们村子外面的路,真是不好走啊!就算以后我们合作了,这些特产怎么往外面拉出去,再下几场雨,那得多久才能装车拉货呢?"杜坤说道。

"我可以扛着货走到城里。"刘大河说完拍拍自己的肩膀,示意自己力气很大。

"小伙子,就算你现在能扛到城里,那么以后呢?还有青山村距离城里那么远,你能扛到几时呢?这个方法行不通的。"杜坤走到刘大河面前,"不要勉强自己了。"

"小苏,你真不和我去城里吗?我诚心聘请你。"杜坤问苏哲奇。

苏哲奇摇头:"不了,杜总,谢谢您的好意,我还是喜欢村里的朴素生活。"

"那好吧!我也不强人所难了,合作的事我们以后再说吧!"杜坤说完就走了。

这件事就谢幕了,合作没达成,村民们白高兴一场,但没有任何人责怪苏哲奇,但总有一个人是例外。

"唉,我们村子又完了,好好的生意就没了。"

"但这一点都不怪苏老师,如果没有他我们能有这个机会吗?"

"都是这条路的问题,路要是好好的,能至于谈好的合作还能崩了?"

"都怪我们,不能出资修路,如果能有人帮忙修路的话,什么事不都成了吗?"

"你想的挺好,谁能出资修路?"

说者无意，可听者有意。

"怎么能不怪苏哲奇，如果不是他，我们至于空欢喜一场吗，还不怪他？"说话的人是李莹。

"李莹，你别在那里说风凉话，就你这种德行，没有人骂你你就偷着乐吧，还在这说三道四的，烦不烦？"

李莹被人怒怼，有点不是滋味，瞪了一眼说话那人，就转身离开了。而有一辆车和李莹擦肩而过，那车是来找苏哲奇的。

李莹听见车里那人叫苏哲奇的名字，她转了转眼睛，小声嘟囔道："我先不走，看看这些人是谁，找苏哲奇干什么？"

第26章 暂停任教资格

"你好，你就是苏哲奇吧！这是给你的。"车上那人递给苏哲奇一份文件，随后就开车离开。

苏哲奇有种不好的预感，他慢慢地打开那份文件，紧张地咽了咽口水，那种感觉更加强烈。

直到苏哲奇把那份文件彻底打开，看到上面的内容后，他直接愣在原地，脸色煞白，哆嗦着双唇，犹如五雷轰顶一般。

那是一份处罚结果，上面说在调查结果出来之前决定暂停苏哲奇在青山村任教的资格。

校长看到苏哲奇的神态后，也有所察觉，拿过苏哲奇手里的纸后，他也惊住了："处罚结果……暂停……在青山村任教的资格。"校长不相信这是真的，又哆嗦着双手指着上面的字问苏哲奇，"小苏老师，这是真的吗？"

苏哲奇缓缓地点头。

校长差点晕过去，还好苏哲奇及时扶住他，校长猛拍了一拍大腿，皱着眉说道："造孽啊！造孽啊！我们村子里怎么出现这样一个祸害。"

当然那个祸害指的是李莹。

李莹顿时就不乐意了,急匆匆地走到校长几人身边:"校长,你这话说得就不对了,我怎么就成了祸害,你怎么不说苏哲奇,凭什么说我?"

"凭什么说你?怎么,我一个老人就不能说你了?如果不是你,我们能出这么多乱子吗?"校长盯着李莹问,又伸出手指着李莹说,"自从苏老师把莎莎带走后,你消停过了吗?又是去告人家苏老师,又是用不好听的话说人家,现在好了,处罚结果出来了,小苏老师没办法在青山村教书了,这回你该高兴了吧!"

"我高兴,我当然高兴。那是他活该!自作自受,不赖我。"李莹大声说道,此时她心里也有点矛盾,心想:这件事是不是真有点过分了?

可很快这个想法被心里的"恶魔"打断,仿佛有个声音一直对她说:"你要想想莎莎被带走的时候。"

"你走吧!别待在这里了,我看着心烦。"校长摆摆手轰李莹出去。

"切,这个地方让我待我还不想待呢。"李莹撇撇嘴,翻个白眼,哼着小曲走了。

这下可好,几乎全村人都知道苏哲奇被暂停任教的事。

"唉,这个李莹怎么这么可恨,她究竟想祸害多少人才罢休?"

"苏老师多好的一人,竟然折在她手里了。"

"这下完了,我们的孩子谁教,老师都没了,孩子怎么办?"

"是啊!我家孩子可喜欢苏老师了,这要是换一个人来教学,他恐怕会哭啊!"

"换一个人来教?你也不想想,就我们这个破地方,谁能来教,谁能来?"

这些话都被路过的村支书潘马听见,他问道:"你们在讨论什么呢?什么教不教?"

"这不李莹吗?把苏老师告了,我们在担心孩子以后上学的问题呢。"

潘马听完后眯了眯眼睛,想道:"这个李莹,简直太不像话了,没想到自己不在的这段日子,李莹居然能惹出这么大麻烦,看来得去说说这个李莹了。"

"潘支书,您可算回来了,您要再不回来,我们青山村恐怕要捅破天。"曲医生说道。

"曲医生,看来你知道此事的前因后果,你跟我说说究竟怎么回事?"潘马说。

曲医生把这件事简短地说了。

潘马听完后很惊讶:"我一定要好好说说这个李莹了,真是太不像样了。"潘马对这件事情也很气愤,没想到自己村子里的人竟然这样蛮不讲理。

而这边的苏哲奇也失去了斗志,他不明白自己千辛万苦地奔走,为什么换来的竟是这个结果。

他感觉到很失望，后悔当初没有听母亲的话。他下了一个决定，就是要离开这里，从此以后不再踏足这里半步。这个想法越来越强烈，直到他真的做出了此事。

"苏老师，我要不去找李莹吧！让她把诉撤回来。"曲医生和潘马说完话后赶紧走到苏哲奇身边，她知道此时苏哲奇心态已经崩溃了，经历了种种事情后，再强大的耐心和信心也被磨完，于是她把着苏哲奇的胳膊安抚道。

"不用了，她是不会撤诉的，我和青山村的缘分也应该断了。"苏哲奇自嘲了一下说。

可曲医生没往苏哲奇要离开青山村这处想，只当他是太累了："哎呀，不要想了，我一定会想办法帮助你的。"

而此时的李莹家里，她总是魂不守舍，做饭的时候，竟然没拿住装满热水的水瓢，水一下子洒了出来烫在她的手背上，她"啊"了一声，不一会儿就出现了许多小水泡，她冲屋子里正在照看弟弟的王莎莎喊道："莎莎，快帮妈去买烫伤药，妈被烫着了。"

王莎莎看到李莹的手后，身体僵了一下，李莹看王莎莎没动地方，甚是生气，大声呵斥道："愣着干什么？还不快去。"

"好！好！我这就去。"说完王莎莎就向曲医生的诊所跑去。

可王莎莎并没有在诊所找到曲医生，她低着脑袋嘀咕道："曲医生怎么不在？"忽然她好像想起了什么，拍了一下脑袋，"我想起来了，她应该在苏老师那里。"

她又跑到学校，果然看见了曲医生。

"莎莎，你怎么来了？"曲医生看到王莎莎后很惊讶。

"曲医生，我买烫伤药，没找到你，就来这里，找你。"王莎莎由于跑得急，喘着气断断续续才说出了原因。

"是你被烫着了？快让姐姐看看，烫哪了？"曲医生说完就去查看王莎莎的小身子。

"姐姐，不是我，是我妈，被开水烫了。"王莎莎小声说道，两手还放在胸前缠绕着。

"哈哈哈，你是说你妈被开水烫了，真是太好笑了。"曲医生差点笑出了眼泪，可苏哲奇看到旁边着急的王莎莎后，他碰了碰曲医生，"好了，你不要再笑了。"

又从抽屉里拿出一管新的烫伤膏，还没有拆开包装，走到王莎莎面前，摸着王莎莎的头发说："苏老师这里有烫伤药，拿回去给妈妈用吧！别说是我送给你的，要不然你妈妈该不用了。"

王莎莎不明白苏哲奇的意思,但她知道苏老师是好意,她点了点头。

"快回去吧!否则你妈妈又该骂你了。"苏哲奇说完就让王莎莎走了。

"苏老师,李莹那么对你,你为什么要帮她?"曲医生不明白。

"我不是帮李莹,而是在帮莎莎。你想啊!如果莎莎回去晚的话,她妈妈是不是还要骂她?"苏哲奇反问曲医生。

"也是哦!你想的好周到。"曲医生点点头说。

"你也快回去吧!诊所没有人看着是不行的。"苏哲奇说道。

回到家的王莎莎赶紧把烫伤膏交给李莹,李莹拿过药后瞪了一眼王莎莎:"怎么这么慢?"

王莎莎没出声,李莹也没有再为难王莎莎。

"呦,这个烫伤药很好使啊!抹上后竟然不疼了。"李莹很开心,说完还甩甩手。

王莎莎心里暗自说:"当然好使了,那可是苏老师给的。"

苏哲奇看着走远的曲医生,一屁股坐在床上,喘了一口气。他依依不舍地环视四周,又站起来摸摸使用了几个月的桌椅。

他又坐在椅子上,拿出一张纸画了一幅画,那是后山,山下面就是果树,天空布满了星辰,又过了几分钟,竟然把青山村简单地画了出来。

画完后,把那张纸塞在了背包的暗格里,又从床底下拽出几个袋子。没错,那是他来时装物品的袋子,而现在也要用这些袋子装走自己仅剩的衣物和对青山村的不舍。

第 27 章　村支书认清李莹真面目

苏哲奇看了一眼桌上的水杯,那是他刚来的时候,校长给他的新水杯,他犹豫了一下要不要带走,最后还是拿起了那个水杯塞进袋子的最底层。

看着鼓鼓的背包,他苦笑着摇摇头:"竟然比来的时候还要多。"

他走了出去,又依依不舍地往寝室里面看了一眼,随后把门关上。就在关门的一刹那，苏哲奇的心门仿佛也关闭了。

他来到校长室门口，犹豫着要不要和校长说一声，刚想敲开门就看见校长从里面出来。看到苏哲奇大包小包的，校长惊呆了："小苏老师，你这是干什么？"

"校长，我……要离开这里。"苏哲奇闭了闭眼睛说道。

校长听到苏哲奇要走，血压一下子就升了，强把着门框才站稳，开口问道："你要离开这里？为什么？"

苏哲奇把校长扶到椅子上："我现在不能给孩子们教书了，留在这里没有任何用处，我想还是回家吧。"

校长握着苏哲奇的手，愧疚地说："小苏老师，是我们对不起你，你能不能让我们做点什么补偿，等过后了你再想走也不迟啊！"

"校长，这都是我自己的选择，不需要什么补偿的。"苏哲奇给校长拿出了降压药，又递给他一杯水。

"你真的想好了吗？"校长又问道。

苏哲奇点点头。

"苏老师，你不能走！"只见曲医生匆忙地跑到校长室，又把苏哲奇身上的背包拽下来。

"曲医生，你不是走了吗？"苏哲奇重新捡起地上的背包问道。

"可我现在不是回来了吗？总之你不能走。"曲医生说完把校长室的门紧紧关上。

原来曲医生在回诊所的路上，反复思考苏哲奇的那句话："我和青山村的缘分也应该断了。"这下子，她终于明白苏哲奇是什么意思了，他是要离开青山村。

"曲医生，你何必要拦下一个不愿待在这里的人呢？"苏哲奇说完就朝门口走去，走到曲医生身边对她说道，"照顾好校长。"

"苏老师，你要多想想你来到这里的付出啊！难道你想功亏一篑吗？你想想这里的孩子们"曲医生用身体严严实实地挡住门，不让苏哲奇出去。

"可是我留在这里做什么呢？"苏哲奇摇摇头说。

"曲医生啊！让小苏老师走吧！"校长说完慢慢地移动脚步，来到窗户前，偷偷地抹起了眼泪。

"校长！"曲医生不死心地叫道。

校长摆摆手，示意曲医生让开，让苏哲奇出去。

苏哲奇狠攥了一下手中包的拎带，走了出去。

当他走到花坛的时候，突然几个孩子朝他跑来，接着一把抱住苏哲奇的大腿，哭喊着："苏老师，你别走，求求你别走。我们不要你走！"

"苏老师，我们需要你，你别走，行不行？"说话的是蒋浩，他此时紧紧抱住苏哲奇的大腿，抬头看着苏哲奇，眼泪慢慢流淌下来。

苏哲奇看着眼前的孩子们，他弯下腰，蹲了下去，并挨个摸了摸孩子们的头。而此时，孩子们已经将苏哲奇的头拥在了怀中，迟迟不愿意松开。

"乖啊！孩子们，你们要好好学习，老师现在有更重要的事情，我会在很远的地方等你们。"

"你们！你们一定要好好学习啊！"

苏哲奇正要起身，却听见孩子们撕心裂肺的哭声。大家不约而同地说着"我不要你走！"

"苏老师，我们求您了，求求您了！你要是走，我们就在这里站着等您，直到您回来！"这句话还是蒋浩说的。

苏哲奇站起身，望向天空。他知道，这些孩子不能没有他，这里师资匮乏，他这一走，不知道什么时候才能配备上合适的老师。他也知道，这里的孩子们需要他，青山村需要他。就在这时一个清脆的童声响彻苏哲奇的耳畔，"苏老师，不哭"。

苏哲奇的眼泪早已在眼眶里打转，一不留神滴在了小朋友的额头。

"不，不，我们不让苏老师走。"

苏哲奇抹了一把眼泪，小声地说："我，我……答应你们留下来。"

可孩子们哭的声音很大，并没有听到苏哲奇的话，苏哲奇又大声说道："我答应你们留下来，不走了。"

听到这句话的孩子们抬起了头，天真地笑了起来，晃着苏哲奇的胳膊问："苏老师，你刚才说你不走了，是吗？"

苏哲奇抿嘴笑了一下："对，我不走了。"

"不走了，苏老师不走了，太好了。"孩子们擦擦脸上的泪水，高兴地跳起来，绕着苏哲奇欢快地跑着。

站在身后的曲医生也喜极而泣："太好了，苏老师留下来了。"

"校长，苏老师答应留下来不走了。"曲医生跑回校长室，高兴地说。

校长看了看表，要中午了："我这就去准备饭菜。曲医生也留下来吧？"

"好。"曲医生看出了校长的高兴劲儿,他只是不说而已。

那些孩子又帮苏哲奇把行李拿进宿舍,然后他们就坐在凳子上一动不动地"盯"着苏哲奇看。苏哲奇看着这些小机灵笑出声:"你们干什么呢?我既然答应了你们不走,就不会走的。"

"不行,我们就要看着您。"

"好吧!那你们就看着吧!"苏哲奇无奈地摇摇头,又把包中的东西放回原位。

等到吃完饭,校长来到村支书潘马的家里,他要替苏哲奇"平反"。

"支书在家吗?"潘马一看到是校长,他很热情地接待,"校长,你怎么来了。你有什么事就叫我过去嘛,何必亲自来一趟呢?"

由于校长比潘马大,所以潘马对校长很是尊重。

"既然支书说话了,那我就把这件事和你说了吧!"校长喝了一口热水说道。

"是有关苏老师的事吗?"潘马问道,"我是猜的。"

校长笑了笑:"支书,你这猜得很准啊!我就是为苏老师来的。"

"校长啊!苏老师的事我已经听说了,你放心,我一定会尽力帮苏老师,给他讨回一个公道。"潘马说完拍拍校长的手,让他放心。

"那这件事就麻烦支书了。"校长说道。

"哎,说这话你就见外喽!"潘马说完指了指外面,"走,我们这就去李莹家。"

校长大吃一惊:"现在就去?"

"怎么,现在去还早吗?"潘马笑道。

"不早,不早,走吧!"校长也笑了。

此时,王莎莎正在家里劈柴,原因是她吃饭的时候想为苏哲奇说话,李莹以此为借口,让王莎莎干活,还说她胳膊肘往外拐。

而她父亲正在睡觉,母亲哄着弟弟吃饭。

校长和潘马还没走到李莹家门口,就听见了李莹的声音:"王莎莎,你能不能快点,灶坑没有柴火烧了。"

"哦!我知道了,妈,我已经很快了。"王莎莎朝屋里面喊道,接着又拿起斧头劈起木头,木头被一劈两截。

"李莹又让王莎莎干活了?"潘马不确定地问。

"是啊!家里的农活基本上都是王莎莎干的,那么小的孩子,干这么重的活儿,她父母不知道怎么想的。"校长无奈地摇头。

第27章 村支书认清李莹真面目

"不行，我一定要制止李莹，她这属于虐待。"潘马还没等校长说什么，就快速朝李莹家方向走。

校长只能一路小跑，怕跟不上潘马。

王莎莎看到校长和潘马来后，立即放下了手中的斧头，高兴地跑到校长身边："校长，您怎么来了？"说完还眨巴眨巴眼睛。

"莎莎，他是咱们村的支书。"校长摸着王莎莎的头说道。

潘马从裤兜里拿出一个东西，是棒棒糖。他把棒棒糖放到王莎莎手中："吃吧孩子。"

王莎莎抬头看了看校长，校长点点头示意她吃吧。

李莹听外面没有劈柴的声音，只是细微地听见两个老年人说话的声音，她纳闷了，然后走了出去。她属于不见其人先闻其声的那类，只听见她喊道："王莎莎，你是不是又偷懒了？"

她没有看见王莎莎，火气一下子就上来了："王莎莎，你躲哪去了？"

"好大的火气，不知道的以为你在点火呢！"潘马皱着眉头说道。

李莹顺着声音的方向看去，看见了潘马和校长，以及身旁的王莎莎。

看到潘马的时候，她立刻换上一张笑脸："这不是我们的支书吗？您怎么有空来了？"

"我要是不来，恐怕你就翻天了。"潘马冷哼一声。

"瞧您这话说的，好像我是罪人似的。"李莹在潘马看不到的地方，偷偷瞪了一眼潘马，又把王莎莎拽到自己身边，"你吃的什么？别吃了，也不怕有毒。"说完就抽出了王莎莎嘴里的棒棒糖，但并没有扔到地上，而是用手拿着，准备给她儿子王宝吃。

"你！"潘马看着李莹的动作很是生气，又甩甩袖子说，"算了，今天我来就是要和你说苏老师的事情的，你有什么想说的。"

潘马这回算是知道李莹的嘴脸了，没想到李莹是这么蛮横无理的人。

而李莹听到苏哲奇的名字，心里"咯噔"一下，原来这个潘马也是来替苏哲奇说话的。

第28章　李莹撤诉

"支书,合着你今天来是替苏老师说话的啊!怪不得校长也来了呢!"李莹阴阳怪气地说道。

"没错,我来就是找你的,让你把诉撤了。"潘马说。

"是啊!李莹啊!你就把诉撤了吧!苏老师也没得罪过你,你就不要和他针锋相对了。"校长在一旁说道。

"怎么的?错都在我身上,苏哲奇一点错都没有呗!"李莹说到这里更是气愤。

"我们不是这个意思!"潘马说,他怕李莹一生气,再咬着苏哲奇不放。

"那你们是什么意思?我看你们来就是给我找不痛快。"李莹瞪着眼睛怒喊道,王莎莎从来没见过这样的妈妈,吓得直接哭了起来。

校长心疼地给王莎莎擦眼泪,小声安慰道:"莎莎,不哭啊!不哭。"

而王莎莎的哭声也直接把王瞬吵醒了,王瞬烦躁地坐起来,皱了皱眉头走到外面,刚要训斥王莎莎,就看见了潘马和校长,他立刻换了一张脸,笑着说:"支书和校长来了,快进屋坐。"

"王瞬啊!我们今天是为苏老师的事来的,本来……"潘马话音未落,就被王瞬打断,"支书,苏老师做了什么事,您应该知道的,再怎么的也不应该私自带走我的女儿啊!"

潘马连忙点头:"是、是,这件事是苏老师做得不对。"潘马看李莹油盐不进,但王瞬不一样啊!一个大男人总不能小肚鸡肠吧?所以他要先说服王瞬。

"你看,我们换个角度想这个问题。咱们先说苏老师的错误,他把孩子抱走没有经过你们的同意,你们告他是对的,但你们想想,他为什么要抱走孩子,还不是因为他心疼孩子吗?"

王瞬听完后点了点头,潘马看到王瞬的动作后,他知道王瞬听进去了,于是接着说道:"苏老师把孩子带走后并没有虐待莎莎,反而把她照顾得很好,甚至比你们这对亲生父母还好。"

王瞬被说的有点动心了，他往前走了几步，却被李莹一把拉回来。李莹又瞪了一眼王瞬。

潘马见李莹还是那副样子，他摇摇头："李莹啊！你还要这样子，不打算撤诉吗？"

李莹抬头，笑了一声："支书，我也不是听不懂话的人，既然您这么说了，我就卖您一个面子，这个诉我们撤。"

潘马和校长一听，顿时就乐了。校长也问王莎莎："莎莎，你愿意替苏老师作证吗？"

王莎莎点了点头："我愿意。"

潘马笑着说："好，我这里还有几个棒棒糖，给莎莎和小宝吃吧！"说完就从裤兜里掏出四个棒棒糖，递给李莹，就离开了这里。

李莹看王莎莎紧盯着手里的糖，她把先前王莎莎没吃完的糖还给她，又递给了她一个新的棒棒糖，之后犹豫了一下是否要把其他的糖再给王莎莎一个，她又想起潘马的话"一个外人都比你好"，她想自己怎么能比外人差？就又拿出一个糖给了王莎莎："你就吃这两个吧。"

王莎莎盯着李莹的眼睛看了看，见妈妈并没有不高兴，她高兴地接过糖，露出孩童的笑，含糊不清地说道："谢谢妈。"

声音很小，但李莹听得很清楚，这是女儿第一次感谢她，她高兴地摸了摸王莎莎的头。

第二天，几人就来到了教育局，让人意外的是，刘大河也来了。

而另一边，青山村里，大家都在讨论撤诉的事。

"李莹撤诉了，不告苏老师了，这件事你们知道吗？"

"当然知道了，这件事现在已经传开了。"

"小苏老师真是倒霉，惹上了李莹一家人。"

过了几个小时，他们从那里走了出来，但所有人并没有露出轻松的表情，而是更加愁苦。

虽然李莹把诉撤了，但苏哲奇还是要被调查的。

几人走出来的时候，李莹说："我可以让莎莎继续上学，但一个星期只能上三天。"

"胡闹，你听说哪个孩子一个星期只上三天学的？"校长训斥了李莹。

"对啊！莎莎妈妈，你得为莎莎想，她学习那么好，以后肯定能上个好学校。

而且，苏老师也答应资助了莎莎，直到她上大学。"这话是曲医生说的，因为李莹把诉撤了，她对李莹的态度也有所改变，但王莎莎上学可不是小事，她必须得把此事的利弊说出来。

一旁的王瞬听到资助，他转了转眼珠，趴在李莹耳边悄悄地说："我们把这个名额给小宝吧！毕竟小宝是个男孩子。"

李莹皱了皱眉头，她有点不高兴，但又转念一想王瞬说的对，毕竟莎莎是一个女孩子。

"莎莎是一个女孩子，上大学干什么？你把那个资助给小宝吧！"李莹说。

"给他，凭什么给他？小宝才两岁，他离上学还要好几年呢，你是怎么想的？"曲医生嗤笑了一声，"还有，当初王奶奶去世的时候，怎么没看见你们？莎莎小时候你们照顾她吗？都是王奶奶把她养大的，你们在干什么呢？现在有好处了，你们知道出来抢了，你们有想过莎莎的感受吗？"曲医生越说越生气。

"那这件事你问问苏老师同不同意吧！"校长皱了皱眉说道。

"我不同意，我是不会把这个资助转让给别人的。"苏哲奇说完，转身走到刘大河身边，拍了拍刘大河的肩膀，笑着说，"刘大哥，谢谢你。"

苏哲奇还清晰地记得刘大河在里面说的话："我相信苏老师不是那样的人。以前，我说过苏老师的坏话，但他并没有揪着我的过错不放。在我欠债的时候，他帮我还钱；我有困难了，他帮我想办法……"

"以前是我对不起你，你能原谅我吗？"刘大河问道。

"刘大哥，以前的事我早就忘了，谈什么原谅不原谅的。"苏哲奇摆了一下手，表示这些事已经过去了。

一旁的王瞬夫妇见苏哲奇这么说，他们也不好再说什么，只能领着王莎莎离开了。

"哎！这两个人，是不是没长心，怎么能说出这种话？"曲医生看着他们走远的背影说道。

"哎哟，好疼！"是苏哲奇拍了一下她的脑袋。

曲医生摸着后脑勺转过头，就看见苏哲奇笑看她。曲医生转了转眼睛，掐了一下苏哲奇的胳膊，苏哲奇疼得嗷嗷叫。

"好了，不要闹了，我们也回去吧！"校长笑着说。

此时，校长和刘大河已经走远了。

曲医生和苏哲奇相视笑了一下，可又觉得有点不对劲，抬头一看，站得不是地方，站在一家婚庆公司门口，那里面的人都看着他们。

　　两人不好意思地走了，曲医生摸摸红扑扑的脸，又甩甩脑袋，想把刚才那一幕甩出去。

　　回到村里的时候，已经下午4点了，曲医生和刘大河就各自回家了，留下了苏哲奇和校长。

　　"小苏老师啊！我们也回去吧！"校长说。

　　"校长，您先回去吧，我想去后山看看。"苏哲奇说。

　　"那好！"校长说完就走了。

　　苏哲奇往后山的方向走去，走到那个山丘的时候，他看到了一个人坐在那里，是葛奇。

　　"葛大哥，你怎么来了？"苏哲奇走过去在葛奇旁边坐下。

　　"我一猜你就得过来，果然，我没猜错。"葛奇笑了笑，"结果怎么样？"

　　"还不知道呢，得过几天才能出来。"苏哲奇摇头说道。

　　葛奇拍了一下苏哲奇肩膀："你就别担心了，苏老师，一定会好的。"

　　曲医生躺在床上忐忑不安，害怕结果不好到时候苏哲奇还是得离开，她一夜都没睡好。

　　第二天，曲医生顶着黑眼圈在诊所，别人看到后，都被吓了一跳："曲医生，你这是怎么了？"

　　"哎，没睡好呗，才会变成这样，你可千万别这样。"曲医生指了指自己的眼睛。

　　其实她哪是没睡好，还不是担心苏哲奇嘛。

第29章　苏哲奇恢复教学

　　很快，关于苏哲奇的调查结果出来了。

　　"苏老师，在吗？"葛奇跑到学校找苏哲奇。

　　"怎么了，葛大哥？"苏哲奇打开宿舍的门，就看到了葛奇。

"刚才我来学校找你,正巧有个人也找你,我说我可以转交给你,他就给我了。"葛奇说完把手里的文件给了苏哲奇,"你看看,就是这个。对了,他说这里面是什么结果。"葛奇又挠了挠后脑勺。

苏哲奇听到结果,紧张地咽了咽口水,害怕这里面是一张"处罚单"。虽然苏哲奇有点心灰意冷了,但还是充满希望的。

葛奇看着犹犹豫豫的苏哲奇,又看了看文件,小声说道:"要不然还是我帮你打开吧!"

"嗯。"苏哲奇点点头,葛奇拿过文件就打开了,他把里面的结果拿出来,只见上面写着:"经调查,取消对苏哲奇的处罚。"

"苏老师,好事,这里面是好事!"葛奇明显比苏哲奇还开心,晃着苏哲奇的胳膊说。

"葛大哥,你这么高兴干什么?"苏哲奇疑惑地问。

"哎呀!你自己看吧!"葛奇说完把结果给了苏哲奇,"看到了吗?你能留在这里了!"

苏哲奇看完后也高兴地笑了,葛奇见苏哲奇笑了,他一下子抱住了苏哲奇:"太好了,太好了。"

由于葛奇抱得紧,苏哲奇干咳两声,快要喘不过来气,急忙拍着葛奇的胳膊:"葛……憋……轻……"

葛奇急忙松开手。苏哲奇觉得没有了束缚,他拍着胸脯大喘气,通红的脸这才慢慢缓过来。

葛奇知道自己用力太大,有点不好意思:"小苏老师,抱歉啊!都怪我力气太大了。"

"没事,葛大哥,你这不也是为我高兴嘛。"苏哲奇摆摆手,表示不介意此事。

"我要快点去把这件事告诉校长和曲医生,他们一定会很高兴的。"葛奇高兴地说。

"不用告诉我了,我已经知道了,你还是去告诉曲医生吧!她知道了一定会很高兴的。"校长从校长室走出来,"你们那么大的声音,我刚睡着就被你们吵醒了。"葛奇呵呵笑了:"行,那我去告诉曲医生。"说完就往曲医生的诊所跑去了。

很多村民都看见跑出汗的葛奇,觉得很纳闷:没什么事跑什么?

"葛奇,你跑什么,好像被人撵一样?"

葛奇听见有人叫他，他停了下来，双手支撑着膝盖，气喘吁吁地说："大娘，不是有人撵我，这不苏老师能留下继续教书了嘛，我要去告诉曲医生这个好消息。不和你说了，我要快点去。"

"苏老师能继续教书了，这可是好事啊！"

"这回好了，我们的孩子又有人教了。"

"是啊！我们快去把这件事告诉乡亲们！"

就这样，苏哲奇能留下来的事情。一传十，十传百，在青山村里传开了。

"曲医生，我要告诉你一件好事，苏老师的处罚被取消了，他能继续留在这里了。"葛奇跑得急，不能立刻站在那里，只能扶着门说道。

曲医生正在收拾血压盒，听见了葛奇说的话，血压仪绑带一下子从手上掉了下来，她也顾不得收拾，直接走到葛奇身边问："葛大哥，你说的是真的？苏老师能留下来了？"

葛奇点点头："是真的。"

等向葛奇再次确定后，曲医生激动得差点跳起来。一秒，两秒后，她直接就往学校的方向跑去，可跑了十几步后，又折返回来，原来是诊所的门没关。

"葛大哥，你先在这帮我看着点诊所，我很快就会回来。"曲医生说完就跑了，没有看到无奈的葛奇。

"苏老师，苏老师。"曲医生还没有跑到苏哲奇面前就大声喊道。

苏哲奇笑了，摸摸曲医生的头："葛大哥都告诉你了？"

"嗯，我都知道了，你能留下来，我真的很高兴。"曲医生有点害羞了，低着通红的脸说道。

然后好像又想起来什么，猛地抬起头，对苏哲奇说："坏了，我好像把葛大哥留在诊所，让他帮我看着呢！"她又狠拍了一下自己的脑门，"怎么这么蠢，净做些'坏事'。"

苏哲奇看着曲医生拍红的脑门，伸手帮她揉了一下："下回不要再拍脑门了，都红了。你这么担心诊所里的葛大哥，那就快回去吧！"

曲医生小心地抬头看着苏哲奇，可又很快低下了头，就像个偷糖的孩子一样。

"好，那我就先回去了，等会儿我再来。"曲医生喘了一口气说道。

"快回去吧！"苏哲奇说完，曲医生害羞地跑了，跑几步停下来摸摸刚才被苏哲奇揉的脑门，苏哲奇看着她的样子笑了出来。

回到诊所的曲医生看见葛奇已经睡着了，还打着鼾，她没有叫醒葛奇。不一会儿，葛奇就醒过来了："你回来了。"

"辛苦了，葛大哥。"曲医生不好意思地说。

"没事！那我就先回去了。"葛奇站起来伸个懒腰。

曲医生很无聊，趴在桌子上小声嘀咕："这回苏老师就不会有走的想法了吧？"想到这里，曲医生的脸又红了。

第30章　刘大河进城挣钱

"苏老师，我妈妈说她找你有事情，你待会儿能和我回家一趟吗？"王莎莎凑到苏哲奇面前，双手绞着手指，怯懦地问苏哲奇。

苏哲奇冷了一下问："莎莎，你是说你妈妈找我？"

王莎莎点点头，过了一会儿又摇摇头，在场的人都懵了，王莎莎又点头又摇头，这是什么意思？

不一会儿，只听王莎莎小声地说："苏老师，你要是不想去就算了，我和妈妈说……"

"莎莎，你想让苏老师去你家吗？"苏哲奇小声询问。

"想，可我害怕……"王莎莎害怕苏老师会被妈妈侮辱。

苏哲奇站了起来，低头对王莎莎说："既然莎莎想让苏老师去，那苏老师就去。"

"苏老师，你不能去，万一李莹又想出什么坏招，再赖上你就完了。"曲医生感觉很不安，她不想苏哲奇去李莹家。

"没事！我就是和莎莎回家去看看。"苏哲奇又走到曲医生身边，小声说道，"李莹既然让莎莎找我去她家，我要是不去的话，莎莎恐怕会被骂。"

"可是……"曲医生还是不放心。

"哎，别担心，见李莹又不是去上刑，没事的。"苏哲奇拍拍曲医生的肩膀安慰道，又伸手牵起王莎莎，"莎莎，我们走吧！"

在路上的时候，苏哲奇嘱咐王莎莎："莎莎，等会儿不管你妈妈说什么，你都不要说话,更不要和你妈妈顶嘴,知道吗?"

王莎莎懵懂地点点头。

很快就到了李莹家里,这是苏哲奇第三次来这里了。王莎莎领着苏哲奇走进屋里:"妈妈,苏老师来了。"

"哎,妈妈来了!莎莎,你来哄一下弟弟。"李莹在里屋喊道。

王莎莎抬头看向苏哲奇,苏哲奇点点头,小声说道:"快去吧!别让妈妈等急了。"

王莎莎进去的时候,李莹也正好出来,看到站着的苏哲奇,她很热情的搬来一把凳子:"快坐,苏老师,站着干吗?"

苏哲奇不好打断李莹的热情,只能尴尬地坐下。再抬头的时候,就看见李莹在盯着他看。

苏哲奇摸摸脸:"莎莎妈妈,我脸上脏了吗?"

"没有,没有。"李莹摆手说,随后动了动屁股下的凳子,凳子和水泥地摩擦发出"吱嘎吱嘎"的声音。"那个,我……"李莹原本一个尖牙利嘴的人,现在却不知如何说起。

"莎莎妈妈,你有什么话就说吧!我能帮上忙的一定帮。"苏哲奇还不习惯现在的李莹。

"好,那我就说了。"李莹紧张地搓搓手,深吸一口气说,"小苏老师,以前是我对不起你,是我的错,不应该乱嚼舌根,你能原谅我吗?只要你能原谅我,我给你跪下都成。"说完就要跪下去。

苏哲奇赶紧制止李莹:"莎莎妈妈,你这是干什么?我没说不原谅你。"

"那你原谅我了,真的吗?"李莹问完眼睛都发亮了。

"真的。"苏哲奇笑着说。

"其实,那天从城里回来后,刘大河来找了我,他和我说了很多话,那时我才知道自己犯了多大的错误。"李莹咬唇说。

"刘大哥来找过你?"苏哲奇倏然瞪大眼睛问道。

"嗯,他还说了一些莫名其妙的话。"李莹不知道苏哲奇听到刘大河的名字后,反应这么大。

"苏老师,你怎么了?"原来苏哲奇愣神了,直到李莹叫他,他才反应过来,"还有什么事吗,莎莎妈妈?"

"我还想请你帮个忙。"李莹笑着说。

"你说，莎莎妈妈，我要是能帮的一定帮。"苏哲奇双手放在膝盖上回答。

"就是……那个……小宝吧，上学的时候我也想请你资助他。"李莹摸摸耳朵，又摸摸后脖子，不好意思地说道。

李莹虽然知道了自己的错误，但她对资助问题还是有点不死心。

苏哲奇有点犯难了，他皱了皱眉头说："莎莎妈妈，小宝还不到上学的年纪，现在说这话有点太早了吧？"

"不早了，在等几年后，也该上学了，我想让他去城里上学，可这钱我们有点犯难，所以……"李莹听完苏哲奇的话有点激动，可她不想错过这个机会。

"你不用说了，莎莎妈妈，你的意思我懂，但这个恐怕我不能答应你。"苏哲奇说完就从凳子上站了起来。

"为什么苏老师？莎莎你都能资助，为什么小宝不能？"李莹着急了，把心里的话都说了出来，"莎莎一个女孩子，读那么多书干吗？还不如早点找人嫁了。"

"莎莎妈妈，这话你说的就有点过分了。莎莎确实是一个女孩子，但她有读书的权利，不是别人的附属品。"苏哲奇对李莹很生气，都是自己的骨肉，对待方式怎么就能有这么大的差别？于是他愤怒地说道。

李莹听后，觉得自己是有点过分了，她急忙说起软话："苏老师说的对，是我考虑的不周全，以后再也不说这种胡话了。"

苏哲奇深吸一口气说："我有事先走了，莎莎妈妈。"

"莎莎，快点出来送送苏老师。"李莹向屋里正在哄看弟弟的王莎莎喊道。

王莎莎和苏哲奇走到门口的时候，苏哲奇把着王莎莎的肩膀说："莎莎，别听你妈妈瞎说，我一定会资助你考上大学的，你一定要好好学习。"又比了一个加油的手势。

"嗯！我知道了，苏老师。"王莎莎坚定地回答。

苏哲奇从李莹家出来后就来到了刘大河家里："刘大哥，刘大哥，你在家吗？"

只见屋门紧锁，苏哲奇向里面喊道："刘大哥，你在吗？"

里面没人回应。苏哲奇透过窗户向里望去，屋子里有些许灰尘，一看就是人不在家好几天的样子。

苏哲奇只好离开。回到学校，他打开手机邮箱。青山村不比城里的条件，他已经好多天都没查看邮件了。他挨个点开里面的未读邮件，其中一封是刘大河的辞别信。

"苏老师，当你打开这封信的时候，我应该已经在建筑工地了，请原谅我的不辞而别。我知道我以前做错了很多事，你能原谅我，我已经很开心了，只希望我能在这里能留住，等我挣了钱后，一定会回青山村效力的。我会经常联系你的，不要担心我……"

另一边的刘大河正"饱受经霜"，他找了一个盖楼房的工作，那份工作并不轻松，推水泥，拽钢筋……，苦活累活他都得干。

这不，又来活了。

"刘大河，你来，把这袋水泥扛到揽沙罐那去。"

"哎，马上，这就来。"刘大河放下手中的铁锹，立刻跑到说话那人身边，扛起两袋水泥，颤颤巍巍地走着。

看完信后的苏哲奇坐在了凳子上，攥紧手中的信摸了摸红红的眼眶，小声说道："刘大哥都能出去干活挣钱，曲医生也能放弃了大好的青春留在这里支援家乡，我为什么不能留在这里建设青山村呢？"

此时的苏哲奇仿佛换了一个人。

路过葛奇家里的时候，苏哲奇看见葛奇正在打扫院子，他走了进去："葛大哥，忙着呢？"

"苏老师来了，快进屋坐坐。"葛奇看到苏哲奇后，放下手中的扫帚。

"不了，葛大哥，我就是看看。"苏哲奇摆摆手表示不进屋了，"刘大哥前阵子离开青山村了，去城里找活干了。"

"哎，这个刘大河，从来没吃过苦，不知道这回在城里能不能坚持下去。"葛奇担心地说。虽然刘大河在村里不怎么招人待见，但毕竟都是"一家人"，能不担心他吗？

"我相信刘大哥一定能挣着钱。"苏哲奇说道。

苏哲奇回到学校不久后，他的微信提示有一条信息，他点开一看惊讶地发现，"苏老师，加我，我是刘大河"。

苏哲奇倍感新奇，心想刘大河确实是长本事了。

加了好友苏哲奇便收到了刘大河的一条信息："苏老师，我现在工作了，已经有收入了。我准备争取每月给你汇八百块钱。你先帮咱村代收着，一部分钱可以给孩子们买课本和笔，另外一笔钱就交给你使用了。以后，我每个月都会给你汇钱的。"

苏哲奇将此事第一时间告诉了校长，校长说着说着就哭了起来。

"大河现在出息了，他爸在天之灵，也会很高兴的。"

"校长，我们应该替刘大哥高兴才对！"苏哲奇轻拍着校长的后背说道。

"高兴，我这是高兴。"校长破涕而笑。

苏哲奇和曲医生上城里给孩子们买了课本和铅笔。

"苏老师，这是你自己的钱？"曲医生惊讶地问。

苏哲奇转头对曲医生笑了笑说："这个钱是刘大哥的，他要我给孩子们买点东西。"

"这钱是刘大哥的？该不会是……"曲医生说完又想到了刘大河以前的混账做法。

苏哲奇抿嘴笑了笑，拍了一下曲医生的脑袋，疼得曲医生"哎呦"一声。

"你这脑袋里在想什么呢？这些钱是刘大哥打工挣来的。"苏哲奇假装生气地说。

"挣钱？他能去挣钱？"曲医生先是惊讶了一下，接着又翻个白眼，小声嘟囔，"他要是能挣钱，猪都能爬树了。"

"哎"苏哲奇叹口气摇摇头，"不要这么说刘大哥，他也是很不容易的。"

"知道了，知道了，我们快去买下一个东西吧！"曲医生摆手说完就走了。

等两人回到村里的时候已经两点多了，可让人不解的是，有个人坐在学校里号啕大哭，嘴里还说着污言碎语。

"这是怎么了？她是谁啊，葛大哥？"苏哲奇拎着东西问葛奇。

"哎，这个女人说她是照顾蒋浩妈妈的，可不知道为什么突然变卦，不照顾了，还说蒋浩妈妈怎么指使她干活，倒脏水啥的。"葛奇解释道。

苏哲奇无奈了，他知道蒋浩妈妈不是那种人，那肯定就是这个女人在找麻烦了。他只能上前安抚这个女人。

苏哲奇把东西放到地上，走到那个女人面前："大姐，大姐，你冷静点。"

"你谁啊！我不认识你，你快点离我远点，要不然别怪我不客气。"女人说完就像发疯一样，手脚并用攻击人。

苏哲奇在女人的拳打脚踢中被打了一个耳光，声音很响，在场的人都愣住了，就连那个正在"作乱"的女人都愣住了。

苏哲奇感觉到阵痛，用手摸了摸那边脸，皱起眉头："好疼。"可现在不能管脸疼不疼，应该先把这个女人安抚下来。

第30章　刘大河进城挣钱

"大姐,咱们有话好好说。别……"苏哲奇话还没说完,就感觉身边跑来一阵风,是曲医生。

"你这个女人,有话好好说,为什么要打人啊?你讲不讲道理?"曲医生瞪着地上的女人喊道。

"我又不是故意的,谁让他突然上来。"女人撇嘴,不在意地说。

"你……"曲医生还有说话,可被苏哲奇拦下了,对曲医生摇摇头,"不可以。"

曲医生瞪了一眼那个女人。

"大姐,你有什么问题就和我说吧!当初就是我找的你照顾蒋浩妈妈的。"苏哲奇说道。

"就是你啊!好,那今天我就和你好好说道说道。"那人一下子站起来,拍拍屁股上的灰说。

第31章 蒋浩妈妈出院

"大姐,您是不是有什么误会?"苏哲奇皱了皱眉,"当初都是说好的,您帮忙照顾人,我支付您钱。"

"没什么误会,你就拿那点钱给我金燕,让我去照顾一个残废,你在这打发乞丐呢?"金燕从兜里掏出一把瓜子,不顾众人的目光,竟然直接嗑起了瓜子,瓜子皮扔了一地。

金燕就是苏哲奇帮蒋浩妈妈找的护工,那时候金燕人是很好的,不知道现在为什么会这样。

"大姐,有话我们去屋里说吧!这里这么多人看着,对您以后的影响也不好,是吧!"苏哲奇蹲在地上捡起了一地的瓜子皮,放在那人手里,"乱扔垃圾的习惯可不好。"

"小苏老师,像这种人你就不应该和她商量。"

"是啊苏老师,她这属于胡搅蛮缠,搭理她干吗?"

"大家不要这么说,是我给这位大姐添了麻烦,就应该把这个问题解决,要不然对谁也不好。"苏哲奇对村民说完又看向金燕,"您说是不是,大姐?"

金燕顿了下,见苏哲奇都这么说了,她也不好再拒绝什么:"好,那我就信你一回。"又撇了撇看她的人。

"大家都回去吧!我一定会给这位大姐一个交代的。"苏哲奇对众人说道。

金燕也在众人的唏嘘声中和苏哲奇进屋了。

苏哲奇从抽屉里拿出一张纸,那是一份"雇佣合同"。

"大姐,你看看,这是我们当初签下的合同。我付您钱,您帮忙照顾人,可您现在出尔反尔,这不是难办吗?"苏哲奇把那份合同递给了金燕看,"这里有您的签名。"

金燕见苏哲奇把合同拿了出来后,她确实有些害怕,但一想到家里的孙子,她可以什么都不管不顾。

而苏哲奇把金燕的一举一动都看在了眼里,微微眯起了眼睛。

金燕呵呵笑了,把合同扔在一旁,指着苏哲奇说:"你别给我看这个,什么合同不合同的我不管,我来的目的就是想让你加钱,你要不给我加钱,那个残废能被我照顾成什么样子,那我就不知道了。"

说完一屁股坐在了凳子上。

曲医生见状很是来气:"你这人怎么这样啊!你是无赖吗?"

"既然你都这么说我了,那我就把这个词贯彻到底吧!要不然岂不是对不起'无赖'这个词吗?"金燕说完行为更是夸张,竟然盘起腿来。

"大姐,你说吧!你想要多少钱?"苏哲奇也拿来一个凳子,在金燕的对面坐下。

金燕伸出两个手指:"起码这个数,要不然我今天就不走了。"

"两千,你是土匪,要打劫吗?"曲医生冷哼一声说道。

"怎么,那个女人不值这个数啊?还是说你们不在乎她的身体?"金燕突然把腿放到了地上,前倾着上半身问道。

"值这个数,可是大姐,我们拿不出这么多钱。"苏哲奇说。苏哲奇是真的拿不出这么多钱,但也不能拿蒋浩妈妈的身体开玩笑,"这样吧大姐,我们各让一步,我们这边只能拿出八百块,等我们……"

苏哲奇的话被打断:"什么,八百,你们真当我是乞丐啊?"金燕瞪着双眼问道。

"大姐,我们不是这个意思,我们是真的没那么多钱。"苏哲奇说完把外套和裤子兜掏了出来,里面空空如也,什么都没有。

金燕看苏哲奇都这样了,她再为难下去也没什么用,弄不好反被咬一口就完

第31章 蒋浩妈妈出院

了:"这样吧!你在多给我三百,这件事就算过去了。"

"一千一是吗?您等着,我去给您拿。"过了一会儿,苏哲奇拿出一沓钱放在金燕手里,"这里面是一千四百块,多的钱就当多给您的工资了。"

金燕拿出手帕,小心地把钱包起来。看到金燕眼中的希望后,苏哲奇开口说:"想必您家里有困难吧?如果需要我帮忙的,您开口便是。"

金燕包钱的动作一愣,慢慢抬头看向苏哲奇:"你怎么知道我家里有困难?"

"因为我在您眼里看到了活下去的希望,这笔钱对您来说应该很重要吧?要不然您不会来找我的。"苏哲奇看着金燕的眼睛说道。

金燕没想到苏哲奇居然知道自己的难处。

"没错,我的孙子生病住院了,需要很大一笔费用,可家里没有那么多钱,我是实在没办法了,才会来找你要钱的。"金燕叹了一口气说道。想起因为没交够手术费,孙子被折磨得不成样子,只能硬挺着,金燕眼里涌出来泪水。

曲医生这才知道金燕的苦衷,抚摸着金燕的手安慰道:"对不起大姐,我不应该那么说你。"又从兜里拿出点钱,塞在金燕手里,"大姐,钱不多,但这是我的一份心意,希望您能收下。"

金燕看了看曲医生,又看了看苏哲奇,一下子哭了出来,边哭边说:"谢谢你们,你们真是大好人啊!"

现在的金燕哪还有刚才蛮横无理的样子,她只不过是一个为孙子着想的可怜人罢了。

这件事就这么过去了,苏哲奇和曲医生两人把金燕送上回老家的车。

"太好了,这样金大姐的孙子就有救了。"曲医生高兴地说道。

"谢谢你能帮助金大姐。"苏哲奇看着曲医生说。

"谢什么?我也喜欢帮助别人的好吗?"曲医生说完假装生气地噘起了嘴。

"不要再噘了,都能挂油壶了。"苏哲奇捏了一下曲医生的嘴,然后就向前走了。

曲医生生气地瞪了一眼苏哲奇,小跑着跟到苏哲奇身边。

夕阳下,两个人影肩挨着肩,缓缓地迈着步伐,一步一步不知疲倦。

金燕临走的时候,告诉了苏哲奇:"蒋浩妈妈明天就可以出院了,她的东西都收拾好了,你给她办一下出院手续就可以了。"

等到苏哲奇带着蒋浩来到医院的时候,就看见蒋浩妈妈正在收拾床被。再往下看去,是一条空空的裤管,随着蒋浩妈妈的动作晃动。

苏哲奇看到此情景后，红了眼眶。而蒋浩妈妈好像听到了门响的声音，她转身看过去，就看到了苏哲奇和儿子蒋浩。

蒋浩跑过去一把抱住妈妈，苏哲奇在两人看不到的角度偷偷揉了揉眼睛，然后走了过去，微笑着问蒋浩妈妈："东西都收拾好了吗？"

蒋浩妈妈点点头，可欲言又止，张了张嘴，最终什么也没说。

苏哲奇看到了她的表情后，知道她要说些什么，他问道："蒋浩妈妈，你是有什么话要说吗？"

"关于金燕大姐的事，你能帮她一下吗？这段时间她把我照顾得很好，我想帮她这个忙。"看苏哲奇愣住了，她又赶紧说道，"要是让你为难的话，那就算了吧！我会想办法帮她的。"

"没有，蒋浩妈妈，你不要这么想，金燕大姐的事我已经知道了。"苏哲奇把她扶到床上坐下来，又和她说了金燕去"闹"学校的事。

"真是太感谢你了，苏老师，我真不知道该怎么感谢你才好。"蒋浩妈妈笑着说。

不一会儿，蒋浩妈妈的主治医生走了进来，看了看蒋浩妈妈："嗯，恢复得不错，这是你需要注意的事项和忌口的东西，一定要小心啊！"医生说完递给蒋浩妈妈一张纸单，上面密密麻麻写满了字，还给标注了对应事项。

"谢谢你，李医生，这段时间真是太麻烦您了。"蒋浩妈妈感谢道。

"哎，不要这么客气，这都是我们应该的。"李医生看到了床尾的包，笑了笑说，"都收拾好啦，走的时候注意安全！有什么问题随时来找我。"

"好的，李医生，谢谢你。"蒋浩妈妈说道。

蒋浩妈妈回到村里的时候，几乎所有村民都来迎接。

有人用怪异的眼神看着她，也有人用同情的眼神看着她，但还好，大多数人都是来帮忙的。

"蒋浩妈妈，你恢复得不错，真是太好了。"

"恢复的是挺好的，就是不知道能不能和我们一起干活了。"

此话一出，在场的所有人都觉得很尴尬，有人碰了一下那人的胳膊，那人又瞥了一眼蒋浩妈妈："碰我干什么？我说的是实话。说真的蒋浩妈妈，你还能不能像以前一样下地干活了？"

蒋浩妈妈听到此话，如遭遇雷击，对那人苦笑了一下："赵姐，你说的对，我是不能像以前那样下地干活了，但我也不是废人一个，任人拿捏。我会想办法挣钱，养活我和我的孩子。"

第32章　进城卖竹筐

"就你这样的能干什么活？还不是给我们添麻烦。"赵姐撇撇嘴，不使好眼色地看着蒋浩妈妈。

"赵姐，你看你说的都是啥话，我啊肯定不给你添麻烦。"蒋浩妈妈生病这些日子，逐渐变得豁达起来。

"哼，有事你最好别找我，我也不能帮你。我都怕出事了你再赖上我，我上哪儿说理去？"赵姐碍于面子说道。

"行了，你就不能少说两句，蒋浩妈妈刚回来需要休息，不是听你在这胡诌的。"说话那人是赵姐的丈夫许巍。

其实许巍是倒插门的，因为当时许巍家里穷，赵姐家里那时候挺有钱的，她家人也喜欢许巍的为人。许巍性格老实，赵姐一眼就看中了，求着父亲要嫁给许巍，许巍那时候也心仪赵姐，也愿意这门亲事。

可赵姐的父亲有一个条件，那就是让许巍当上门女婿。

"什么？让我们家许巍去给你们老赵家当上门女婿？这我们可不能干。"许父惊讶道。

"不是，亲家，我们不是这个意思。许巍不是去我们家当上门女婿，就是去我们家生活而已。"赵父说，"你看咱们的孩子都心仪对方，你就成全两个孩子吧！"

"我也知道这两个孩子……可是……上门女婿……我真的做不到。"许父满脸愁容地说。

"父亲，我求您就成全我们两个吧！"许巍跑出来，一下子跪在许父身前，"我愿意去她家，我喜欢她。"

"你这个逆子，我们老许家怎么能出这样一个逆子呢？"许父气得用手点着跪在地上的许巍。

"哎，许老哥，你别多想，虽说许巍到我们家是'倒插门'，但是以后他俩有孩子了，孩子还是跟随你们老许家的姓。我就是想让这两个孩子生活能过得好点，才让许巍去我们家的，不是你所想的，我以为你知道我的意思呢。"赵父拍着许父的肩膀说。

许父一愣："那你怎么不早说呢？"

就这样，没过几天，赵许两家成了亲家。两家就是前后门的关系，关系也越来越好，赵姐和许巍也长回许家住，赵姐对许父也很孝顺。后来，许父去世，赵姐和许巍把许家的庭院打扫翻修，现在已经成了一个小花园。

这可以说是青山村一道靓丽的风景线。

这件事是站在一旁的校长讲的，听起来就像一个故事。

赵姐听见丈夫说话了，也就不吭声了。

许巍对蒋浩妈妈笑了一下，不好意思地说："对不起啊蒋浩妈妈，我家那口子就是这个脾气，希望你不要见怪，有什么需求你就和我说，我能帮你的一定会帮你的。"

"好，那就麻烦许大哥了。"蒋浩妈妈说完，拄着拐就往家的方向走了。

苏哲奇把蒋浩妈妈送回了家，让蒋浩妈妈欣喜的是，家里一丝灰尘都没有。还细微地听见厨房里传出的流水声。

她纳闷地问："苏老师，是谁在我家里吗？我怎么听到了水声。"

果然，下一秒，曲医生拿着抹布从厨房那边走了出来，看到蒋浩妈妈，她立刻放下抹布，擦干手走了过去，把蒋浩妈妈扶到椅子上："恭喜出院。"

蒋浩妈妈这才知道屋子是曲医生收拾的。她很高兴，握着曲医生的手说："谢谢你，曲医生，辛苦了，快坐。"

曲医生笑着说："我不累，这一切都是苏老师干的，我就是擦个桌子而已。"说完看向苏哲奇。

而苏哲奇有点不好意思了，眼睛看着外面，可耳朵却听得很认真，就怕错过一个字眼。

蒋浩妈妈和曲医生看着苏哲奇都笑出了声，苏哲奇的耳朵都红了。

两人赶紧装作若无其事的样子。

"对了，蒋浩妈妈，你想好以后怎么办了吗？"曲医生抿了抿嘴巴问道。她也知道这个问题有点残酷，但她想知道蒋浩妈妈的打算，便于以后能帮忙。

"我虽然失去了腿,但我还有手,我相信我这双手一定有用处。"蒋浩妈妈把手伸出来说道。

蒋浩妈妈没有被残疾打倒,更没有被生活打倒,她要凭借自己的努力养活自己和孩子。

"我知道我给你们添了很多麻烦,真的很抱歉。"蒋浩妈妈自责地说。

"哎,蒋浩妈妈,不要这么说,你没给任何人添麻烦。反而是我,如果不是我,你也不会……"接下去的话苏哲奇没说,"我和曲医生以后一定会帮你的。"

"是啊!蒋浩妈妈,你就不要想那么多了。"曲医生也说道。

"嗯"蒋浩妈妈笑着点了点头,然后说道,"我想编织些竹筐,拿到城里去卖。为了给我治病,家里也没有积蓄了。现在不能没有一点收入,要不然以后怎么办?"

"你还会编竹筐呢?"曲医生惊讶了,瞪大双眼问道。

"我父亲以前就是靠编织竹筐起家的,慢慢我也学会了。"蒋浩妈妈回答。

"那你能教教我吗?我也想学。"曲医生凑到蒋浩妈妈面前问,

"每回去城里的时候,看见那些装物品的竹筐,我就可喜欢了。有一回我问那个卖家竹筐卖不卖,你们知道他怎么对我说的吗?"曲医生说完看向苏哲奇,又看向蒋浩妈妈,两人都摇了摇头。

曲医生叹了口气后直接站了起来,学着那个卖家双手叉腰,"小姑娘,你不知道装东西的竹筐是不卖的吗?你要是想买啊,你就给我三十块,你喜欢哪个竹筐,拿去。"

"我一下子就懵了,这是卖竹筐吗?这分明是抢钱,于是我就告诉他:大哥,你这个竹筐我还不买了,你爱卖给谁就卖给谁。"

曲医生说完后,在场的两人都笑了,就连从外面回来的蒋浩也笑了起来。

只有曲医生被气得鼓鼓的:"你们笑什么?"

"好了,我教你编竹筐,一定比那个卖你三十元的竹筐还要好。"蒋浩妈妈捂嘴又笑了一会儿。

曲医生就这样和蒋浩妈妈学起了编竹筐,有时候苏哲奇也会来帮忙。有时候曲医生会把竹筐拿到诊所去编,因为还有人来看病买药。这不,葛奇又来给他母亲拿药来了。

"曲医生,在编竹筐呐,你这是和蒋浩妈妈学的吧!"葛奇拿起一个编好的竹筐看了看,"纹路是对的,不错嘛!曲医生真是厉害了。"

"哎呀，哪有葛大哥说的那么厉害，半路出家怎么能赶得上蒋浩妈妈呢？"曲医生把自己编好的和蒋浩妈妈编好的放在一起，看着也挺好的。

"这样吧！你们编好来找我，我跟你们一起去城里卖。"葛奇临走时说。

"行啊！葛大哥，那就麻烦你了。"曲医生把葛奇送走后，又重新坐在地上，编起了竹筐，嘴里还嘟囔着，"我要快点了。"

两天后，葛奇和曲医生还有苏哲奇出发了，他们并没有把蒋浩妈妈带上，第一他们怕蒋浩妈妈受凉；第二怕她伤自尊心，毕竟那里人多口杂，哪句话说不好就会触碰蒋浩妈妈的伤心之处。

几人找了个好地段，人流比较多的地方，但他们不知道这里是有人管辖的。

"卖竹筐了，自己手编的竹筐，结实还耐用，快来看看。"葛奇在人流中大声喊着，喊着喊着，嗓子都有点沙哑了。

他指了指自己的嗓子，苏哲奇立刻给他递上水瓶，"葛大哥，你歇歇吧！别喊了，嗓子都哑了。"

"不喊不行啊！我们才卖出三个竹筐，还有这么多，什么时候能卖完？"葛奇指了指地上的一大堆竹筐说。

"那你也不能靠嗓子喊，你看看别人是怎么喊的。"曲医生说完指向旁边的商家，只见商家拿着喇叭，只用正常的声音，听上去就有葛奇三倍的音量。

"可我们没有那个喇叭啊，只能靠喊。"葛奇说完用头顶的遮阳帽扇了扇风，"这天，真是太热了。什么时候下雨，凉快凉快。"

"是啊！我都要被晒成烤乳猪了。"曲医生也附和道，随后找了个阴凉地方一屁股坐了下去。

"11点多了，能不热吗？"苏哲奇看了看时间。

别的商家是常驻在这里的，都会搭一个棚子，热了遮凉，冷了遮风，还能避雨。

过了一会儿，又有几个人来买竹筐。

"你们这个筐怎么卖的，我一直听那位大哥喊'结实耐用'，我想买两个试试。"那人说。

"大筐九元一个，小筐五元一个。"曲医生拎起来大筐和小筐说。

"价格好像贵了点。"那人又说。

"老弟啊！你是不知道啊！这年头做点啥都不容易，就我们编这个竹筐，整夜整夜的编，你看看我这黑眼圈，就是那时候熬夜熬出来的。"曲医生搂着那人的肩膀，指着自己的眼圈说道。

其实，曲医生的黑眼圈是早上特意画的。

那人看了看曲医生，有点不好意思了，憋了一口气说："好，给我来五个筐。"

"好嘞，快给这位老弟拿五个。这样，老弟，姐呢看你有诚意，再送你一个小筐，就当是姐的一份心意了。"曲医生又给那人拿了一个最小的小筐，那是她昨晚编的最后一个，说不好吧但也不赖。

"常来姐的摊位啊！老弟！"那人走远了，曲医生还喊道。

那人个子不是很高，也就一米七五左右，但很瘦，就像行走的竹竿。

一旁的苏哲奇黑着脸，把曲医生高举的手放下来说："那人的肩膀窄，很好抱吧！一口一个'老弟'，不知道的以为他是你小弟呢！"说完就生气地黑着脸走到一边。

没错，我们的苏老师吃醋了，还是很酸的那种，陈醋混着白醋。

"怎么了？别生气了。你看，我不是卖出了这么多竹筐吗？"曲医生黏着苏哲奇说。

"你真的是为了卖筐？"苏哲奇看着曲医生的脸问。

"当然了。要不然你以为我……"曲医生看出来点问题，狠狠地点了一下苏哲奇的脑门说，"你不会以为我喜欢他吧？"

苏哲奇没吭声。

曲医生一下子就来气了："你就那么想我？我在你眼里就是那种人？"曲医生说完眼眶都红了，仿佛下一秒眼泪就能掉出来。

"我不是那个意思，是我的错，对不起，我再也不说你了。"苏哲奇着急了，替曲医生擦着泪说。

"哎，你们两人真是惬意啊！留下我一个人卖筐。"葛大哥故意说道。

两人这才反应过来，坐在竹筐面前，谁也没吭声。

第33章　帮蒋浩妈妈找到工作

几天以后，曲医生的同学给她打了个电话。

"曲雅，那个，残疾人客服的事，恐怕不行了。"

曲医生一愣问道："怎么了？是那边不要残疾人客服吗？"

"不是，是他们那个公司破产了，钱被老板卷走了，现在很多人都在找那个老板呢。"

"那就算了，我再看看别的工作吧！"曲医生咬咬嘴唇说道。

"曲医生，你怎么了？怎么打不起精神？"苏哲奇看到曲医生垂头丧气地走进诊所。

曲医生拿着手机，一屁股坐在椅子上说道："我同学给我打电话了，她说那个公司破产了，蒋浩妈妈不能去当客服了。"曲医生说完挠着头发，不一会头发就像笤帚一样乱糟糟，"哎呀！这可怎么办呀？"

"别揉了，头发还要不要了。我们可以再想别的办法，不要犯愁了。"苏哲奇帮曲医生顺了顺头发。

"可是蒋浩妈妈……"苏哲奇打断曲医生的话，"还有别的地方也在招客服，你就不要再纠结了。"

过了几天后，蒋浩妈妈当客服的事终于落定了，那是一个卖服装的客服。

苏哲奇安慰完曲医生后，就上网找了一下招聘残疾人客服的工作，可并没有合适的。

他又给朋友生子打了电话，想让这个朋友再帮他一次。

"生子，我想让你帮我找个工作。"

电话那边的人被惊得张开大嘴："苏子，你这是要换工作了，不在青山村了？"还没等苏哲奇反驳他的话，生子接着说道，"那好啊！你回来吧！你什么时候回来，我去接你，咱们哥俩喝点。"

苏哲奇扶着额头，他知道，只要他说工作的事，朋友生子就会噼里啪啦说一堆。

生子太能说，苏哲奇无奈，只能插话："生子，生子，你听我说。"

"哦！你要说什么，你说吧！"

"不是我换工作，是蒋浩妈妈，我和你说过那件事。我想让你帮我找一个残疾人客服的工作。"苏哲奇说。

"啊！原来是帮那个人找工作。行，我帮你物色物色，看看有没有招残疾人客服的。有消息的话，我给你打电话。"此时生子正在街上，恰巧看到有个商店外面立着一块招聘牌子，他停了下来，眯着眼睛看了看上面的字"招聘服装客服"。

"苏子，我和你说，我看到了一个卖服装的商店，他们正在招聘客服呢，我问问他们招不招残疾人客服啊！等会儿我给你打电话，挂了。"还没等苏哲奇说话，生子就先挂断电话，抬头看了看商场的名字"服象装"，他走了进去。

过了很久，生子给苏哲奇打来电话说谈妥了。

苏哲奇立即来到蒋浩家里，蒋浩妈妈正在做午饭。

蒋浩看见苏哲奇来了，很欣喜地上前迎接："苏老师，您来了，快上屋。"

苏哲奇摸了摸蒋浩的头，轻声问道："你妈妈呢？"

"我妈妈在做饭呢，我去叫她。"

一会工夫，蒋浩妈妈就拄着拐杖出来了，看到苏哲奇她很高兴："苏老师，你来了。"

"蒋浩妈妈，我替你找了一份客服的工作，我想让你试试。"苏哲奇把那个招聘客服的照片递给蒋浩妈妈看，又给她介绍了是怎样的客服，"这是一家做服装生意的，也是新开的商店，现在就差一个客服了，我想让你去试试看。"

其实，苏哲奇也担心蒋浩妈妈适应不了这份工作，但不试试谁又怎么知道呢？

他又说道："我是知道你的为人的，老实、善良，也很聪明，我相信你一定有办法克服一些困难的。你要是有什么不明白的，可以随时和我说，我会帮你的，你愿意去尝试吗？"

"苏老师，你这么帮助我，我都不知道该怎么感谢你好了，这份工作我很愿意去尝试。"蒋浩妈妈很感激苏哲奇，握着苏哲奇的手激动地说。

"这是我朋友生子的电话，你有问题也可以找他。"苏哲奇又给蒋浩妈妈记下了朋友生子的电话号码，毕竟这份工作是托他找到的，有事情还得找他。

就这样，蒋浩妈妈当上了"服象装"的客服，一个月工资一千元，供吃供住，节假日还给二百元福利。但有一点不好的是，一个月只有两天假，还需要串班倒休。

蒋浩妈妈当客服的事也被村民知道了，大家都在谈论这件事。

"没想到蒋浩妈妈命很好啊！都说大难不死必有后福，这不就是说她吗？"

"谁说不是呢？都残疾了，居然能上城里当客服，这运气得有多好。"

"这都得亏苏老师，要是没有他的话，蒋浩妈妈能有这份工作吗？"

"别说了，苏老师过来了。"

"苏老师，你这是刚从城里回来啊！"

苏哲奇去了城里找了生子，谈了蒋浩妈妈当客服这件事，现在才回来。

"嗯，我刚从朋友那回来，拿点吃的，大家尝尝。"说完，苏哲奇从袋子里拿出糖果等分给了大家一些。

这时，曲医生朝人群走过来，边走边打着招呼："大爷大娘好。"

嘴上和这些人打着招呼，可手却伸去拿苏哲奇手里的东西。

"大爷大娘我们先走了。"苏哲奇笑着说。

曲医生拿着东西看了看，转头对苏哲奇说："苏老师，你的朋友很够意思呀！居然拿了这么多吃的。"

"这些吃的是给你的，这个袋子里面的东西是给孩子们的。"苏哲奇指了指那兜装吃的袋子，又把另一个袋子拎了过来，"这里面是本子和笔。"

曲医生看着琳琅满目的吃的，惊呆了，伸出手指了指里面，嘘声地问："这些吃的都是给我的？"

"嗯。"苏哲奇点了点头。

曲医生高兴地笑了，可又看见苏哲奇看着她，她赶忙闭上了嘴巴，恢复到原先的表情，又问道，"那，那给校长的呢？"

"我朋友给校长拿了茶叶、罐头和白酒。"苏哲奇说，可曲医生没看见，疑惑地问，"哪呢，我没看见啊？"

"在这呢。"是葛奇在后面说话。

原来苏哲奇的朋友不仅给曲医生拿了东西，还给校长和葛奇一人拿一份茶叶、罐头和白酒。

"对了，苏老师，那个蒋浩妈妈在城里怎么样了？"葛奇问道。

"再有一段时间就能正常工作了，毕竟得先熟悉熟悉流程。"苏哲奇给校长边沏茶边说。

"对了，葛大哥，蒋浩在你家怎么样啊？"苏哲奇问。

原来，自从蒋浩妈妈去城里之后，葛奇就把蒋浩带过去照顾了。

苏哲奇依稀记得那天。

小浩舍不得妈妈，一直站在妈妈上车那地方不肯走，他哭得伤心极了。

"浩浩在我家挺好的，很听话，很招人喜欢。"葛奇很喜欢蒋浩。

"那就行。"苏哲奇放心了，只要蒋浩好好的，蒋浩妈妈就能安心工作。

嘀嘀，手机发出提示音。苏哲奇一看："苏老师，老板看我勤快能干，给我涨工资了，还让我当了个小官。"短短几句话，说明了刘大河的兴奋之情。

苏哲奇高兴地将内容读了出来。

第33章　帮蒋浩妈妈找到工作

"太好了,太好了。"校长激动地说。

回到家的葛奇也收到蒋浩妈妈给他的信息和三百五十元的转账。

"葛大哥,谢谢你帮我照顾蒋浩,这是我的一点心意,希望你和嫂子收下。以后每个月我都会给你转钱,感谢你们对蒋浩的照顾。"

这件事葛奇并没有告诉蒋浩,他怕蒋浩伤心,想妈妈。

而这笔钱,葛奇并没有花,而是给蒋浩留了下来。

蒋浩妈妈转钱的事,葛奇和苏哲奇说了。那天,他们一块到后山察看特产的生长情况。

"蒋浩妈妈是一个很坚强的母亲,她不会因为自身条件,放弃任何一个机会。"苏哲奇对身边的葛奇说。

"有些人的韧劲是我所想象不到的。"苏哲奇心里想。

"是啊!浩浩也是个好孩子,自从他妈妈走后,再也没提起妈妈任何一个字眼。但我知道,他内心还是渴望和他妈妈在一起。"葛奇叹了口气说。

"葛大哥,你看看,我们的辛苦没有白费。以前这些植株只是一棵棵小苗,现在呢?马上就要结果了,那时候,才是我们最忙的时刻。就像这些孩子,现在还是懵懂状态,在等个几年,他们都会开花结果。"苏哲奇指着眼前这片特产,只见已长出果实,再过几个月,就是收成的好季节了。

"但是我们如何把这些特产运输出去?"葛奇问。

"这个,一定会有办法的。"苏哲奇说。

第 34 章　曲医生比赛得第一

两人在回去的路上,苏哲奇好像想到了什么。

从青山村到城里的车只有一趟,道路崎岖蜿蜒,而且杜坤也是因为这个道路状况,合作才没谈拢的。

"葛大哥,我知道这些特产怎么办了。"苏哲奇突然停下了脚步。

"怎么办,苏老师?"葛奇很疑惑。

"我们只要把这条路修好了，特产运输的问题不就解决了吗？"苏哲奇笑着说。

　　苏哲奇终于想明白了，要根治村子贫困的问题，归根结底还是要修路。

　　"其实，我们也抱怨这里的路况，也有人向上面反映过，可一直没消息，这件事就不了了之。"

　　葛奇叹口气又说："以前，咱们村子的路虽说是土路，但是很平没有坑洼。可时间一长，经常下雨，大家来回踩，三轮车再一压，村里的道路一点点也就完了。"

　　"所以，这个办法是行不通的。"葛奇摇摇头走了。

　　苏哲奇站在原地回想葛奇的话，葛奇说的也没有错，但苏哲奇不想放弃，因为只有道路通，特产才能运出去。

　　"苏老师，你在这干什么呢？"曲医生去别人家给老人打点滴，回来的时候就看见苏哲奇站在这。

　　"我有一个想法，那就是修路，把我们的特产运出去。"苏哲奇犹豫了一会儿，把这个想法告诉了曲医生。

　　"扑哧"一声，曲医生又摸摸苏哲奇的额头，笑着说："没高烧啊！怎么说胡话呢？"

　　苏哲奇拿下曲医生的手，认真地说："我没说胡话，我说的是真的。"

　　"苏老师，你知道吗？小的时候，我爷爷和我说过这样一句话。他说：'青山村是古朴、原始的地方，这里的人可以接受新鲜事物，因为这是馈赠，但是谁来给这个馈赠？'你明白吗？"

　　"我明白你的意思，其实我也是担心这个问题，而且修路是个大工程，谁愿意帮我们呢？我们去找谁呢？"苏哲奇自嘲了一下。

　　就这样，修路这件事就暂时搁置了。

　　"对了，苏老师，我们明天有个医学比赛，你能和我一起去吗？要不然我有点紧张，要是有个人陪我的话，还能好点。"曲医生说道。

　　那是一个市医院举办的临床实验比赛，前三名就能得到一个证书，有了这个证书，可以到市医院工作。

　　"行，我明天陪你去，给你加油打气。"苏哲奇笑了笑，还比了一个加油的手势。

　　回到学校后，苏哲奇去了校长室，"校长，曲医生明天有个比赛，她想让我陪她去。"苏哲奇说。

　　"那行！你就陪她去吧！毕竟这么重要的日子，有个人陪在身边，也有安全感。"校长笑着说。

第二天,两人坐上了去市医院的大巴!车上都是去比赛的人,他们也带着家属给自己打气。

"妈妈,我有点害怕,我不想去了。"一个长相清秀的女孩说。

"不行!你必须得去,你现在要是走了,给你找工作的钱不都白花了吗?"女孩的妈妈说。

苏哲奇听到那个女孩和她妈妈的对话后,转头看着靠着窗户的曲医生,碰一下曲医生的胳膊,柔声问道:"曲医生,你紧张吗?"

"我紧张什么?就是一个比赛,没什么紧张的。"曲医生嘴上说着不紧张,可她的手出卖了她。

苏哲奇握住了曲医生的手,却摸到了一手的冷汗,他从兜里拿出纸巾,给曲医生擦了擦手心:"不要紧张,我会一直陪着你的。"

"小姑娘,你男朋友对你可真好!"旁边坐着的中年女人说。

"大娘,您误会了,我们不是那种关系。"这是曲医生说的,她怕苏哲奇误会,连忙摆手说道。

而一旁的苏哲奇什么也没说。

旁边的中年女人又仔细看了看两人,捂着嘴笑了,没再说话。

很快,大巴把车上的人送到了站点:市医院

"去吧!我在这里等你,别怕。"苏哲奇给曲医生打气道。

经过漫长的几个小时,比赛的人纷纷走了出来,有人哭了,有人笑了。

人都走光了,曲医生才从里面出来。苏哲奇看到后立刻递上水瓶:"渴了吧!快喝口水。"

苏哲奇看到曲医生的状态不好,就没有问她比赛的过程,只是给她送上安慰。

"呜呜呜……"曲医生突然抱着苏哲奇就哭了起来。

苏哲奇只是拍着曲医生的背安慰她。

回村的时候,已经很晚了,他们是搭邻村的车回来的,还走了三十多分钟的路,路上两人一声不吭,直到回到村,曲医生才说说话。

"苏老师,比赛过程中我没有出错,我感觉应该能行。"曲医生说完"假笑"了一下。

原来曲医生一路上都在想比赛的过程,想自己是否出错,想评委医师的点评等。

苏哲奇见曲医生终于说话了，他喘了一口长气："我相信你一定没问题的。毕竟我是你的幸运星嘛！"

曲医生"扑哧"笑出了声，拍拍苏哲奇的肩头："谢谢你，苏老师，快回去吧！很晚了，明天见。"

很快，比赛结果出来了。

"曲雅，你们这里是有个叫曲雅的吧？"快递员问。

"曲雅？你说的是曲医生吧？她在诊所呢。就在那呢。"村里人给快递员指了曲医生诊所的方向。

因为在这里大家都叫她曲医生，所以提起曲雅这个名字的时候，都会犹豫一下。

"曲雅，这里有你的一个文件。"

"谢谢你。"曲医生把文件拿了过来。打开文件，里面是比赛结果通知。

她咽了咽口水，拿出里面的东西。

只见上面写着：恭喜曲雅获得市医院临床实验比赛第一名。

"哇！我得了第一名，太好了。"曲医生高兴地跳了起来。

"苏老师，苏老师，我得了第一名。"曲医生拿着结果跑到学校，苏哲奇刚出来，就看见曲医生朝他跑过来。

"曲医生，你怎么这么高兴？"苏哲奇一把接住跑过来的曲医生问道。

"你看，我得第一名了。"曲医生把结果放在苏哲奇眼前。

苏哲奇拿过结果单，看到内容后也很高兴："恭喜你啊曲医生！很厉害嘛！居然拿到了第一。"说完捏捏曲医生的鼻子。

曲医生拍掉苏哲奇的手，揉揉鼻子说："当然了，我可是曲医生，能不厉害吗？"

两人相视而笑。

第35章 准备发展旅游业

"对了，我和你说一件事。"苏哲奇兴奋地说，"我回村的路上，看到咱们这儿的风景特别好。"

"那当然，想当年，咱们村还被评选为最美村庄呢！"曲医生说到这里挺直腰板很骄傲，可很快就像泄了气的皮球一样，"可现在不行了，都被那些人给糟蹋了。"

"怎么还被糟蹋了呢？"苏哲奇疑惑地问。

曲医生叹口气说道："当时咱们村被选为最美村庄后，登上了报纸。很多人看到后都组团来这里，有人开车，有人坐大巴，这坑坑洼洼的路也是那时候形成的。来的人多了，很多东西都被破坏了，等他们都走了后，村里到处都是垃圾。这里就再也不像以前一样好看了。

"那这一路上，我看这儿的风景还可以呀！"苏哲奇听完曲医生的话后，先是惊讶，而后又想起了这一路上看到的风景，并不像曲医生说的那样。

"近两年，这些树木才有所恢复，才慢慢好起来。"曲医生说。

她又往远处指了指，那里是赵姐和许巍的家："苏老师，你看见了吗？那里才是咱们村的瑰宝。"

苏哲奇顺着曲医生指的方向，只见那里是两棵高大的银杏树。

左边的银杏树长满了银杏果，一个挨着一个，又大又圆，树枝都要被这些果子压弯了。叶子绿的耀眼，仿佛一把把小扇子。

右边的银杏树却是满树的绿叶，大家管它叫"雄银杏树"。当然了，左边那棵就是"雌银杏树"了。

苏哲奇想去许巍家里看看那两根银杏树。

"曲医生，要不然我们去许大哥家看看吧！"苏哲奇提议道。

"好啊！我已经好久没去那了。"曲医生笑了笑说。

两人来到许巍家的小花园后，就看见赵姐正在弄银杏树上的花。

"赵姐，忙着呢？"苏哲奇先开口说道。

赵姐抬头就看见了苏哲奇和曲医生，赶紧用旁边的毛巾擦擦手："苏老师和曲医生来了，快上屋。"

赵姐其实为人很热情，心肠也好。但有一点，那就是嘴不好，大家都叫她"剪刀嘴"。但她一点也不生气。每当别人叫她'剪刀嘴'的时候，她会先瞪人家一眼，再说："我愿意，就这样。"

她不会和别人计较，她总是和许巍说："我知道他们叫我'剪刀嘴'，但我不生气，又不会少块肉。"

"赵姐，你弄这么多银杏花干吗？"曲医生蹲在地上，指着盆里的银杏花问。

盆子里面是一片片小白花，絮状花淡黄色。

"这个东西泡水很有益处的。曲医生，你是学医的，你应该知道的。但苏老师，你也许就不知道了吧？"赵姐说完招呼一旁站着的苏哲奇，"过来，苏老师，我告诉你这个银杏花的好处。"

苏哲奇蹲下身，就听赵姐细心地讲述了起来："银杏花啊，不仅仅可以泡水、降三高，而且还美容养颜、清血管呢，好得很！你们拿一些回去泡水，对身体有好处。"赵姐把银杏花分出两份，又说道："你俩等会拿点回去，也泡水喝点，但不能一次喝太多。等到果实成熟的时候，你们也来拿点回去，果肉可是高级营养品，白果可以做中药，用来止咳定喘。"

苏哲奇笑道："那就谢谢赵姐了。"

苏哲奇和曲医生帮助赵姐一起剥弄银杏花，不一会儿，盆子里装得满满的。

"对了，你俩找我来有什么事吗？"赵姐弄完手里最后一朵银杏花，开口问道。

"是这样的赵姐，我看见咱们青山村就你家很有特色，所以特来请教一下。"苏哲奇说。

"哦！其实这个地方是我们老一辈留下来的，具体的事我也不知道。你等一会儿，我去叫许巍，他应该知道。"赵姐转身进屋把正在睡觉的许巍叫了起来，"苏老师叫你呢。"

不一会儿，许巍跟在赵姐身后走了出来。

"许大哥，睡觉呢。"苏哲奇赶紧站起来问道。

"嗯，你赵姐要是不叫我，我都能睡到明天早上。"许巍伸个懒腰，打哈哈地说。

"苏老师要问你件事，你就说吧！"赵姐瞪了一眼"不正经"的许巍说。

"许大哥，我想问一下，你是怎样把这个小花园照顾的这么好的？"苏哲奇冒昧地问道。

许巍先是愣了一下：他怎么会问这个？可转念一想，苏老师肯定有他的理由，所以许巍就和苏哲奇说起了这个花园。

"其实，这两棵银杏树已经有百年历史了。还有那边的花园，我们两口子经常去修剪，定期浇水。你赵姐喜欢弄这些花花草草，我也就跟着喜欢呗。"许巍指着花园的方向说。

"那你家有这些花的种子吗？我想给咱们村的道边也种上。"苏哲奇摸摸后脑勺，不好意思地问道。

"有，你等会儿，我去给你拿。"很快许巍把花的种子递给了苏哲奇，"最好是来年春天种，它能开差不多四季呢。"

"知道了，谢谢许大哥。"苏哲奇接过种子说。

回去的路上，曲医生眯着眼睛问苏哲奇："苏老师，你是不是又有什么主意了？"

苏哲奇点了一下曲医生的鼻子，笑着回答："真聪明，我想把咱们村发展成旅游胜地。"

"旅游胜地？"曲医生嘀咕着。

"对，咱们村有这么好的风景，当然要很多人看见了。"苏哲奇说。

"这倒是个好主意，可是那些人怎么来啊？走着来啊？"曲医生张了张嘴巴问道。

"这个问题我倒是也想过，嘿嘿嘿！"苏哲奇看着曲医生笑。

曲医生也嘿嘿两声，对苏哲奇翻了个白眼走了。

苏哲奇知道他的这个想法没有错，但唯一的缺点就是交通不便，不然一定是一条非常好的旅游线路。

回到学校的苏哲奇就看见了校长在捶腰。

"校长，您这是怎么了？腰疼吗？"苏哲奇把校长扶到凳子上。

"唉！不知道这几天怎么了，老是腰疼，怕是受风了。"校长叹口气说道。

"我这里有几张热帖，我妈给我带的，可好用了，您贴上，过两天就好了。"苏哲奇从背包里拿出热帖，给校长贴上。

"苏老师，我这边还有个问题想听听你的意见，就是关于咱村发展的。"校长坐下问道。

"校长，您这边有什么好的想法吗？"

"我这不是想听听年轻人的想法，给我这个老古董也充充电。"

"校长，我这边倒是有一个想法，想了很久，咱们村子环境优美，自然风光好，可以尝试着开展旅游业，把咱村的形象宣传出去。"

"我一想到咱们村要发展旅游业，我就感觉咱们又有了新的希望。我们可以先申请经费，再找投资商。"这个想法苏哲奇已经想了很久。

一阵电话铃声响起，苏哲奇拿出手机，显示的号码是生子。

"喂，生子。"

"苏子，你猜我看着谁了？"生子在电话那边激动地问。

"谁啊？你这么激动干什么？"苏哲奇问。

"我看见了汶南，你知道他现在在做什么吗？"生子又问。

"不知道，你快点说，别卖关子。"苏哲奇着急地问。

"他现在可是摄影大师。"

生子、苏哲奇和汶南不光是大学好友，还是一起长大的好友。

"是吗？好久都没见到他了。"苏哲奇怀念地说。

"他现在就在我身边呢，要不然这样吧！我们俩去看看你吧！"生子左胳膊搭在汶南的肩膀上，右手拿着手机和苏哲奇说话。

"不用来了，你们俩都挺忙的，我……"苏哲奇还没有说完话，就被汶南打断，"苏子，我听生子说你那个村庄可好了，正好我这几天没事，我和生子去看看你。"

"好，那我去接你们。"苏哲奇笑着说。

第二天，生子和汶南来到了青山村。生子差一点就要呕吐了，不是因为这里的环境，而是这一路在车上的"漂移"。

"苏……苏子……我……我不行……行了。"生子说完就跑到一旁，恨不得把这几天吃的东西全吐出来。

汶南很嫌弃地捏住鼻子，苏哲奇蹲在生子身边，帮他敲背，又给他递纸。过了好一会儿，苏哲奇才扶着生子起来。

"好了吧！"汶南躲得远远地问。

生子狠狠地瞪了一眼汶南："你居然嫌弃我。"又把地上的东西拎了起来。

"你俩怎么拿这么多东西？"苏哲奇把生子手里的东西拿了过来，因为现在生子是"病号"。

"这不，生子和我说你现在认识了很多人嘛，这里有老人的健康奶粉，还有给孩子们的，还有一个是给你那个'女朋友'的。"汶南拿过给'女朋友'的袋子，在苏哲奇眼前晃了晃。

"女朋友？"苏哲奇满脸的问号，"我还没处对象呢？你们怎么瞎说？"

"我没瞎起哄，就是那个曲医生，你女朋友。"生子一下子就不愿意了，怎么能冤枉他瞎说，上回苏哲奇和他提起曲医生了呢。然后，生子就把曲医生当作了苏哲奇的女朋友。

苏哲奇拍了一下生子的后脑勺："我们还只是朋友。"

"你看，苏子还害羞了。"生子先和汶南说道，又转头对苏哲奇说，"处着处着不就是成女朋友了吗？别犟了，我看的保准没错。"

"这话说一遍得了，要是让曲医生听见可就不好了。"苏哲奇没反驳生子，但也没默许"女朋友"。

"知道了，小心眼。"生子摆摆手。

"哎，苏子，你们这儿的风景真好！我都想留在这了。"汶南看到这里的风景后，眼睛都亮了。

"汶南，要不然你就和苏子一起留在这里吧！看看你能做点啥，让苏子帮你。"生子很喜欢说笑话，生子笑着说道。

"去，别乱说，汶南还要回城里呢。"苏哲奇对生子翻了个白眼。

几人边走边说笑，很快就到了学校。

"校长，这就是我经常和你说的生子。"苏哲奇先给校长介绍生子，因为生子经常帮助苏哲奇，还给校长带东西，校长也就记住这个小伙了。

"校长好！"生子向校长鞠了一躬。

校长笑了笑，看到生子旁边还站着一个人，开口问道："这位是……"

"这个也是我的朋友，汶南，他最近才回来。"苏哲奇把汶南推到校长面前介绍道。

"校长好！"汶南也向校长鞠了一躬。

"好！快进屋吧！"校长说道。

"这是给您老拿的营养品，您要是吃完了，就和我们说，到时候我就让苏子再给您拿。"汶南把一袋子的营养品递给校长，校长很高兴，"让你们破费了。"

"对了，苏子，你什么时候让我们去见见曲医生呗！关键汶南想帮你把把关。"生子翻着袋子说，翻着翻着看见了一个毛茸茸的东西，他拿了出来，"汶南，你怎么给曲医生买这种东西？"

"这你就不懂了。"汶南一把拿过玩具熊，给苏哲奇和生子指着小熊上面的小心，"看见了吗？上面写了字的，我亲自写的。"

苏哲奇看到字后无奈了。小熊肚子上是一个红心，上面是汶南的"亲笔签名"，红心上面，左边是苏哲奇，右边是曲医生，中间是一个爱心。

"哇……哈哈哈……汶南你太厉害了。"生子眼泪都笑出来了。而只有苏哲奇扶着额头，撇眼看着大笑的生子，和一脸懵的汶南。

苏哲奇趁汶南不注意，一把抢过小熊，还好这字是贴上去的。他迅速将"苏爱曲"几个字撕了下来，并露出得意的笑。

汶南当场被气得吹胡子瞪眼。

"好了，现在说正事，别看了。"苏哲奇推开眼前的两人，"我想发展我们村的旅游业。"

"可以，苏子，我走一路，看你们村子的景色挺好的，尤其是那两棵银杏树，太好看了。"汶南提到旅游业很认真。他站起来径直走向桌子，突然看见了水杯下压着一张纸，他拿了起来，"苏子，你这画的是你们村子吧！"

"对，我把这里的风景基本上都画下来了。"苏哲奇说道。

"可你想好了吗？发展旅游业行，可从城里到村里这么长的路，他们怎么来？"生子提到道路皱了皱眉头。

"我们可以向上面申请经费，再找投资商啊！"苏哲奇知道只有道路修好了，旅游业才能发展。

"其实，上面也曾经来考察过青山村，但这里要修路经费严重超标。"这时校长走了进来。

校长说完，几人都不说话了。

汶南双手向后挪了挪，杯中的水不小心晃了出来，洒到了桌子上。"哎呀，水洒了。"苏哲奇画的"村画"，被水渲染成了灰色。

"没事，汶南，我来收拾吧！"苏哲奇把手里的画叠了起来。

汶南猛地拍了一下手："对了，苏子，我认识一个开发旅游产业的老板，你可以去问问他。"

"对啊！如果能找来投资商，开发旅游业，一切不都好办了吗？"苏哲奇很开心，一下子抱住汶南，"谢谢你汶南。"

生子摇摇头："汶南说的那个旅游业老板是风格旅游公司的陆丰田吧！"

"你也认识他？"汶南疑惑地问。

"我和他合作过，那个人脾气可不好了，心眼还多。最后我俩的合作谈崩了，所以苏子你还是找别人吧！"生子摸了摸胳膊，因为到现在提起那个人他浑身都起鸡皮疙瘩。

"没事，苏子，我再帮你问问别人。"汶南说道。

"嗯。"苏哲奇点了点头，刚才的高兴劲被打散了，但他不会放弃这个机会的。

吃完饭后，苏哲奇带汶南和生子去见了曲医生。

"这位就是曲医生吧！长得真漂亮。"生子打趣道。

"苏老师,这两位是……"曲医生茫然地看着面前的两人。

"你好,我叫生子,这位是汶南,我们是苏子的朋友。"生子搭着汶南的肩膀和曲医生打招呼。

"你们好呀!"曲医生也打招呼道。

"这是给你的东西,这里面可都是苏子千挑万选的呢!"生子把一袋子的东西递给曲医生,又从汶南手里拿过那个小熊,"这也是苏子给你的。"

曲医生惊呆了,苏老师竟然会给她这个东西,她接过来抱在怀里,开心地笑了。

"行了,你们看也看了,该走了吧!"苏哲奇假装推搡两人。

"好好好,我们走了,不打扰你们二人世界了。"汶南笑着说,"苏子,我会帮你找旅游投资商的。"

等两人走后,苏哲奇松了口气,曲医生左看看、右看看手里的小熊,刚要上手去摸小熊身上的红心,苏哲奇赶忙咳嗽几声,不好意思地说:"那个,我的朋友就这样,希望你不要见怪。"

曲医生把小熊塞进袋子里说:"你的朋友都很好,我不会见怪的。苏老师,听汶南说你在找旅游投资商是吗?"

"对,我想先找到旅游投资商。"苏哲奇点点头。

"要不然我让人帮你找找吧?"曲医生问道。

"不用了,曲医生。已经麻烦你够多了,这次的人还是我自己找吧!你快回去吧!"苏哲奇摆手让曲医生回诊所,"我先回去了。"

苏哲奇有点害羞了,因为他在转头的时候,看见了那个小熊。

曲医生看着苏哲奇远去的背影,喃喃自语道:"苏老师怎么了,脸怎么红了?"

第36章 刘大河出事

"哎,我刚才看见苏老师带着两个小伙去曲医生诊所了,还看见其中一个小伙给了曲医生一袋子东西呢。"

"那是苏老师的两个朋友，他们去看曲医生。"

"是吗？你们说，是不是苏老师相中曲医生了，让他的朋友去看看？"

"别瞎说，这都是八字没一撇的事。"

村口，几个村民你一言我一语的在闲聊。

苏哲奇没有回学校，而是去了后山。

"苏老师，你干什么去？"葛奇从门口走出来，就看见了苏哲奇。

"葛大哥，我去后山看看。"苏哲奇指了指后山的方向。

"那咱俩一起去吧！我现在也没啥事。"葛奇笑道。

"葛大哥，我想发展咱们村的旅游业。"

"行啊！苏老师。正好，我还能帮忙呢。"葛奇提到旅游业很高兴，"那你找到投资商了吗？"

"还没有。但……"苏哲奇的话还没说完去，就被一阵手机铃声打断。

手机上显示的是陌生来电。

"喂，您好！"苏哲奇开口道。

"你好，请问是苏哲奇吧！"

"是的，请问……您是……"

"我是刘大河的领导，他现在出了点事，你能来一趟吗？"

"你说什么？他怎么了，你能再说一遍吗？"苏哲奇直接站了起来。

葛奇看到苏哲奇慌张的样子，他也站了起来。

"刘大河被砸了一下，现在在康安医院外科住院部呢！"

"好，我知道了，我这就过去。"苏哲奇挂断了电话。

"苏老师，怎么了，谁出事了？"葛奇听得断断续续的。

"是刘大哥，他被砸了，现在在医院呢。我得过去看看。"

"我和你一起去。"

苏哲奇带着钱，跑到邻村，坐上车和葛奇去了城里。

到了城里后，两人直接打出租车去了刘大河住的医院。

"师傅，快，康安医院。"苏哲奇着急地说。

"小伙子，你确定？"司机师傅疑惑了，"康安医院距离这里很远，路费自然也是贵的。"

"师傅你快走吧！"葛奇也着急了，催促道。

第36章 刘大河出事

终于到了康安医院，出租费用花了一百三十元，因为康安医院在郊区，离城区较远。

"护士，你好，我想问一下刘大河在哪个病房？"苏哲奇付完车费，立刻跑进医院，抓住一个护士就问。

而在外面的司机师傅喊道："小伙子，找你钱。"

苏哲奇没听到有人喊他，而葛奇在他后面，听到声音后又折返回来，把钱拿了回来。

"抱歉，我不知道。"护士摇头说道。

苏哲奇连续问了好几个护士，得到的都是同样的回答："不知道"。

苏哲奇急得满头大汗，在医院里晕头转向的。

"苏老师，我们这么找下去也不行啊！猴年马月才能找到？"葛奇也很着急。

不久后，苏哲奇找到急诊科，他跑了过去："你好，医生，我想问一下刘大河在哪个病房？"

"刘大河，他在203病房。"医生说道。

"谢谢。"苏哲奇说完直接往楼上跑去，葛奇也跟着跑了上去。

病房中的刘大河面带氧气罩，脑袋上包裹着厚厚的纱布，左手打着点滴。

苏哲奇推门走了进去。

"你们是……"病房里还站着几个医生，他们好像在讨论什么？

"我是他的朋友，他现在怎么样了？"苏哲奇问道。

"他有点脑震荡，现在已经没事了，你们好好照顾他，有事的话就按床头这个呼叫器。"医生耐心地给苏哲奇解释。

"好，我们知道了，谢谢医生。"葛奇向医生轻点了一下头。

苏哲奇给刘大河掖了被角。

"吱嘎"苏哲奇和葛奇一起抬头看向推门进来的人。

"你们是……"那人在门口问道。

"我是苏哲奇，请问你是送他来医院的领导吗？"苏哲奇礼貌地问道。

"是。"那人把暖壶放到刘大河床头柜上，倒了两杯水，递给苏哲奇和葛奇。

"谢谢。刘大哥怎么会出事故？"苏哲奇抿了一口水问道。

"楼上的工人不小心把边上的砖头碰了下来，大河为了救别人才会被砸到的。但幸亏戴着安全帽，没啥大事。"那人解释道。

苏哲奇知道刘大河没啥大碍，可他心里还是不舒服。

"谢谢你能送刘大哥来医院。"苏哲奇很感谢眼前这个人。

"大河是我们工队最能干的人，从来不喊累。从来看不到他多花一分钱，我问他为什么不花钱，他说要把钱存下来建设家乡。"那人说着说着就哭了，"大河真的很不容易。"

"阿强，我来送饭了。"说话的人是领导阿强的妻子，在刘大河住院的时候，都是他妻子来送饭。

看到阿强的眼睛红了，她问道："你怎么了，阿强？"

阿强摇摇头："你先回去吧！我和这两位还有话说。"

"好，那你记得早点回去。"阿强妻子说道。

阿强坐在椅子上，给刘大河削了一个苹果，对苏哲奇说："其实大河这样已经两天了，一天能醒个几次，但很快又会睡着。我是翻看了他经常联系的人，才看到了你的电话号码。他经常和我提起你，你这次来，他一定会很高兴的。

他还和我说村里有一个叫葛奇的，那个人性格很好，很老实，喜欢帮助别人。那个人应该就是你吧？"阿强转头看向葛奇。

"他还和你提到过我？"葛奇诧异地指向自己。

"他还说了好多人。"

过了一会儿，刘大河慢慢睁开了眼睛，先是看到了削苹果的阿强，笑了笑说："阿强哥。"

"刘大哥，你醒了。"刘大河听到声音后，慢慢转过了头，就看见了苏哲奇，惊讶地问，"苏老师，你怎么来了？"

"不光我来了，葛大哥也来了。"苏哲奇看向葛奇的方向。

刘大河顺着苏哲奇的方向，看到了走过来的葛奇，刘大河有点感动了，红了眼眶。

"你为什么不告诉我们？"葛奇故作生气地问道。

"我不是这个意思，只是怕你们担心。"刘大河在苏哲奇的帮扶下坐了起来。

"你不和我们说，我们更担心，还好阿强哥给我打了电话。"苏哲奇说。

"我没有大事的，就是不小心剐蹭了一下。"刘大河抬手摸摸脑袋上的纱布。

阿强把削好的苹果放在床头柜上，拿出一张纸递给刘大河："这是你的升职报告。"

"什么升职报告？阿强哥？"刘大河疑惑了，怎么睡了一觉，还升职了。

"当然是舍己为人了。"阿强看了看墙上的钟表，11点20分了，他把饭盒拿了出来，放到刘大河面前。

刘大河看完这张升职报告："阿强哥，我不是为了升职才救人的，我……"

"我当然知道了，给你升职不光是因为你救了人，还有你平时的表现。综合判断，老板才决定给你升职的。"阿强严肃地说。

一旁的苏哲奇和葛奇也替刘大河高兴。

阿强拿过饭盒："吃饭吧！"饭盒总共三层，上面是米饭，中间是两道菜，最下面的是蘑菇汤。

刘大河没事了，过几天就能出院了。

苏哲奇和葛奇回了村子。

苏哲奇的手机响起，是生子。

苏哲奇把电话放在耳边还没说话，就听见电话那边的生子噼里啪啦地说了起来。

"苏子，你找旅游投资商了吗？这件事阿姨可是知道了，她要是给你打电话，你想想怎么说吧！"

"我妈怎么知道我找旅游投资商的事？"苏哲奇皱了皱眉头问道。

生子用手拍了一下这张"臭嘴"："我那天喝多了，就把这件事说了出去。汶南也喝多了，就把你和曲医生的事也说了出去。你妈很是期待，她应该很快就会给你打电话了，你还是想想怎么交代吧！我挂了，就是通知你一下。"

果然，就在苏哲奇挂断电话的一刻，苏妈妈打来了电话。

"小奇，我听汶南说你处女朋友了，什么时候带回来给妈看看。"

"妈，你别听汶南瞎说。"苏哲奇看了看诊所紧闭的大门，转身走了。

门里的曲医生把耳朵紧紧贴在门缝上，就怕漏听一个字，可只听到了"别听汶南瞎说"。

曲医生很生气了，打开门想和苏哲奇对峙，可等她打开门的时候，苏哲奇早已走远。

下一秒苏哲奇打了一个喷嚏，和电话那边的苏妈妈说："等到时机成熟了，我再领她回去。"

"对了，生子都和我说了，他说他和汶南要帮你找旅游投资商，我让他们别找了。"苏母说。

"妈,你为什么……?"苏哲奇话还没说完就被母亲打断。

"小奇,你以为找到旅游投资商就那么简单吗?就算你找到了,那想到这里旅游的人呢?去哪里找?他们凭什么自愿来这里呢?"苏妈妈的问题让苏哲奇哑语了。

过了一会儿苏哲奇说:"妈,我得给您说一下啊,这事情是我深思熟虑的结果,另外我觉得我在这里确实需要给他们做点事,要不然这件事我还是自己想办法吧!妈你照顾好自己。"苏哲奇挂断了电话。

第37章 被旅游投资商拒绝

这边的苏哲奇还在继续给同学、朋友打着电话,可都被挂断,理由都是"没有旅游投资商的朋友"。

甚至有同学直接说:"那里又不是你家,三年后你就走了,你管那么多干吗?谁会记得你的好?"

苏哲奇听他们这么说很不高兴,既然来到了这里,总不能一事无成地回去。

"这是最后一个。"苏哲奇紧紧捏着手里的电话,看着联系人中最后一个名字"封泉"。

苏哲奇深吸了一口气,按下那个人的号码。

"喂,你好?"电话通了。苏哲奇赶紧说道:"大泉,是我,苏哲奇。"

"小奇啊!我听生子说你现在在农村,那里是不是可好了?我可喜欢农村了,那里吃的可多了。"封泉激动地问道。

"大泉,你要是想来农村玩可以来我们这,我免费给你当导游。但现在我有件事想让你帮我一下。"

"什么忙?小奇。"苏哲奇听见了嘎吱嘎吱的声音,大泉吃薯片呢。

"你认不认识旅游业投资商?我想发展我们这里的旅游业。"苏哲奇说完又听见了咕咚咕咚的声音,大泉在喝牛奶。

"旅游投资商?"大泉思考了一下,在脑袋里快速地闪过和他合作过的人。

"有了，小奇，我以前有个合作的旅游投资商，但那个人精着呢，脾气还不好，你能行吗？"大泉说起这个人有点担心，自己跟那个人合作都是磨破了嘴皮才说服的，小奇这么实诚的人别再被他耍了。

"大泉，那个人是谁啊，竟然让你这个'封铁嘴'都害怕？"苏哲奇笑着打趣道。

"不是害怕，我俩刚合作的时候，他就把价钱压到最低，那我能干吗？好说歹说终于说服了他。"封泉吧唧吧唧嘴巴说。

"是吗？他这么厉害，那我更想知道这个人是谁了。"苏哲奇笑了笑。

"他叫陆丰田，是风格旅游公司的老板，旗下有七家旅游公司。"封泉很佩服这个陆丰田，"他不允许任何人欺骗他，弄虚作假，否则他会让你输得很惨。"

苏哲奇听到这个名字在脑袋里回想了一下，倏然瞪大双眼："汶南一开始也想把这个人介绍给我，可生子和我说陆丰田这个人很精明，和你说的一样。"

"要不然我再帮你找找别人吧！"封泉说道。

"不用了，大泉，我想认识认识这个陆丰田。"苏哲奇想这么厉害的人肯定有他的做事方法。

"那好吧！祝你好运。"封泉笑道。

挂断电话后，苏哲奇给汶南打了电话，让汶南在网络上帮他查一下陆丰田这个人。

不一会儿的工夫，陆丰田的信息就全出现在苏哲奇的手机里。

苏哲奇把陆丰田的信息写在纸上：陆丰田，四十八岁，经营旅游业十年，旗下七家旅游子公司，曾被评选为……

苏哲奇转了转手里的笔，心想："陆丰田这人肯定有他的经营之道，要不然不能在旅游业站稳十年，我一定要见见这个人。"

这次，苏哲奇自己去找了陆丰田，他一定要说服这个人。

苏哲奇拿着陆丰田公司的地址进了城。

"风格旅游集团。"苏哲奇嘀咕着。

他径直走了进去，可走到门口的时候被拦住了："您好，请问您找谁？"

"我找你们陆总！"

"您好，请问和陆总有约吗？"

苏哲奇愣了，摇摇头："我没有预约，可我见陆总有急事。"

"对不起，先生，没有预约您是不能见陆总的。"那人说道。

"可我真的有急事要见你们陆总。"苏哲奇说完看见旁边有空隙,他转了转眼睛,一下子冲进那道空隙里,可没走几步就被人从里面拖了出来。

"抱歉,先生,您不能进去。"那人又说道。

"那你们陆总什么时候能出来?"苏哲奇不死心地问。

"这个,我们不知道。"那人摇摇头。

苏哲奇只能站在门口等候,不知道已经是什么时候了,只见有两个人有说有笑的从里面走了出来。

苏哲奇看到其中一人和汶南给的照片上的人一样,他知道那是陆丰田,于是他喊道:"陆总,陆总,我找您有事。"

陆丰田听到有人喊他,刚要回头就被身边的人打断:"陆总,请上车。"

而苏哲奇被两个穿着黑色衣服的保安挡得严严实实。

就在车子转弯的时候,陆丰田看到了坐在地上的苏哲奇。陆丰田心想:"这个人是谁?找我的吗?"

陆丰田于是打开车窗问道:"小伙子,你叫什么名字?你是不是等我?"

"我叫苏哲奇,是从青山村来的。"苏哲奇赶忙站起来说道,"我有事相求,请您给我一个机会。"他没有说出多华丽的语言,只是说出事实。

陆丰田笑了,指着苏哲奇对旁边的助理说:"这个小伙子很会说话,我很喜欢。"

"陆总,我们还是进去说话吧!"助理说道。

苏哲奇跟着陆丰田进了会议室。

"小伙子,你有什么事求我?"陆丰田开口问道。

助理给苏哲奇递上一杯茶水,苏哲奇抿了一口说道:"陆总,我想让您投资我们村。"

"哦!"陆丰田惊讶了一下,没想到这个小伙子还真是开门见山。喝了一口茶水,又看了看苏哲奇:"小伙子,你这个要求恕我不能答应你。"

"为什么,陆总?"苏哲奇双手放在桌子下面问道。

"你既没有给我看你们村子的信息,也没给我你们的概况,我为什么要和你合作呢?"陆丰田拿起一旁的文件夹漫不经心地说。

苏哲奇可算是松了一口气,他明白陆总的意思,他这样说就是有进一步合作的可能。

"陆总，刚好，我这里有一些资料。"苏哲奇打开手机，他早就将村子的旧貌、新样整理成图片，保存在手机里。

虽然在手机上看没有那么清晰，但苏哲奇给陆丰田对照着图片耐心解答。

他接着说道，"陆总，我想请您去我们村子里实地考察一下。"苏哲奇笑了一下说道。

"小伙子，我和你说实话吧！我是看在你等了我一下午，很有诚意的情况下，才让你进来的，但你这就是几张信息图也不能代表什么。"陆丰田嗤笑了一下说。

"我可以给您……"苏哲奇刚要往下说就被陆丰田打断，"我已经和别人合作了，你还是回去吧！我也给你一个机会，等你什么时候把材料准备全了，什么时候再来找我。"陆丰田在说话期间眼睛只盯着面前的文件，根本没看苏哲奇一眼。

陆丰田从二十五岁就开始创业，什么样子的人他没看过，一眼就看穿了苏哲奇的小心思。

"那就打扰陆总了。"苏哲奇说完径直往门口走去。

会议室中留下了陆丰田一人，他叫来助理："去查查刚才出去的那个小伙子。"

走出风格集团的苏哲奇觉得很不舒服，这次是自己没准备好，就来找人家，确实是自己大意了，但他不会放弃找投资商的。

第38章 蒋浩到城里生活

回到青山村后的苏哲奇休息了一下，第二天他还要继续寻找旅游投资商。

突然他想到了同学说的话："这又不是你的家乡，你管那么多干吗？谁会记得你的好？"

苏哲奇身体顿了一下，沉默了良久，不过他坚信，他所做的一切，身边的人都会记住，曲医生会记得，校长会记得，青山村的村民都会记得。

想到这里，他直接从床上坐了起来，喃喃道："我得准备点青山村的资料。"

这些日子，苏哲奇一遍一遍地画着一张青山村的图片，路口、房子、树木等重要地方都标注了出来。

"汶南，你能再来一趟青山村吗？带着你的相机。"苏哲奇左思右想，还是要好好拍下青山村的风景，但他没有照相工具，只能求助汶南。

"行，苏子，我这就收拾收拾过去。"苏哲奇打来电话的时候，他正在外面拍摄路边的风景。

一个多小时后，汶南赶了过来。苏哲奇在村口接他。

"苏子，你让我带相机做什么？"汶南拍拍背着的相机包问。

"汶南，我昨天去找陆丰田了，我们……"苏哲奇还没说完就看见汶南张大了嘴巴，指着苏哲奇结巴地说，"你你……竟然去找……陆丰田了？"

苏哲奇看碰着汶南有点无奈，从小时候开始，汶南就这样。自己可以受伤，但朋友不能受一点伤。

而陆丰田这类人对汶南来说，就是"无商不奸"。而他给苏哲奇介绍陆丰田这个人，是因为他就认识这么一个旅游投资商，很想帮助苏哲奇解决这个问题，才会第一时间说出陆丰田。

"那你和他谈得怎么样？"汶南问。

"我没有拿出整理的关于青山村的资料，也没有给人家看这里的风景照，人家当然不能同意了。"苏哲奇摊摊手。

"哦！你说吧，想让我帮你干吗？"汶南拿出相机随意对青山村拍了一张照片让苏哲奇看。

"先帮忙拍摄一些照片吧。"苏哲奇拍拍汶南的肩膀，把相机拿了过来看里面的照片，"汶南，你的摄影技术真是越来越好了。"

"走，我们要不还是到处看看，多拍几张美景照片？"汶南笑了笑，对自己的摄影技术可是很骄傲的。

"哎，苏老师干吗呢？怎么还领着别人到处拍照呢？"

"我也不知道，可能有安排吧！"

"苏老师要发展咱们村的旅游业，当然要拍照了。"葛奇双手搭在两人的肩膀上，看着苏哲奇和汶南说。

"葛奇，你说什么？苏老师要发展咱们村的旅游业？"

"当然了，苏老师现在正在找投资商呢。"葛奇笑着说。

第38章　蒋浩到城里生活

"那我得回家把我家里收拾收拾,争取也能拍个照片。"

"我也是,还得告诉别人一声。"

葛奇看了看正在拍照的汶南,还有捡垃圾的苏哲奇,他笑了笑转身走了。

苏哲奇让汶南从村头拍照到村尾,汶南的数码相机的内存卡都快要用完了。

"汶南,你真是帮了个大忙了,到时候我一定请你吃饭。"苏哲奇说。

"对了,苏子,你和你那个小女朋友怎么样了?她是不是更喜欢你了?"汶南摸了摸嘴角,眯着眼睛笑道。

"唉!"苏哲奇摇摇头,"她生气了,我都不知道怎么回事,刚收到小熊的时候她挺开心的,最近突然又不理我了。"苏哲奇也莫名其妙,压根不知道曲医生偷听了自己和妈妈打电话的前半段内容。

"难道是那个小熊没起作用?苏子,你不行啊!"汶南伸出食指晃了晃。

"哎呀呀!苏子,我是真心帮助你的,你怎么能这么不争气?唉……"汶南一副恨铁不成钢的样子。

突然,苏哲奇电话响了,是陌生号码。

"喂,您好!"

"苏老师,我是蒋浩妈妈。"

"蒋浩妈妈,你现在怎么样了?"

"我现在挺好的,小浩在你身边吗?"

"那你是想回来吗?"

"不是,我想把他带到城里来,我在这边租了一个房子,想让他在这边上学。"

"他现在在葛大哥家呢,那我现在去找他。"

"好的,我待会就回来接他。"

苏哲奇挂断电话的时候,他叹了口气。

"怎么了,苏子?"

"没事,我们还是先去葛大哥家里吧!"

汶南见苏哲奇不想说,他也就不问了,说明现在不是时候。

"苏老师来了,快上屋。"葛奇热情地说。

"不了,葛大哥,我找你是想说蒋浩的事。"苏哲奇看了一眼正在玩的蒋浩说。

"那我们去那边说。"葛奇知道这件事不好当着蒋浩的面说,于是把苏哲奇拉到门口,"怎么了,苏老师。"

"刚才蒋浩妈妈给我打了电话,她说她在城里租了个房子,想接蒋浩过去,让他在那边上学。"苏哲奇低下了头,犹豫了一下说。

葛奇僵了一下,心里不太舒服。和蒋浩相处了这么长时间他已经有感情了,但人家毕竟是母亲,不能不让人家母子团聚。

葛奇苦笑了一下说:"那他妈妈什么时候过来?"

"应该很快了吧!"苏哲奇心里也挺不舒服的。

可在一旁和葛奇家小弟弟玩闹的蒋浩什么也不知道,他只是看见葛奇叔叔和刚才有点不一样了。他走上前问:"葛叔叔,你怎么了?"

"小浩,叔叔去给你收拾东西,你妈妈等会儿回来接你。"葛奇把蒋浩的衣服拿出来,叠地板板正正,就要往兜里装。

转头就看见蒋浩哭了。

"葛……葛……叔叔,我……我不想……想走,我舍……舍不得你,也舍不得弟弟……"蒋浩哭得说话结结巴巴的。

葛奇也舍不得蒋浩,可他不能擅自留下蒋浩。他抱着蒋浩安慰道:"小浩乖,不要哭了,你可以经常回来看看葛叔叔和弟弟啊!不要哭了。"

葛奇给蒋浩擦干了眼泪,又给他收拾好衣物,领着他走了出去。

"小浩。"蒋浩妈妈站在葛奇家门口喊道。

蒋浩听到声音抬起头,就看见妈妈冲她伸出双手,他一下子跑了过去:"妈妈。"

"苏老师,葛大哥,谢谢你们照顾蒋浩。"蒋浩妈妈抱住蒋浩说。

"这是给你们的东西,希望你们能收下,也谢谢你们照顾小浩。"只见一个男人拎着几样东西递给了苏哲奇和葛奇。

"'小浩',这个男人怎么叫蒋浩这么亲?"苏哲奇和葛奇很纳闷。

"这位是何方,是我的朋友,是我叫过来帮忙的。这位是苏哲奇,就是我常给你提到的苏老师。"

"苏老师好,幸会!我听说你给青山村做了很多事情,我在城里做点小买卖,如果有帮到你的地方,尽管说,只要能帮到,我肯定尽力。"何方一边递给苏哲奇名片一边自我介绍道。

"农产品贸易"苏哲奇接过名片,小声念道,并笑着对何方说,"何大哥,蒋浩母子就麻烦你了。"

苏哲奇蹲下身摸着蒋浩的头："你要听妈妈的话，不要惹妈妈生气，知道了吗？"

"嗯，我知道了，苏老师。"蒋浩点了点头。

"那我们就先走了，苏老师，葛大哥，这段时间，小浩给你们添麻烦了。"蒋浩妈妈说。

"浩哥哥，你还什么时候回来看我啊！"葛奇的儿子跑出来拉住蒋浩的手，眼泪汪汪地问。

"弟弟，你要听话，我很快就会回来的。"蒋浩露出小白牙笑了笑。

第39章　苏哲奇，准备迎接挑战吧

蒋浩走了，葛奇有点恋恋不舍。虽然不是亲子，但葛奇把蒋浩当作亲生孩子一样对待。

苏哲奇知道蒋浩走了心里难受的不光是他，葛奇比他还要难受。但现在重要的是把旅游业发展起来。

"葛大哥，蒋浩还会再回来看你的，不要难过了。"苏哲奇安慰道。

"是啊！葛大哥，苏子说的对，那个小孩现在和他母亲一起生活，你应该感到高兴，不要垂头丧气的。"汶南见苏哲奇安慰他面前的这人，知道那就是苏哲奇经常提到的葛奇。既然朋友的朋友难受，他当然也要安慰一下了。

葛奇看见这个说话的人愣了一下问："苏老师，这位是？怎么没见过。"

"我叫汶南，是苏子的朋友，我来是帮苏子拍你们村子风景的。我经常听苏子提起你，说你是好人，既然你是苏子的朋友，就是我汶南的朋友，有什么事就和我说。"汶南拍拍胸脯。

苏哲奇从来不知道汶南竟然这么能说，看着汶南噼里啪啦说话的嘴巴发愣。

见汶南不说话了，他说道："葛大哥知道你来的目的了，你现在应该回去洗照片了吧！"

"苏子，你怎么能用完我就撵我走呢？太不仗义了，我才刚认识葛大哥，还没和他好好说话呢！"汶南撇撇嘴巴，双手紧紧环胸，表示自己很生气。

苏哲奇看着这样的汶南无话可说，葛奇拍了拍苏哲奇的肩膀："汶南说得对，苏老师，你不能用完人家就撵人家走。这样吧！我让你嫂子做两个菜，咱们几个喝点。"

"还是葛大哥仗义。"汶南说完就把相机包往苏哲奇身上一扔，和葛奇进屋了。

苏哲奇竟然不知道汶南还有这样的一面，他决定一定要给生子打电话，好好数落一下汶南。

最后，汶南喝多了，还是苏哲奇给他扶到床上的。

"苏子，我……一定……要帮你……找到……旅游……投资商，呵呵。"汶南躺在床上说着醉话。

"你还是好好睡觉吧！等会儿看生子咋埋汰你！"苏哲奇嘴上说着要发生的事，可他心里还是很高兴的，没想到汶南喝醉了还想着帮自己。

苏哲奇刚给汶南盖上被子就听见电话铃响了起来，是生子。

生子在那边急促地问道："苏子，那个蒋浩妈妈辞职了。"

"是的，生子。她今天来把蒋浩接走了。"苏哲奇为了不打扰汶南睡觉，走到一旁说道。

"我怕蒋浩妈妈出点什么事……"生子喘了一口气说。

"不会的，蒋浩妈妈有分寸，辞职了可能是有更好的工作了吧。"苏哲奇说。

"对了，汶南是不是去你们村里了？"生子走在街上问。

苏哲奇瞥了一眼床上睡得迷瞪的汶南说："他喝多了，和葛大哥刚喝完，正在睡觉呢。"

"哈哈哈……"生子在那边笑得眼泪都要出来了，"他明明不会喝酒啊！这回怎么喝这么多？"

"这不蒋浩被接走了，葛大哥很难过。汶南也跟着难过，就和葛大哥喝上了，劝都劝不住。"苏哲奇无奈地说，"你来接汶南吧！其他的事等你来再说。"

两个多小时后，生子来了。

"生子，你快点看看汶南吧！他都睡了好长时间了，不会出什么事吧？"苏哲奇直接把生子拉倒汶南面前，看着睡了三个小时的汶南问道。

"汶南，汶南。"生子叫了两声，汶南没醒，生子也有点急了，转身就看见桌子上的那杯水，直接拿起水杯就浇在了汶南的脸上。

汶南正睡得香，下一秒就感觉到"下雨了"，而他确实也是这么说了。

只见汶南直接从床上坐了起来，大喊："下雨了！苏子、生子快跑！"

过了一会儿，哪有什么雨浇在他身上，只有两声闷笑。

汶南顺着声音看去，就看见了背对着偷笑的苏哲奇和生子。

汶南脸色顿时就黑了下来，站在两人身后就像愤怒的小鸟，在两人头上猛地拍了一下。

"哎哟，好疼。"苏哲奇和生子异口同声，慢慢转过身就看见"落汤鸡"的汶南。

生子更甚了，直接躺在床上笑得打起滚来。

三个人打闹了一会，生子走到苏哲奇身边问："苏子，你那个旅游投资商找的怎么样了？"

"我去找陆丰田了，可是被拒绝了。"苏哲奇一想起自己两手空空去找陆丰田，他就觉得自己很愚蠢。

生子把手搭在苏哲奇肩膀上，对些许气馁的苏哲奇吹了口气说："没事的苏子，我们还可以找别人。"

青山村的照片已经洗出来了，苏哲奇拿着照片看得很认真。总共三百余张照片，不光拍了青山村的风景，就连后山快要结果的特产也拍了。苏哲奇所做的这一切，不是图别人记得他的好，他是想让村民富裕起来，让孩子们的生活从根本上好起来。这样的想法，不是他一个人在坚守，还有葛奇，还有曲医生，他们都在一起坚持。

苏哲奇在路上遇到了葛奇，两人走着走着就聊起了蒋浩妈妈的事，是葛奇先提到的："苏老师，你知不知道蒋浩妈妈现在怎么样了？我儿子经常提起小浩，说想他了。"

"这个我还真不知道，可能小浩现在已经在城里上学呢吧！"苏哲奇笑了笑回答道。

"只要小浩过得好就行，我也就不担心了。"葛奇喘了一口气说。

"葛大哥，咱们村的照片洗出来了，要不你现在和我去看看，就在我床头上呢。"苏哲奇说。

"这么快，苏老师的朋友还真是不一般，尤其是那个大摄影师，那天给我喝得，不过还真是我喝酒最高兴的一回。"

葛奇提起那天喝酒，他是舍不得蒋浩走，就喝多了点，没想到汶南更能喝，边喝边说酒话："葛大哥，不要难过，你还有兄弟我呢。我陪你，咱俩一起喝。苏子，给我和葛大哥倒酒。"

"汶南就是这样，有时候一根筋，也是难得见到知音，看来他很喜欢葛大哥你。"苏哲奇笑着拍了拍葛奇的肩膀。

"汶南没说什么时候还来？我再和他喝点。"葛奇也很喜欢汶南，他只记得那天自己直接就趴桌子上睡着了，后面的事就不知道了。

"葛大哥，我可不敢再让他来，我怕嫂子到时候来找我麻烦呀。"苏哲奇说完笑了，葛奇也跟着笑了起来。

不一会儿，两人就到了学校，苏哲奇把床头的照片递给葛奇。

葛奇一张一张地看着照片，咂巴咂巴嘴："苏老师，这汶南的摄影技术太好了，简直把咱们村照的太美了，我都有点认不出来了。"

葛奇好奇地问："苏老师，你给我们村子拍这么多照片这是要？"

"有了这些图片，我们就可以寄给很多旅游投资商，我希望可以尽自己最大的可能，把村子改善的更好一点。"苏哲奇笑着说。

苏哲奇这么说的，他也这么做了。

但过了很长时间，也没有一个投资商来找他，就连投资商的影子都没见到。

"哎，怎么回事？"苏哲奇叹气摇头。

"是啊！苏老师，怎么回事？按理说这么长时间了，应该会有投资商给你打电话的啊！"葛奇也跟着叹气摇头，他也不知道这是为什么。

这时，苏哲奇的电话响了起来。

"喂，苏子，怎么样？是不是已经有很多投资商去找你合作了？"汶南在那边高兴地问。那可是他拍的最认真的照片，他觉得一定会受到很多人青睐的。

苏哲奇挂着下巴，看着外面说："你猜错了，一个投资商也没给我打电话，更别提来找我了。"

万般无奈之下，苏哲奇决定再见陆丰田。

陆丰田坐在松软的老板椅上，看着再次前来的苏哲奇，端起桌上的茶水，抿了一口，慢悠悠地说："我知道苏哲奇你会再来找我。"

"陆总，您看这是我上次回去重新拍摄的村子的情况，照片都洗出来了。另外我还跟土地部门收集了部分的规划信息，这边给您过目。"

苏哲奇看陆丰田接过资料，又补充道："陆总，我想有些话必须要和您说。"

正是这句话引起了陆丰田的兴趣，他假装做出一副正在审阅资料无心听他讲述的样子。

"陆总！"

陆丰田这才将目光注意到苏哲奇的身上，"说吧。"

"我在过去就是一个平平无奇的大学生,可以说每天过着衣食无忧的生活,对我自己的未来思考的很少,更别说社会、他人了。最早去到青山村的时候,我并没有想过要在这里干点什么。但是就是因为我干了那么一点点,就看到了村里的孩子、老人他们眼里的曙光,我知道,他们需要改变!我知道,他们渴望改变!可是,我只是一个支教老师,很多事情想做做不到。但是,您不一样。您不仅有改变自己的能力,还有改变别人命运、改变青山村的整个村子命运的能力。所以,青山村需要您。"

陆丰田听完没有说话。其实对于青山村投资的事情,他早有考量,并且他同样收到了苏哲奇前些日子寄的照片,只不过出于商人的敏感度,他需要知道他看好的投资项目的合作人到底怎么样。

"苏哲奇,我收到了你寄给旅游投资商的照片,他们都给了我。我也一张张仔细看了,挺好的。"陆丰田从抽屉拿出厚厚的一沓照片,那是苏哲奇寄过来的。

"那您的意思是?"苏哲奇试探地问。

陆丰田哼笑了两声,吓了苏哲奇一跳,他的心扑通扑通地跳个不停。

"可以!"苏哲奇的思绪被陆丰田的大声回应吓了一跳。

就这样,陆丰田答应了投资青山村的旅游业,苏哲奇把这件事告诉了青山村村民。这可是青山村的大喜事。

"哎,小苏老师真厉害,竟然找到了旅游投资商。"

"是啊!这回,我们可有指望了。"

"听说那个投资商在旅游行业干了十多年呢。"

"啊!这么长时间,还真是厉害。"

"厉害还得属我们小苏老师,可是辛苦我们苏老师了。"

葛奇凑到几人中间说:"小苏老师可是费了好大力气才找来的投资商,大家可不要让苏老师的辛苦白费啊!"

"葛奇,看你说的,我们当然要好好对待咱们的村子了,它现在可是一块宝地呢。"

对于投资商这件事,校长也非常高兴。还有一件让人高兴的事,就是刘大河从城里回来了,还拿回了一笔钱支持村上搞旅游。

"刘大哥,你什么时候回来的?"苏哲奇这阵子都在忙投资商的事,并不知道刘大河已经回到了青山村。

"我也是刚回来,怎么样?现在挺忙的吧?"刘大河看着眼前的景色问。

"还可以，让刘大哥见笑了。"苏哲奇笑着说。

"苏子，这呢。"生子招手叫道。来的不止生子，汶南也过来了。

"刘大哥，那我先过去了。"苏哲奇说。

"去吧！好好招待你的朋友。"刘大河笑了笑。

"苏子，你这人缘还不错，走了这一路，到处都能听见苏老师怎么怎么好？看来你在这儿很受欢迎嘛。"生子搂着苏哲奇的肩膀说。

苏哲奇赶紧向他俩作揖，歪着脑袋说："各位兄弟过奖，过奖。"

汶南一把打掉苏哲奇作揖的手："你可得了吧！还过奖，你现在已经是这里的大功臣了。"

"汶南小兄弟，你现在应该和苏子说话客气点，应该这么说。"生子咳嗽两声，装模作样地说："苏老师，你真是我的榜样。"

"哈哈哈，你们可真有意思，还苏老师，听你们叫我苏老师，我这鸡皮疙瘩都起来了。"苏哲奇故作哆嗦了一下，摸着胳膊，撇嘴说道。

苏哲奇几人一路上有说有笑的。

"来了，来了。投资商来了。"

苏哲奇顺着声音望过去，陆丰田从车里面走了下来。

陆丰田没有大架子，他这天没有穿得西装革履，只是普通的休闲服。对青山村的村民很亲切，还和村民们高兴地握手。

"陆总，一路上辛苦了！"苏哲奇笑道。

"小苏啊！你还真别说，我看你们村子的风景真不错，就是这个路……实在太难走了。"陆丰田这一路上，被颠簸得很不舒服，还好身子骨硬朗。

"您不是第一个这么说这路的，很多人都说过，我也很犯愁这件事。"苏哲奇扶着陆丰田，就怕陆丰田摔到。

"没事的，小苏，你不用扶我。"陆丰田笑着说。

"生子。"陆丰田突然喊道。

生子装作没听见，只顾着和旁边的汶南玩闹。

陆丰田叹了口气说："还在生我气呢生子？"

生子实在太不给陆丰田面子了，苏哲奇都看不下去了，他走过去扒拉生子："生子，陆总叫你呢！"

"我不想理他。"生子回头瞪了一眼陆丰田，又和汶南玩上了。

苏哲奇也无奈了，可他拿生子一点办法都没有，对陆丰田不好意思地说："不好意思啊陆总，生子他……"

"没关系，小苏。这孩子就这样，我了解他。"陆丰田拍了拍生子的背笑了。

苏哲奇、汶南懵了，什么叫"了解"？难道……？

"生子是我外甥，要不然你以为那天你是怎么进我办公室的？"陆丰田说，"小苏，你还是带我去参观你们村子的风景吧！不用理他。"说完撇了一眼生子。

"生子，走啦，你舅舅走了，我们也走吧！"汶南朝生子身后指了指。

"陆总，这是我们村最有特色的地方。"苏哲奇给陆丰田介绍着许巍家里的两颗银杏树。

"很漂亮。"陆丰田感叹道。

"这里是赵姐和许大哥的小花园。"苏哲奇又带着陆丰田去了小花园。

"我们这里还种了特产，有木耳、核桃、石榴。"陆丰田看到后山的一片风景，眼睛都亮了。

"小苏，这都是你自己一个人种的?"陆丰田指着后山问。

"没有，这都是大家一起努力的结果。"苏哲奇笑了一下说。

"你们真是太厉害了，小苏。"陆丰田拍了拍苏哲奇的肩膀，"走，再领我到别处去看看吧！"

"陆总，这边。"

苏哲奇带着陆丰田参观了整个青山村，等到结束的时候已经下午4点多了。

陆丰田对这次"旅行"很满意，从助理手中拿出一份早就准备好的合同：旅游投资合同。

陆丰田在最后一页右下角签上了自己的名字：陆丰田。

又把合同递给苏哲奇："小苏，签字吧。"

苏哲奇先愣了一下，不敢相信竟然成功了。在大家的催促下，苏哲奇签下了自己的名字。

旅游投资的事就落下了帷幕，苏哲奇和村民们都很高兴。

"小苏，你还有一个摄影的朋友吧！大家一起拍张照。"陆丰田想和青山村的村民拍张照，留个纪念。

"汶南，过来，拍张照片。"苏哲奇叫来正在和村民说话的汶南。

"大家凑近一点。"汶南给相机设置好了延时拍摄后也赶紧跑到苏哲奇旁边，"茄子。"

陆丰田要走的时候，生子还不大理他。

"生子，还生我气呢？你这孩子，气性怎么那么大？"陆丰田对着生子说。

"哪敢呐，您要是告诉我母亲，我母亲非得扒了我的皮不可。"生子嘴上是对陆丰田说的，可眼睛却瞟向一边。

生子其实不生陆丰田的气，就是故意和舅舅耍小性子。

"既然你都投资青山村旅游了，我就原谅你了。"生子开玩笑地说，随后抱住了陆丰田，"舅舅，等我回城里就去看你。"

"生子，你还没和我们说你有个舅舅的事呢。"苏哲奇说。

"我知道隐瞒你们是我的错，但这件事我也是最近才知道的，我只记得有个叔叔经常来看我，是我母亲最近才和我说的。"生子说完翻出那张照片。

"当初我姥爷不同意我舅舅的婚事，后来我舅舅只能带着舅妈出去做生意，我母亲还在背后偷着给我舅舅钱，让他做生意。这件事也是我母亲最近才和我说的。"生子给几人指了指照片上的人。

"哦，原来如此。"苏哲奇和汶南边点头边说。

几天后，汶南和生子也回到了城里。

曲医生和苏哲奇手牵着手，幸福地走在回村的路上。

夕阳西下，这片土地、这个村子都染上了夜色。从背面吹来的风，都带着黑夜般的寂静。

第40章　蒋浩妈妈带蒋浩回村

"妈妈，我回来了。"蒋浩放学回来了。

"小浩，过来，把东西收拾收拾我们走。"蒋浩妈妈说道。

"怎么了妈妈？我们为什么要走？我们不在这里住了？"蒋浩懵懂无知地问道。

"我们等会儿回青山村。"蒋浩妈妈边给蒋浩收拾衣服边说。

"你前几天不是和我说，你想苏老师和葛叔叔了吗？我们这就回去。"蒋浩妈妈连忙解释道。

"好啊！好啊！"蒋浩高兴地说。

刚才蒋浩妈妈给苏哲奇打了电话，苏哲奇听到蒋浩妈妈回来很高兴，他和曲医生正在去城里接蒋浩妈妈娘俩的路上。

"这里，蒋浩妈妈。"曲医生挥手喊道。

"妈妈，我们过去吧！苏老师他们在那呢。"蒋浩拿着行李箱说。

苏哲奇和曲医生赶紧跑到蒋浩妈妈身边，曲医生帮助她拿起了行李："蒋浩妈妈，你能回来，大家都会高兴的。"

苏哲奇蹲下身抱住蒋浩："小浩，你是不是想我和葛叔叔了。"

"想啊！我每天都在想，上学也想，写作业也想。"蒋浩高兴地说。

"唉，没看见何大哥？"苏哲奇问道。

蒋浩妈妈看了看苏哲奇，说："这些日子我们娘俩在城里，没少给他添麻烦。他不是做农产品买卖吗？每天到处奔波，现在也没在市里，还特意给我说让我代为向苏老师问好。"

苏哲奇点了点头，给何方发了信息："何大哥，蒋浩妈妈我们接走了，放心，谢谢这段时间的照顾，欢迎你来青山村。"

就这样，四人一起回到了青山村。

蒋浩妈妈回村的事很快村里的人就都知道了。大家没想到蒋浩妈妈能住这么长时间，都在议论此事。

"当初蒋浩妈妈走的时候可是兴师动众，这都回来几天了，也不见她回城里？"

"她城里那份工作好像辞了。"

"可惜了，多好的工作。你们说，会不会是因为什么别的事情辞职？"

苏哲奇往蒋浩妈妈家里走，就听见了这些人在议论此事。

他皱了皱眉头，走向几人。

"大娘，你们在说什么呢？不妨也对我说说。"苏哲奇说起。

"苏老师啊！你吓我们一跳，我们在说蒋浩妈妈的事呢？"

"大娘，别人家的事，咱们就别管了，还是管好自家的事吧！我刚才还看见有几个来旅游的人往您家方向走呢？您还是快点回去看看吧！"苏哲奇说，他也确实看到了几个来旅游的人。那些人还问他路了呢。

"我得赶紧回去了，那我就先走了，不和你们说了。"

"大娘们，你们不要再猜疑蒋浩妈妈的事了，还是把自家的环境打扫好吧！"苏哲奇笑了笑。

"对，苏老师说的对，说不上哪天就有人来。"

就这样，众人散去，都回家了。

"蒋浩妈妈，你别动，还是我来吧！"苏哲奇刚走进蒋浩家里，就看见蒋浩妈妈给花浇水，他赶紧拿过花洒。

"没事的，我闲着也是闲着，浇浇花还是能干的。而且，曲医生也在这帮我呢。"蒋浩妈妈说。

果然，苏哲奇抬起头就看见穿着花裤子、花衣服，带着遮阳帽的曲医生。

只见曲医生的脸都花了，黑一块白一块的。

苏哲奇赶紧拿出纸巾给曲医生擦脸，而蒋浩妈妈一眼就看出了两人的关系不一般，但她没有说出来，只是默默地摘下花上的枯叶。

"哎呀，好了，蒋浩妈妈看着呢。"曲医生有点害羞了。

苏哲奇赶紧把手放到兜里，转头问蒋浩妈妈："蒋浩去哪了，怎么没见到他？"

"他去葛奇家里了，刚才走的。"蒋浩妈妈说道。

蒋浩那边，葛奇拿出了一堆吃的玩的："小浩，你是不是可想葛奇叔叔了。"

"我每天都在想葛奇叔叔，上学也想，做什么事都想。"蒋浩剥开一个棒棒糖，放在嘴里说。

葛奇笑了，他很开心蒋浩能来。

"小浩，你和弟弟玩儿，叔叔去忙了。"葛奇看见外面来了几个人说道。

"你好，你能为我们介绍介绍你们村子的风景吗？"这些人是来青山村旅游的。

自从和陆丰田签下合同后，来这里旅游的人络绎不绝，可他们临走的时候，都会说："你们村子挺美的，就是这个路差点。"

这个路大家都知道是问题，所以苏哲奇找到了村支书潘马，商量修路的事。

第41章 可以修路了

"潘支书，我想和您说说咱们村道路的情况。"苏哲奇找到潘马，他想解决这个问题。

"苏老师，我也正想去找你说这件事呢。你看，咱们村的旅游业也发展起来了，来这里的人也越来越多。但他们都在抱怨这里的路不好走，我也想解决这个问题。"潘马摊手，愁容满面地说。

"潘支书，要不我写个农村修路申请书，您帮忙递交上去，看上面的领导怎么说，要是他们同意了不就好了吗？"苏哲奇说。

"行，苏老师，那就辛苦你了。"潘马感谢道。

就这样，潘马拿着苏哲奇写的修路申请书，找到了关于修路的相关领导。

"老张啊！这是我们村的修路申请书，你看看。"潘马握着手里的杯子说。

老张拿过申请书，仔细看了看。

上面写着这样一段话："这段山路崎岖蜿蜒，坑洼不平，影响人员车辆出入，导致青山村旅游业开发困难，特产运不出去，同时还给我村人员的生活出入带来不便……道路畅通，是我村发展和提高村民生活质量的重要条件，恳请给予扶持……"

"潘马，你们村子发展旅游业了？"老张说。

"嗯，发展旅游业是我们村的苏老师想法，后来又找到旅游投资商。现在已经有很多人来我们村子旅游了，但他们都在抱怨这条路不好走。"潘马提到这条路况，真的很犯愁。

"苏老师？看来你们很信任这位老师，有时间真应该去看看他到底是个什么人。"老张知道潘马的性格，能让他敬重的人，肯定不一般。

随后老张站起来说："潘马啊！申请这事比较复杂，不是说在这我给你拍板就能办了。这里面还有一些复杂的程序，毕竟你们村子的修路经费需要的多，规模很大。就算是审批通过了，你这后面跑路的地方还多着呢！"

"行，我这边不怕麻烦，这不是专门来看看怎么走程序合适吗？那就麻烦老张了。"潘马知道只要老张不反对，那件事情的可能性就有一些了。

"你看！"老张拿出一份文件，示意让潘马上前。

潘马一看眉头紧锁，现在光有个申请肯定是不行的，还得提前报批、统一规划，再由相关部门核算金额，最后才能决定拨款的问题。

"放心吧！老张，我这边肯定按照要求办事，不给你找麻烦。"

都是给公家办事的，自然知道这事前事后的关键性。潘马为了给青山村申请这笔款项，可以说是前后跑断腿，光部门就跑了十几个，前前后后来回折腾一个多月的时间,可算是把整套流程都跑完了。

....

潘马听老张的劝告,回家等通知,可是这过去十几天了,怎么还没有个消息?从跑完流程到这会,几十天下来,潘马是每天晚上辗转反侧,就怕出现什么漏洞。

手机响了,潘马一看,是老张的电话,心中不免有些激动。

"喂,我说潘马,你这会马上到我办公室来!"

不管是好消息、坏消息,这潘马闷头就往老张那奔去了。

"老张,这事怎么样?咋说?"潘马急忙走到老张身边问道。

"潘马啊!同意了,你们村子马上就能修路了。这回你放心吧!你看,这是批复文件,你记得把这批示文件保存好!这钱刚好够这条路的预算,后期还有相关指示我再通知你!另外啊,有时间我一定要去看看你们村子的那位苏老师,看看那位到底是怎么把你这个'老古董'降伏的。"老张拍着潘马的肩膀笑着说。

"老张,这句话你说的对,有时间一定要去我们村,我一定好好招待你。"潘马也笑着回答,"我就先回去了,不打扰你工作了。"

修路的工程终于批了下来。

回到村子后的潘马立刻找到了苏哲奇和校长。

"苏老师,同意了,我们能修路了。"潘马高兴地把那份批复文件递给苏哲奇。

"太好了,道路修好后,我们村子就能正式发展旅游业了。"苏哲奇高兴地说。

"那我们快点告诉大家吧!"校长提议道。

大家又聚集在了学校。

"支书把这个修路项目争取下来了,我们村马上就可以修路了。到时候交通方便,以后大家去城里就不用再跑去邻村坐车了。"校长拿着喇叭高兴地喊道。

"是啊!道路修好后,我们的旅游业会发展得更好,大家也可以去城里卖特产了。"苏哲奇把双手放在嘴边做成喇叭形状喊道。

"太好了,到时候我们去城里就不费劲了。"

"瞧,把你高兴的,离修完路还要好长一阵子呢。"

"没错,修完路之后,还要等着沥青干,到那时候才能正常通行呢。"葛奇说,他知道修路并不是一件容易的事。

两个月后,从青山村去往城里的路修好了。来往的车辆多了,来青山村旅游的人更多了。

后山种的木耳等特产也快要成熟了，苏哲奇又想到了杜坤，那个大尚公司的老板。

第42章　找农家乐卖木耳

"唉！唉！……"苏哲奇刚来到诊所，就听见曲医生坐在桌前在叹气。

"曲医生，你干什么呢，一直叹气？"苏哲奇坐在曲医生身边，看着她。

"我在愁啊！愁这些木耳和核桃怎么办？石榴是订出去了，木耳和核桃怎么办？"曲医生摇头又叹气。

石榴是生子帮忙找人，卖给了水果商。

"哎呀，你别愁了。你还记得杜坤吗？就是那个大尚农贸公司的杜坤。"苏哲奇说。

曲医生一下子坐了起来："你这么一说我想起来了，咱们还去找过他呢。"

"他对我们的木耳很满意，可惜那个时候道路不通，所以谈崩了。但这次不一样，路修好了，我相信他一定会同意和我们的合作的。"苏哲奇对这件事很有自信，对村里的农产品也很自信。

但他还是晚了一步。

第二天，他和曲医生去了城里，来到了杜坤的公司。

可等他们想进去的时候，前台已经不认识他们了，还是说着第一次见面时候说的话："您好，请问两位有预约吗？"

"抱歉，我们没有预约，但我们以前来过这，麻烦能让我们坐在那里等杜总吗？"曲医生指了指前面的座位。

"抱歉，我不记得有这么回事。如果没有预约的话，两位还是请回吧！"前台那人说。

"怎么办？"曲医生着急地问苏哲奇。

"我们还是出去等吧！"苏哲奇说完就要和曲医生往外面走。就在转身的一刻，听到了很熟悉的声音。

"严总，希望我们合作愉快。"杜坤握着那位严总的手说。

"好的，杜总，我这就回去让他们准备。"严总说完就从苏哲奇身边过去，两人还对视了一眼。

杜坤见人走了，他也转过身，准备回办公室。

"杜总，等一下。"苏哲奇见杜坤要走，他和曲医生赶紧跑过去喊道。

杜坤听到有人叫他，转过身，就看见了苏哲奇和曲医生。

由于很长时间没见过了，杜坤一下子没认出来。

"你们……找我有事吗？"杜坤问道。

苏哲奇直接愣在原地，看来杜坤是忘记了。

"杜总您贵人多忘事，我是青山村的苏哲奇，她是曲雅啊！"苏哲奇笑着回答。

过来一会儿，杜坤"啊"了一声。

"我想起来了，看我这记性，走，我们去里边说。"杜坤笑了一下，然后带着苏哲奇和曲医生进了办公室。

"小刘，给两位倒杯水。"杜坤坐在沙发上说。

"是，杜总。"随后小刘倒了两杯水，放在了苏哲奇和曲医生面前。

"小苏，这次你们来是想找我说什么？"杜坤知道只要有人找到自己，肯定是有事情相谈，苏哲奇和曲医生也不例外，毕竟自己是做农产品生意的。

"杜总，我找您是想和您商量合作的事。"苏哲奇说。

"哦！"杜坤喝了一口面前的水又说道，"你是想说特产的事吧？"

"是的！苏总。上一次我们的合作没有谈成是因为道路问题，可现在道路修好了，我想再次找您谈合作的事。"苏哲奇说。

"这件事恐怕合作不成了。"杜坤摇摇头，感觉挺可惜的。

"为什么，杜总？您不是说我们的木耳品质挺好吗？为什么现在不行了？"曲医生着急地说。

"你们的木耳是很好，可我已经找到合作伙伴了，而且他们的木耳品质也很好。"杜坤说完拿出一份文件，那是和严总签的合同。

"杜总，希望您能考虑考虑我们的木耳。"曲医生很焦急，很害怕失去这次机会。

"你们不要再说了。"杜坤说完叫来小刘，让他拿出泡好的木耳给苏哲奇和曲医生看看，"这是严总他们的木耳，你们可以看看。"

苏哲奇拿出一朵，他仔细摸了摸，品质是很好，但总觉得很奇怪，说不出来。他又放在鼻子下闻了闻，青山村的木耳气味很浓，可这个木耳只有一点木耳的气味，还略带酸涩感。

苏哲奇不是这方面的专家，不好多说什么。

他放下手里的那朵木耳说："杜总，这些木耳固然好，但您真不考虑别的木耳了吗？"

"小苏啊！实在很抱歉啊！我找的木耳合作商已经够多了，真的不能再找了。"杜坤笑着说。

"那好吧！我们就不打扰杜总了。"苏哲奇说完拉起曲医生的手，往出走的时候被杜坤叫住："等一下，小苏，我知道有一家餐馆，名叫'农家乐'，你可以问问他们是否需要木耳，像你们村品质这么好的木耳，他们肯定愿意要。"

"谢谢杜总的好意，我们记下了。"苏哲奇对杜坤笑了笑。

两人走出大尚农贸公司后，曲医生还噘着嘴巴，不高兴。

"别不高兴了，杜总不是也帮我们找出路了吗？"苏哲奇点了一下曲医生的嘴巴说。

"那我也高兴不起来，要是杜坤直接和我们合作，我们的木耳不就一下子全有出路了吗？"曲医生眨巴眨巴眼睛说。

"好了，别气了。我们先去杜坤说的那个农家乐吧！"苏哲奇说。

两人又朝着农家乐餐馆走去。

"两位想吃点什么？我们农家乐只要你说出一道菜的名字，肯定能给你做出来。吃点什么，两位？"说话的是这里的服务员，每个人进来，她们都会说出同样的话。

曲医生眨了眨眼睛，想："这里的服务员真奇怪。"

"我们不是来吃饭的，想找你们经理。"苏哲奇摆手说。

"请问您找我们经理有什么事情吗？"服务员问道。

"我们是来给你们经理送菜的。"苏哲奇打着哑谜，服务员不知道这是什么意思，就连一旁的曲医生也不知道。

"哎，你这话是什么意思啊？"曲医生小声问。

那服务员愣了一下，随后说道："您稍等，我这就去叫我们经理。"

"就是来给他木耳的。"苏哲奇在曲医生耳边轻声说道。

过了一会儿，就看见刚才那个服务员走了过来，身后还跟着一个男人。

"这是我们经理。"服务员介绍完后就走了。

"听小莲说你们找我，请问有什么事吗？"经理龙峰说道。

"你好，我们是青山村的，是杜坤杜总介绍我们来的。我是苏哲奇，我旁边这位是曲雅。"苏哲奇说完伸出了手。

"青山村？"龙峰愣了一下，感觉这个名字很耳熟。

接着他回握了一下说："既然是杜总介绍的，那就是自己人了，我们进里面谈谈吧！"

龙峰给苏哲奇和曲医生倒了两杯水，接着，他坐到两人对面。

"杜总是做农产品生意的，想必两人也是要卖给我农产品吧！"龙峰跷着二郎腿，笑着问。

"龙经理果然聪慧，那我就直接说了，我们村现在有一批木耳，想卖给您。"苏哲奇说。

"你想让我买你们的木耳，那你有什么可以说服我的理由吗？"龙峰放下跷着的二郎腿，双手放在膝盖上，上身前倾问道。

"我刚才看了看，每个客人的桌子上，好像都没有木耳这道菜。而且还有客人特意点了一道木耳菜，可你们这里的服务员摇了摇头说没有。我们的木耳在杜总的实验室做过实验，他很喜欢，可后来因为某些原因，我们的合作没成。"苏哲奇说完喝了一口面前的水。

龙峰笑了，猛地一拍大腿："好，我龙峰接收你们的木耳。"

"那就谢谢龙经理了，希望我们合作愉快。"苏哲奇说完又伸出了手。

龙峰也伸出手握住，两人相视而笑。

龙峰又领苏哲奇和曲医生去了他们的仓库，然后拿出一个袋子，那里面只剩下了几朵木耳。

"这个袋子里面装的其实就是你们村子的木耳。"龙峰把里面剩余的几朵木耳拿出来说。

"龙经理，您怎么会有我们村子的木耳？"曲医生疑惑地问。

"当然是杜总卖给我的。很早，我就开始在他那里拿木耳。好几个袋子的木耳，我一眼就看中了这袋木耳。因为我经常吃，当然知道哪个品质好了，最后还是以高价买来的呢。而且，这道木耳菜可以说是我们农家乐最受欢迎的特色菜呢。"龙峰提起这件事就很高兴。"但后来，再去拿货的时候，就没有了。我问他怎么没有了，他说就剩下那么多木耳，都让我拿来了。从那之后，我就再也没买过这么好的木耳了，过了好长时间才知道那是你们青山村的木耳。"龙峰说。

"您和杜总的关系挺好的。"苏哲奇说。

"嗯,我们已经合作好多年了。但我不知道为什么他这次没有和你们合作。但他把你介绍给我,说明他很认可你们村的木耳。"龙峰说。

"既然您现在急需木耳,可以直接去我们村,我们村子不光有特产,还有漂亮的风景呢。"曲医生笑道。

"好,那我就和你们一起去。"龙峰说。

第43章　签下木耳合同

龙峰开着车和苏哲奇还有曲医生一起来到了青山村。

一路上龙峰都在感叹这里的风景。

"哲奇,你们这里的风景真美,我在城里面待了那么长时间,都没见到如此原生态的风景了。"龙峰边开车边欣赏外面的景色。

"我们村子已经正式发展旅游业了,随时欢迎您过来。"曲医生笑了笑说道,随后也趴在窗户上欣赏起了外面的风景。

"是吗?你们真是太厉害了,我以后一定要经常过来。"龙峰说。

很快,几人来到了青山村。

"龙经理,这就是我们的村子了。"苏哲奇站在村口为龙峰介绍青山村。

"这……也太好看了。"龙峰结结巴巴地说,"这里果然很漂亮,等抽一个不太忙的时间,我一定要带着我农家乐员工来这里旅游,他们这段时间也辛苦了。"

此时正值秋季,一眼望去,美不胜收。

"随时欢迎龙经理过来。"苏哲奇说完做了一个请的手势,"龙经理,我们这边走。"

随后他们来到了种着木耳的后山。

"龙经理,这里种着木耳和核桃,那边是石榴树。"苏哲奇给龙峰介绍道。

"哲奇,你们现在就开始采摘木耳了吗?"龙峰指着木耳地里面采摘木耳的人说。

只见木耳地里全是正在采摘木耳的人,他们一人拿着一个竹筐,竹筐里面全是刚摘下来的木耳。

"龙经理，您虽然能分辨出木耳的好坏，但您也许不知道木耳什么时候采摘是最好的。"

苏哲奇看了看龙峰又说道："木耳分为春耳和秋耳，两者相比较，秋耳的韧性更高一些。春耳生长期在春天，那时候雨水足，气温还好，生长速度快，木耳个头大，但厚度较薄。我们种的是秋耳。秋耳生长期更长，光照足，个头略小，多糖和胶质沉淀更足一些，更厚实，吃起来口感也就更好，10—11月份采摘是最合适的。"

"哲奇，听你这么一说，原来木耳还有这么多讲究呢？"龙峰笑道。

"我也是从书中看到的，略懂皮毛而已，让龙经理见笑了。"苏哲奇摸着脑袋笑了笑回答。

"苏老师，曲医生，你们怎么过来了？"采摘的人问。

"大娘，我们带龙经理过来看看我们的木耳。"曲医生说，"龙经理，接下来就让苏老师帮您介绍吧！这个我不太懂，但帮助他们还是可以的。"

"你也会采摘木耳？"龙峰惊讶道。

"以前经常采摘。"曲医生笑道。

"那你也去帮他们吧！我这边有哲奇就行了。"龙峰说。

"谢谢龙经理。"曲医生说完后就跑到木耳地，和那些人一起采摘。

"龙经理，我们这边走，去我们放木耳的库房。"苏哲奇指着前面的方向说。

苏哲奇又带着龙峰来到了放木耳的库房。

"葛大哥，你在哪呢？"苏哲奇走进院子喊道。

"苏老师，你来了。这位是……"葛奇正在库房里装木耳，听到有人叫他，就出来了。

"葛大哥，这位是农家乐的龙经理，我带他过来看看我们的木耳。"苏哲奇笑着说。

"啊！龙经理，稍等，我去给您拿木耳。"葛奇说完就去库房拿了一些晒干的木耳。

龙峰拿起一把晒干的木耳，放在鼻子下仔细闻了闻，高兴地说道："没错，就是那个味道，一样的味道。"

葛奇懵了，这位龙经理在说什么呢？怎么听不懂，但他知道龙峰对他们的木耳很满意。

"哲奇，这些木耳我全要了，帮我装起来。"龙峰瞪大眼睛，看着一库房的木耳说。

"龙经理，我建议您可以先拿回去几袋子，但不要都拿。"苏哲奇知道这些木耳的分量可不少，和龙峰签下合约也是一件好事，但他也要为龙峰负责。

"怎么了，哲奇，你是怕我给不起钱吗？"龙峰听到苏哲奇反驳他，有点不高兴了。

苏哲奇连忙摆手道："龙经理，我不是这个意思。我知道您肯定给得起钱，但我怕您把这些木耳都拿走，您那边放不下，木耳要是时间长的话会发潮，吃了对身体不好。"

龙峰这才知道苏哲奇为什么要阻拦他，随后他又听到苏哲奇说道："龙经理，您可以拿走其中一部分，能供上农家乐需求，再存上一些木耳就可以了。等到您那边吃完了，再来我们这里不是也行吗？就相当于我们村是您的仓库，您既不用担心木耳发潮，也不用担心没有木耳吃。"

龙峰听后点了点头说："行，那就听哲奇的。我以后就在你们这买木耳了。"

"那就合作愉快，龙经理。"苏哲奇说完伸出手。

龙峰也伸出了手回握道："合作愉快。"

在龙峰要走的时候，苏哲奇拿了一袋子核桃："龙经理，这个核桃是我们自己种的，您拿着，拿回去给大家吃。"

"这怎么好意思呢，哲奇。"龙峰推辞道。

"哎！龙经理，我还得感谢您呢！这个核桃就全当是我的心意。"苏哲奇说完就把一袋子的核桃放在车后面的座位上。

车后座已经塞满了木耳，苏哲奇费了好大力气，才把核桃塞进去，关上了车门。

"哲奇，这次我没有拿过来合同。等下次，我一定拿过来。"龙峰不好意思地说。

"合不合同的不重要，关键您觉得木耳好就行。"苏哲奇笑道。

苏哲奇知道龙峰肯定会和自己签下合同的，所以他认为什么时候签下合同都没关系。

就这样，龙峰带着一车的木耳回城了。

木耳也成了农家乐的一道特色菜。只要是来到他们农家乐的客人，都会免费送一道木耳做的特色菜。甚至还有客人点了一桌子的木耳宴。来到农家乐的客人更多了，还有人专门因为木耳而来。

几天后，青山村里。

"苏老师，那位龙经理办事可真是痛快！"葛奇拿着手里的合同说。

就在刚才，龙峰来到了青山村，这次他是专门来和苏哲奇签合同的。

"哲奇，这是合同，我已经签完字了。"龙峰指着合同说。

"龙经理，感谢您对我们青山村的信任。"苏哲奇说完也在合同最后一页签下了自己的名字。

"哲奇，你知道吗？自从我们农家乐上了木耳菜后，客人来得更多了。"龙峰一想到农家乐天天挤满了客人，他就高兴。

他接着说道："以前我们也做过木耳，可那些客人都不满意，所以我们就没有再做了。但这次他们吃过你们村的木耳后，都赞不绝口。"

苏哲奇知道青山村的木耳很好，但从来没想过能这么吸引人。

龙峰走的时候，苏哲奇又给龙峰拿了一袋子的核桃，还给他拿了一些又大又红的石榴。

"不过，苏老师，你为什么要给那个龙经理拿核桃和石榴啊？"葛奇疑惑地问。

苏哲奇剥了一颗核桃说："葛大哥，虽然咱们的石榴已经卖出去了，但如果能找到更多的合作商不是更好吗？"

葛奇转念一想，确实也是这么回事，这两个特产销售出去了，可核桃怎么办？到现在也没有一个商家找来。

"苏老师，为什么核桃没人要？我觉得我们村子的核桃很好吃啊！"葛奇疑惑地问。

苏哲奇摇摇头说："还是没有找对合作商吧！但我一定会找到的，放心吧，葛大哥。"说完拍了拍葛奇的肩膀。

苏哲奇刚站起来，就看见一个人朝他走了过来。

"何大哥，你怎么过来了？"苏哲奇有些惊讶。

"蒋浩妈妈跟我说咱们村的特产销售有困难。不瞒你说，自从上次和你接触之后，我一直寻思你们农产品销路的事，这不最近有了新的拓展，就想把咱们的农产品卖出去，在我眼里这些可都是宝贝啊。"何方脸上露出微笑，略显疲惫。

"何大哥，我们坐下来说。"苏哲奇高兴地说道。

"是这样，我最近联系很多农产品销售商，苏老师你有啥需要帮忙的就直说，我能帮到的肯定马上办。

"何大哥，你来得太是时候了。我这边一直在联系商家，木耳什么的都有了销路，就是核桃，迟迟没找到合适的。"

何方见苏哲奇把自己的难处直言不讳地讲出来，他用力拍了拍大腿，哈哈大笑起来，说道："苏老师，太好了。给你说个好消息，我最近联络的人里面还真有一个卖核桃的朋友,现在就可以问问他,看能不能帮忙给咱卖出去。"何方说完就拿出电话,给那人打了过去。

"喂,尔克,我这里有一批核桃,你不是前一阵子还说你手里正缺一批核桃吗?"何方笑着说。

"你们核桃的品质怎么样?何方,你知道我不卖低端货的。"尔克边说边给客人称松子。

"咱们认识这么多年了,我能骗你吗?"何方笑道。

尔克犹豫了一下说:"好,那你就带着核桃过来吧!我这边走不开。"

"行,那我明天就去过。"何方说完挂断了电话。

"何方,你那个朋友答应了吗?他是怎么说的。"葛奇问道。

"他想看看我们核桃的品质,才能做出决定,毕竟他也是替别人选择商品。"何方说。

"那我和你一起去吧。"苏哲奇也想去看看何方说的地方,毕竟核桃挺多的,要是不能一次卖完,就要再找商家。

第 44 章 核桃销售到国外

第二天,何方带着苏哲奇一起,去了何方朋友那里。

那里是一个农贸市场,里面不光卖水果,还有肉制品。

苏哲奇小时候,苏妈妈就经常带着他来这个农贸市场买东西。

提起那时候,还真是有意思。

"何大哥,我小时候我妈经常带着我来这边买菜。"苏哲奇看着这长长的大市场说。

"那有什么趣事吗?"何方问。

"我妈在挑菜,我就趁着她不注意的时候,偷偷去吃别人家的香肠。"苏哲奇说着说着就笑了出来。

已经好久没回家了,不知道母亲怎么样了。

"那最后呢，你妈肯定把你揍了一顿。"何方接着苏哲奇的话说。

苏哲奇摇摇头："我妈最后买了一兜子的香肠，回到家后就让我顿顿吃香肠。最后我都吃吐了，我妈问我，以后还偷不偷吃别人的东西了。我说再也不偷吃了，我妈才给我吃的消食药。"

何方在一旁已经笑得不行了，眼泪都要出来了。

"苏老师，你实在太有意思了。"何方边笑边说。

"我那时候才五岁，这件事还是我妈和我说的。"苏哲奇也笑着说。

两人又走了一会儿，终于找到了何方的朋友。

"尔克，你怎么来这里卖核桃了？"何方疑惑地问。他以为尔克是在生活上遇到了困难，一下子把尔克的秤砣夺了过来，"尔克，你要是遇到什么困难就和我说，我一定会竭尽全力帮你的。"

尔克笑了笑，重新拿起秤砣，对何方说："何方，你误会了，我是来帮别人卖的，他这几天有事情。"

何方这才知道怎么回事。

尔克又指了指摊位的主人："那边，他回来了。"

苏哲奇和何方顺着尔克手指的方向看过去，只见一个中年男人急匆匆地向几人跑了过来。

"尔克，谢谢你。"那个中年男人说。

"没关系，老董。有事情再找我，我很喜欢这里。"苏哲奇没想到的是尔克居然和那个中年男人说着英语。

何方看到了苏哲奇眼中的疑惑，说道："尔克是混血，你看他的眼睛。"

何方把尔克转了过来，苏哲奇这才看见，原来尔克的眼睛是蓝色的。

"何方的朋友。"尔克这样称呼苏哲奇。

苏哲奇笑了笑："我叫苏哲奇，很高兴认识你。"

尔克拥抱了一下苏哲奇："我也很高兴认识你，哲奇。"

"我们还是去尔克那里吧！"等到尔克松开苏哲奇的时候，何方说道。

几人刚要走，就看见尔克面前出现几个小姑娘，不舍地对尔克说："尔克，你要走了吗？你还来不来了？"

尔克撩了撩头发说："你们放心吧！我还会过来的。"

小姑娘们听到尔克这么说，才让开路。

苏哲奇和何方跟着尔克来到了一家公司。

如果说杜坤是做木耳、银耳各种菌类的商家，那么尔克就是做核桃、松子之类坚果的商家。虽然他的公司不大，但往出销的地方却很广。

何方拿出了核桃，放到了桌子上，然后说道："尔克，这就是我们村子的核桃，你看看吧！"

尔克拿出一颗核桃，放在手心里仔细摸了摸，然后点了点头说："很好。"

又敲开了一颗，看着里面的核仁说："个大，皮薄，核仁饱满，香味浓郁，非常好。"

"尔克，我说过我不会骗你的吧！怎么样，是不是很对你的心思？"何方笑了笑说。

"挺好的，但我要去和'那些人'商量商量。"尔克说完就走了出去。临走的时候，给苏哲奇和何方拿了很多水果，又给两人沏了茶水。

"何大哥，尔克去和谁商量啊，这么神秘？"苏哲奇不解地问。

"应该就是他要往出销的商人。"何方只是猜测的，因为他知道尔克认识很多外国人。

"其实，尔克是我姑姑的孩子，我也是我姑姑养大的。"何方很自然地拿起一个橘子说道。

这种事情确实不该提及，但不知道为什么何方很想把此事和苏哲奇说。

"那……你父母呢？"苏哲奇试探地问。

"在我小的时候，他们就出了车祸。之后我就去了姑姑家，他们把我当作亲生的一样，虽然我和尔克相差十岁，但我们还是很亲。"何方喝了一口前面的茶水，又说道，"虽然我曾经有一段失败的婚姻，但后来我还是找到了对的人。"

"何大哥，我也和你说说我吧！我小时候是我母亲一人抚养长大的，而我父亲是救人出车祸去世的，我记得那时候还很小。后来因为没有父亲，有些小孩们经常嘲笑我，可不知道哪一天开始，他们不再嘲笑我，而是把我当作最好的朋友。"苏哲奇说到最后笑了起来。

因为那几个小孩就是他现在最好的朋友生子和汶南。

直到尔克打开门，两人才结束了话题。

"你们在说什么呢？"尔克用标准的中文说道。

"没事，说你长得怎么这么好看，走到哪里都招蜂引蝶。"何方打趣道。

苏哲奇也捂着嘴笑了笑。

尔克不知道何方这是在夸他还是在骂他，他无所谓地撩了撩头发："谢谢夸奖。"因为尔克已经沉醉在自己的美貌中无法自拔了。

　　"何大哥，尔克怎么中文说得这么标准？"苏哲奇疑惑了。

　　"他从小就在咱们这里长大的，但他同时学了好几国的语言。"何方小声说。

　　"你们在说什么呢？我也想知道，告诉告诉我呗！"尔克比汶南还要小几岁。所以他的思想有时候很单纯，看到有人说他悄悄话的时候，便很想知道。

　　汶南是苏哲奇几人中最小的，心思最单纯的，没想到尔克居然比汶南还单纯。

　　但尔克工作的时候非常认真。

　　"我们没说什么，你还是说说你吧！怎么样，那些人怎么说的？"何方把凑到他身边的尔克扒拉到一旁问道。

　　"我可是费了好大的劲儿才让他们同意的，你不得好好犒劳犒劳我！"尔克摸着头发说。

　　"那什么时候能签下合同？"何方问道。他真是拿这个弟弟一点办法都没有。

　　"只要我同意就可以签合同了。"尔克笑着说，露出了两颗小虎牙。

　　"那就现在签吧！我还着急回去找你嫂子呢。"何方点了点桌子。

　　"我可以和你一起去见嫂子吗？"尔克一提到这里，眼睛都亮了。

　　"等过一阵子你再去吧！"何方虽然也希望蒋浩妈妈见见这个弟弟，但现在不是时候。所以他要等一阵子再让尔克去青山村。

　　"好吧！"尔克委屈巴巴的。然后去让助理打印了一份合同。

　　尔克拿过笔，刷刷地翻过合同的前几页，在最后一张签下了自己的名字。

　　尔克以往和别人签合同的时候，都反复仔细看。但这次他没有，只是一翻而过，因为他相信何方——从小就和他在一起的哥哥。

　　尔克签完名字后，把合同放在了苏哲奇面前。苏哲奇又把合同递给了何方："何大哥，这份合同还是你来签吧！我相信你。"

　　就这样，何方签了合同。尔克把青山村的这些核桃销到了国外。

　　苏哲奇和何方临走的时候，尔克给两人拿了很多松子。

　　"这是给嫂子拿的，你可不许偷吃。"尔克说何方。

　　"我知道了。"何方翻了一个白眼，摸了摸尔克的头。

　　"哲奇，这是我给你的，你可以带回去给你的女朋友。"尔克抱了下苏哲奇。

　　苏哲奇愣住了，尔克怎么知道自己有女朋友。

"嘻嘻。就凭我多年的感情经验，一眼就能看出你有没有女朋友。"尔克笑了笑，然后拉起了苏哲奇的衣袖，"这个针脚很密集，一看就是你女朋友给你缝补的。"

尔克说的没错，苏哲奇的袖口是在干活的时候不小心刮破了。苏哲奇没看到，还是细心的曲医生看到了，为了不耽误苏哲奇的时间，连夜给缝好了。

"尔克，你真的很聪明，能结交你这个朋友很高兴。"苏哲奇也回了尔克一个拥抱。

"我们走了，我过一阵子带你嫂子回去看姑姑和姑父，你也回去吧！"何方说完就和苏哲奇转身走了。

由于青山村去往城里的道路畅通，来往的车辆自然就多了起来。

两人很快就回到了青山村。

"哎，苏老师，你们俩干什么去了？怎么才回来？"路过的村民问道。

"我们去找核桃经销商了，还顺利签下了合同。但这一切都多亏了何大哥。"苏哲奇拿着合同说。

"真的吗？太好了。何方，有什么事和大娘说，大娘一定帮你。"

自从何方来到青山村后，帮助大家干了很多活，大家对他的态度也就慢慢改变了。经过这件事后，大家对何方更好了，看到何方和蒋浩妈妈有什么干不了的活，他们都会去帮忙。

"谢谢大娘。"何方笑道。

苏哲奇的电话响了起来，是杜坤打来的电话。

"喂，杜总。"

"小苏，你有时间的话，能来我们这一趟吗？我找你有点事情。"杜坤坐在办公桌前，没有了苏哲奇第一次去见他时候的志得意满。

此时的他蹙着眉头，声音沙哑，仿佛度过了一个世纪，又像刚刚经历了一场灾难。

而确实也是如此，他和严总的合作出现了问题。

第45章 杜坤木耳出事

苏哲奇拿出手机看了看时间，还早。

他又折返回城里，来到了杜坤的公司。

"您好，先生，这边请。"苏哲奇刚一走进门，就有人恭敬地为他带路。

在路过办公区时候，就听见员工七嘴八舌地都在谈论一件事：吃了严总的木耳腹泻呕吐。

苏哲奇听到后皱起了眉头，明白了这件事的严重性。

"杜总，苏先生过来了。"助理小刘敲响了杜坤办公室的门。

杜坤招招手沙哑地说："进来吧！"

小刘转身出去了，为了不打扰两人，还特地关上了门。

"小苏啊！坐！"杜坤双手捂着眼睛，谁也不知道他在思考什么。

"杜总，我大概知道是怎么回事了。"苏哲奇说。因为现在这里的人都在讨论此事。

杜坤没有说话，只是从办公桌上拿出一份文件夹，递给了苏哲奇："小苏，你看看吧！"

苏哲奇看了一眼杜坤，才翻起文件看了起来。

文件的内容很多，苏哲奇越看眉头皱得越紧。并不是因为内容字数多，而是里面发生的事情太多了。

最后苏哲奇把嘴巴抿成了一条线。

文件内容不光是有杜坤和严总合作的事宜，还有他提供给餐厅、饭店、大小饭馆的木耳，不少人吃了后都出现了症状：腹泻、呕吐、头晕。

"杜总，这件事严总怎么没出面？"苏哲奇疑惑了，发生这种事情，不应该供应商出来承担一部分责任吗？

"那个小人，居然说是我自愿收购他的木耳，不愿出面处理此事，要我一人承担。"杜坤一提到这件事就来气，恨不得眼睛能喷火，把那个姓严的烧成灰。

苏哲奇听完后都被震惊了，这种事情双方应该共同承担的。只让一方承担后果，那严总属于逃避责任。

杜坤狠狠地捏着手中的杯子说："这件事发生后，那些人被第一时间送往了当地的医院。现在已经没事了，我们赔给人家一大笔赔偿金，才算了事。"

"这笔钱是您自己出的？严总没有提过此事？"苏哲奇疑惑地问。

杜坤摇摇头，哼笑道："他躲都来不及，怎么会拿钱？现在饭店的那些老板都要和我解除合同，以后不再接收我们公司提供的任何商品。说我已经给他们餐厅带来了极坏的影响，以后不再愿意和我合作了。"

第45章 杜坤木耳出事

"杜总，那您去找过严总吗？"苏哲奇问。

"我每次去找，他都是同一个理由，不在公司，员工也不知道他去了哪里。"杜坤说完靠在椅背上，闭上了眼睛。

随后，两人的谈话被一阵敲门声打断。

助理小刘在门外说道："杜总，客来饭店的经理找您。"

还没等杜坤发话，那个经理就闯了进来。

"杜坤，你为什么要给我劣质木耳，害我差一点就关门歇业？"那个经理怒气冲冲地指着杜坤喊道，并没有在意坐在一旁的苏哲奇。

小刘在一旁连忙说道："您误会了周总，我们杜总也是受害者。"

那位周总哪里管得了杜坤是不是上当，自己的饭店马上就要关门了，着急还来不及呢。

"他上当受骗，那我呢？我比他还无辜，现在我饭店门口还有家属在我那里闹呢。我要是不给他们一个交代，他们能放过我吗？"

"这已经是第三个了。"杜坤看着天花板叹气道。

"周总，你先回去吧！告诉那些家属，我一定会给他们一个交代的。"杜坤没有和周总争吵自己也是受害人，只是让周总先回去。

这件事是他一手造成的，后果就由他来承担。

"好，杜坤，我等着你给我一个交代。"周总说道"交代"二字的时候，语气特意加重。然后转身走了出去。

苏哲奇皱起了眉头："杜总，您刚才说'这是第三个'，什么意思？"

"周总是这几天来找我们杜总的第三个人。"旁边的小刘说道。

"可您刚才不是说这件事已经解决了吗？"苏哲奇回想着刚才杜坤的话。

"赔钱的事是解决了，但还是有些家属不依不饶，非要饭店老板给他们一个说法。"杜坤摆摆手让小刘出去，站了起来，走到窗边看着后院的仓库说。

苏哲奇也走到了窗边，看到了一些工作人员正在处理那些劣质木耳。

"杜总，这些木耳怎么处理？"苏哲奇问道。

"把他送回严格那里，他爱怎么处理就怎么处理！"杜坤气愤地说。

"那位周总还有闹事的家属，您还要拿钱解决吗？"苏哲奇把手放在窗台上问道。

"那我怎么办？严格不出面，我只能拿钱安抚那些人。"杜坤已经拿出一大半补偿金了，下个月自己的公司都很难给员工发工资。

苏哲奇转了转眼珠:"杜总,我有一个办法。既然是在木耳上出的事故,那我们也在木耳上寻找办法。"

"什么办法?"杜坤问。现在只要有办法解决这件事就行。

"所有的饭店在木耳上都吃出了问题,但唯独有一家农家乐,他们的客人没有出现一点问题,反而非常喜欢那里的木耳菜。"苏哲奇说。

"小苏,你说的是龙峰的农家乐?"杜坤看了看苏哲奇。

苏哲奇点了点头。

"好,我现在就给他打电话。"杜坤瞬间感觉眼前有了亮色。

而那位龙峰经理正在忙着监督厨房炒菜。

听到电话铃声响了起来,他赶紧退出来。

"喂,杜总。"龙峰擦着手说道。

"龙经理,看来你的生意很不错啊!"杜坤在电话这边听到了厨房的炒菜声。

"还可以。"龙峰笑了笑,然后说道,"杜总,您那的事我也听到了一二。还正想去找您呢,这不有事暂时给耽搁了。"

"龙经理能担心我,我甚是感激。要不然我们现在见个面吧!正好小苏也在这呢。"杜坤终于有了笑脸。

很快龙峰来到了杜坤的公司。

"杜总,我已经听说了那件事。严格现在还没有出面吗?"龙峰也知道这件事不是杜坤一个人造成的,严格肯定是要承担更多责任,毕竟是严格供的货。

"没有,他现在已经躲起来了,找不到他,就连他们公司员工也不知道他去了哪里。"杜坤摇了摇头说道。

龙峰哑巴哑巴嘴:"那这件事不好办啊!"又看向苏哲奇,问道,"哲奇,你有什么办法吗?"

"一定先要安抚那些闹事的家属,只要让他们满意了,才不会给杜总找麻烦。然后我们再解决饭店老板的事。"苏哲奇说。

"是给他们钱吗?让他们拿到钱不再找麻烦?"龙峰不解地问。

"我有一个朋友,他曾经也遇到了同样的事。他不是拿钱解决的,他是让顾客免费体验。"苏哲奇说的是生子。

那时候生子父母开的餐馆也出现了客人呕吐、腹泻的现象,他们也拿了赔偿金。接着他们把菜品拿去化验,最后在一道菜里查出了不该有的化学物质。

"免费体验?"龙峰惊讶了。

"对。我们可以让那些人免费体验菜色。"苏哲奇握了握手里的杯子,看向龙峰,"龙经理,这件事要麻烦您。"

"说吧!哲奇,没什么麻烦的。"龙峰说,他现在是有求必应。

"我想让周总那里的人去龙经理的农家乐免费体验菜色。"苏哲奇咬了咬唇说道。

"行,没问题。"苏哲奇和杜坤都没想到龙峰居然能答应的这么痛快,愣愣地看着他。

龙峰有点被看的发毛,哆嗦了一下身子说:"你们俩都是我的朋友,朋友有难,不应该帮忙吗?"

"龙峰,你这让我怎么感谢你才好?"杜坤不好意思了,又说道,"以后有事尽管开口,我一定倾囊相助。"

"哎呀!以后再说,我们先把现在的事解决了。"龙峰摆摆手说道。

"那我们现在就去找周总。"杜坤说完就让小刘备车。

几人很快就来到了周总的饭店。

果然看见外面聚集了很多人。他们还喊着:"给一个说法!"

见杜坤下车,那些人立刻冲上来给杜坤围住。

"你为什么要害我的儿子?"

"你怎么能这样做,你还有良心吗?"

那些人说着很难听的话,杜坤的眉头拧成一个"川"字。

在苏哲奇几人的帮助下,才终于挤了出来。

"大家听我说,请听我说。"说话的人是杜坤,这件事必须要说明白。

那些人安静了下来。

"我知道这件事是我的错,我愿意承担责任。赔偿金我已经给大家了,大家还有什么要求,都提出来,我能赔偿的一定赔给大家。"杜坤自己确实也是受害者,但他并不想博取同情。

"好,那你说,你为什么要让我们吃劣质木耳?"

"对,为什么?"

第 46 章　杜坤资助孩子们上学

"我知道大家想知道这里面的原因，请听我把话说清楚。"苏哲奇喊道。

"你是谁？你凭什么替他说话？"

"我是青山村的苏哲奇，这位是农家乐的龙峰龙经理。"苏哲奇说道。

"苏哲奇没听说过，但是龙峰这个人都知道。"

"龙峰就是那个经营农家乐的，我还去那里吃过饭呢！"

那些人小声嘀咕着。

"大家也许是误会杜总了，他也是受害者。杜总一直给大家提供优质的食品，可这次确实是被骗了，你们可以问龙经理。"苏哲奇指了指身旁的龙峰说道。

"没错，我相信大家肯定都去过我的农家乐。而我们农家乐的菜一直都在杜总那里买，这么多年我们俩一直都在合作，从来没出现过差错。"龙峰喊道。

"那为什么你们农家乐的木耳就没出现问题，其他的餐馆就出现了问题？"有人不解地问。

"那是因为我们农家乐用的木耳是青山村的。而我旁边这位苏哲奇也是杜总介绍给我的。他就是青山村的人，虽然我不知道杜总这次为什么没有和苏哲奇合作，但他能把苏哲奇介绍给我，说明杜总信任他，我们的合作是很愉快的。"龙峰对那些人说道。

"也是啊！这么多年龙经理都在杜坤那里拿货，我们也是知道的。"

"杜总的为人我们也是知道的，他这次啊，可能真是被骗了！"

"对，你说的有道理。"

杜坤很高兴苏哲奇和龙峰替他说话。

"是我轻信了小人，把关不严才让大家受罪。在此，向大家说一声对不起。"杜坤说完向他面前的所有人鞠了一躬。

那些人看到杜坤这么有诚意，也就不好再说什么了。

"我们接受你的道歉，不会再为此事纠缠了。"

"这样吧！我带着大家去我们农家乐免费就餐。而且在这一个月之内，大家去我们农家乐都可以免费就餐，就当作我们的赔偿可好？"龙峰笑着说道。

那些人犹豫了一下，说"好"。而苏哲奇和龙峰愣住了，他们提前说的只是免费一次，怎么成了一个月了呢？

"我临时更换了。"龙峰看出两人的惊讶，摸着脑袋说。

就这样，那些人离开了周总的饭店门口，跟着龙峰一起去了农家乐。

杜坤很感谢龙峰的鼎力相助，不仅付出了时间，还付出了金钱。

龙峰只是对杜坤笑了笑，表示帮助他是自愿的。

周总见门口没有人了，他走了出来。

"周总，给您添了很大麻烦，很抱歉。"杜坤不好意思地说。

"杜总，刚才我也见到了，您能放下身段向大家鞠躬，说明您是一个负责任的人。这样吧！我们继续合作下去，但您这次一定要给我们优质的木耳，我们可受不起二次打击了。"周总说完笑了起来。

"一定，一定，保证不会再出现这样的问题。"杜坤说完也笑了起来。

劣质木耳这件事就这么过去了，但严格始终没有被找到。

杜坤是不会放弃寻找严格的，他们之间可不只是一点误会。

经过这件事之后，杜坤公司的每一种食材都经过严格的筛选，才被送到各大餐馆、饭店。

慢慢地，跟杜坤合作的人也越来越多。

他亲自开车来到青山村找到苏哲奇希望能合作。

此时的苏哲奇正在给孩子们上课。

"孝强，你给老师说一下，你昨天为什么没有写作业？"苏哲奇故作生气地问。

程孝强噘着嘴巴，手指纠缠在一起，结结巴巴地说："我，我，我发烧了，难受，就没写。"

"发烧了，怎么可能呢？孝强身体这么棒，怎么会生病呢？"苏哲奇摸了摸程孝强胖嘟嘟的脸蛋说。

"老师，程孝强说谎，他昨晚玩太晚了，就没写作业！"这话是蒋浩说的。

"蒋浩，你怎么知道孝强玩得太晚，没写作业呢？"苏哲奇看着蒋浩笑道。

"我……我……和他一起玩儿的。"蒋浩低下头慢吞吞地说出了实话。

"那你们俩都没写作业，是不是？老师很生气。老师是怎么教你们的，不许说谎，你们都没记住，是不是？"苏哲奇并不是生气孩子们写没写作业，而是生气他们在说谎话。

蒋浩和程孝强见苏哲奇真有点生气了，赶紧说道："老师，我们以后一定认真写作业。"两个孩子以为是没有完成作业，苏老师才生气的。

苏哲奇扶着额头："老师生气的不是你们没有写作业，而是你们在说谎，知道吗？"

蒋浩和程孝强点了点头："知道了，苏老师。"

"真的记住了？"苏哲奇再一次确认道。

"记住了。"其他同学们异口同声地喊道。

苏哲奇看着眼前的孩子们，笑着摇了摇头。

"苏老师。"校长摆摆手，招呼苏哲奇出来。

"大家先写字，老师等会儿就回来，我等会儿回来会检查的。"苏哲奇叮嘱道。

苏哲奇又看了看程孝强和蒋浩，两人正低头认真地写字，他放心地走了出去。

"校长，你找我？"苏哲奇问。

"不是我找你，是那个人找你。"校长指了指旁边。

"杜总，您怎么有空来了？"苏哲奇笑着说道。

"我特意来找你的。"杜坤说完又看了看那些孩子。

"苏老师，你和杜总聊，我去看看孩子们。"校长说，随后走进教室。

"没想到你还是一名老师。"杜坤和苏哲奇在学校里边走边说。

"我大学一毕业就来这了。"苏哲奇看着学校说道。

"我刚才都看到了，那些孩子们很喜欢你。"杜坤双手背在身后说。

苏哲奇笑了笑。

"小苏啊！我很喜欢这些孩子们，我想资助他们上大学，可以吗？"杜坤停了下来，看着在操场上跑步的孩子们说。

苏哲奇听到这话后都愣住了，过了好长时间才反应过来。

"杜总，您说的是真的吗？"苏哲奇不相信地问道。

"当然是真的，我不会骗你的。"杜坤很庄重地说。

"那太感谢您了，真的太谢谢您了。"苏哲奇真的很高兴。转头看着那些懵懂的孩子们。

"我可以看看他们吗？"杜坤和妻子最遗憾的事就是没有一个孩子，所以他很喜欢孩子。

"当然可以了。"苏哲奇向那些孩子们喊道,"孩子们,快过来。"

正在玩闹的孩子们,听到苏老师在叫他们,立刻跑了过来。

"苏老师。"

"孩子们,快喊杜叔叔好。"苏哲奇说道。

"杜叔叔好。"

杜坤的心仿佛在这一瞬间被融化了。他是真的喜欢这些孩子,而当他看到孩子们穿的衣服时皱了皱眉头,可就那一瞬间,谁也没有看到。

他想:"难道孩子们就穿这样的衣服?"

杜坤此时感觉心里挺不舒服的,伸出手心疼地摸着孩子们的小脸。

"杜总,杜总。"苏哲奇喊了两声,杜坤才反应过来。

他拿开手,对孩子们说:"去玩吧!"

"小苏,我不光要资助这些孩子上学,还要把这里的学校修缮的好一点,最好再扩大一点。让他们上学啊,有个更好的环境,你看看这,咱在这里修个篮球场。"杜坤指着方寸之地的学校说。

杜坤似乎已经忘记了来这里的目的,只顾着扩建学校、资助孩子们上学的事情了。

"杜总,您能资助孩子们上学就已经很好了,学校也挺好的……"苏哲奇还没说完就被杜坤打断,"不,小苏,你知道吗?我始终都想帮助咱们那些不能上学的孩子,所以我要扩建这里的学校,让更多的孩子都有学可以上。"

"那我就替孩子们谢谢杜总了。"苏哲奇感谢道。

"小苏,我一路上看到你们这里的风景不错,是开发旅游业了吗?"杜坤在来这儿的一路上看到了很多人,居然还有外国人。

"是的!杜总说的没错,我们村子已经发展旅游业了。"苏哲奇笑着说。

"那就更要扩建学校了,我要让这个村子里更多没上过学的孩子们来这里学习,不光受到学业的熏陶,还得给他们好一点的条件,城里有的不敢说咱全都有,但是得有这个远大的目标。"杜坤说。

话音刚落就看到小刘朝他们走了过来,递给杜坤一份文件。

杜坤这才想起自己是来干啥的。

"小苏啊!刚才看到孩子们一激动差点忘记自己来的目的了,现在想起来了。"杜坤晃晃手中的文件,"我是来找你签合同的。"

"合同?"苏哲奇疑惑了。

"木耳的合同。"杜坤从文件夹里拿出合同,"我想让你做我的合作伙伴,你愿意吗?"

"当然愿意了,杜总,那我们就去看看木耳吧!"苏哲奇说道。

几人来到了木耳库房,很多人正在晾晒木耳。

"苏老师,你来了。"

"嗯,小图,葛大哥呢?"苏哲奇开口问道,每天葛奇都会在这里,今天怎么没见到。

"葛大哥,没见到啊!"小图伸出脑门看了看,没见到葛奇。

"没事,我们来拿些木耳。"苏哲奇说。

"好,苏老师,那你们自己拿。我先去忙了。"小图说。

苏哲奇点了点头。

"小苏,这里就是你们装木耳的仓库?简直太大了。"杜坤都看呆了,没想到库房这么大。

"哪有杜总说的那么大。"苏哲奇笑了笑。

杜坤拿起木耳看了看,接着他点点头表示很满意。

然后就看到杜坤从小刘手里拿过笔,在合同最后一页签下了名字。

等苏哲奇拿过合同看到要的数量后,惊讶地张大了嘴巴:"杜总,您想要这里全部的木耳。"

"嗯,怎么了?"杜坤不解地问。

苏哲奇连忙摆手:"没事,没事。就是龙经理那边,他和我签了三年的合同,我怕……"

"这件事我去和龙经理说,不会算你违约的。"杜坤拍了拍苏哲奇肩膀,示意他放心。

"最近怎么没看见小曲呢?你们俩不是总在一起吗?"杜坤问。

"她去朋友那里有点事,这几天应该就回来了。"苏哲奇回答。

"好好对小曲,她是个好女孩。"苏哲奇没想到杜坤居然看出来两人的关系了。

"我知道了,杜总。"苏哲奇笑了笑。

就这样,苏哲奇和杜坤签下了合同,孩子们的上学也有了保障,真是双喜临门。

第47章　李莹得资助

"校长，刚才杜总说要资助咱们的孩子上学。"苏哲奇刚一回到学校，就来到了校长室和校长说了此事。

"苏老师，你说的是真的？杜总说要资助孩子们上学？"校长不敢相信。

"真的，杜总是不会骗我的。"苏哲奇给校长递了一杯水说。

"太好了，孩子们终于能走出大山了。"校长喜极而泣。

"校长，我这就去告诉大家。"苏哲奇说完走了出去。

就在苏哲奇走到门口的时候，看见了朝他跑过来的曲医生。

"哲奇，我回来了，你有没有想我？"曲医生一下子抱住苏哲奇，揪着苏哲奇的衣领，嘟着嘴巴问道。

苏哲奇点了点曲医生的鼻子说："当然想了，对了，你怎么这么快就回来了，不是说还得等两天才能回来吗？"

"我早点回来，你不高兴？"曲医生拍掉苏哲奇放在她鼻子上的手，转过身背对着苏哲奇，故作生气地说。

苏哲奇又把曲医生的身子转了过来，紧紧抱住，头搭在曲医生的肩膀上说："高兴，我当然高兴了。"

曲医生从苏哲奇怀抱中挤了出来，问道："看你急的，你这是要去哪里？"

"你知道吗？杜总要资助我们这的孩子上学，还要扩建我们的学校。"苏哲奇高兴地说。

接着，苏哲奇又把这段时间发生的事情都讲给曲医生听。

"你真是太厉害了，苏哲奇，我真佩服你。"曲医生说完竖起来大拇指。

"好了，你就别拿我开玩笑了，我们还是去蒋浩妈妈家里，和她说这件事吧！"苏哲奇把曲医生的手攥在手心。

两人牵着手来到了蒋浩家。

"何大哥，忙着呢？"苏哲奇打招呼道。何方正在锄草，秋草都变黄了，不锄掉的话很难看。

"苏老师和曲医生来了,快上屋坐。"何方放下手里的锄头。

"蒋浩妈妈,何大哥,我们要说一件好事。"苏哲奇笑道。

"什么好事?"蒋浩妈妈笑了笑。

"就是来咱们村子的杜总,他说要资助这里的孩子,资助小浩上学。"曲医生握着蒋浩妈妈的手说。

蒋浩妈妈和何方听到这件事后都懵了,怎么能有这么好的事情。

"真的,杜总亲自说的。"苏哲奇知道两人有点不相信,他从兜里拿出了一张资助说明。

"太好了,谢谢你苏老师。"蒋浩妈妈高兴地说。

"不用感谢我,咱们要感谢也应该感谢杜总。"苏哲奇说。

"是啊!要感谢杜总。"蒋浩妈妈嘀咕道。

"那我们就不待着了,过来就是要告诉你们这件事。我们还要去程大哥家里呢,就先走了。"曲医生说。

"那我送送你们。"何方说完也跟着苏哲奇和曲医生走了出去。

刚走到门口,苏哲奇停了下来:"何大哥,尔克没说什么时候来吗?"

"我等待会儿打电话问问他。"何方笑道。

两人又去了另外几家说了此事,他们都很高兴。

他们又去李莹家,跟李莹说了杜坤资助的事情。

"那小宝他会资助吗?"李莹始终没有忘记苏哲奇拒绝资助小宝上学的事。

"会的,会资助的。"苏哲奇说。

李莹虽然平日里比较蛮横,但还是可以分得清好歹,特别是在资助这件事情上,在了解完情况后她激动得有些说不出话。看着苏哲奇,眼睛笑得跟月牙似的。她不停地点头,并表示:"苏老师,这个事情太感谢了。另外,我……我向你保证一定对两个娃一样好。"

"哦,对对对!莎莎,我去叫莎莎!"李莹快速从屋子里叫出来莎莎。

李莹拽了拽莎莎的衣角,"快,谢谢你的苏老师,后面你弟弟也有学上了。"

苏哲奇见状,挥了挥手,"不了不了。我们今天来主要是告诉你这个好消息,完了我们还有别的事情。现在国家的政策好,我们也会尽量让孩子们都有学上。所以,要谢就要谢谢党、谢谢咱的国家。"

第47章 李莹得资助

第48章　卖出去的石榴烂了

"杜总寄衣服干吗？"曲医生扒拉最近收到的杜坤寄的一大箱衣服，不解地问。

"这是什么？"曲医生在衣服里看到了夹着的纸条。苏哲奇拿了出来："这是给孩子们的衣服。"

"给孩子们的？那我们拿出来吧！"曲医生说完就把衣服一件件拿了出来。

总共有一百件，上面还有尺码，够这些孩子穿一段时间了。

"杜总真是有心了。"苏哲奇蹲下身，拿着上面的纸条说。

"我们还是给孩子们穿上吧！不要辜负了杜总的一片心意。"曲医生拿出衣服，摸着衣服的质地，很柔软。

"我去叫他们。"苏哲奇说完走进了教室。

"孩子们，老师问大家，大家想不想穿新衣服啊？"苏哲奇轻声细语地问道。

"想！"

"好，那大家就跟老师出来，看看大家的新衣服可好？"苏哲奇拍着手问。

"好。"

孩子们跟在苏哲奇后面，走出了教室。

"这些都是给我们的吗？"王莎莎指着面前的衣服问。

"对，都是给大家的。"曲医生拍着衣服说。

"我们有新衣服穿了。"程孝强拿起衣服在身上比量着。

这时，校长走了过来，因为看见教室里没人了，他知道肯定是苏哲奇把孩子们叫了出去。

"苏老师。"校长走了过来，看到地上的衣服时惊住了，"这些衣服……"

苏哲奇站了起来："这些衣服是杜总寄给孩子们的。"

"杜总，是和咱们签合同的那个杜总？"校长问。

"嗯，就是他。"苏哲奇回答。

"苏老师啊！等下回杜总来，一定要好好感谢他啊！"校长笑着说。

"肯定的，您就放心吧！校长。您快领着孩子们去上课吧！"苏哲奇看了看孩子们说道。

电话响了，是生子打来的。

"生子，怎么了？"

"苏子，我等会儿要去你们村子，你快点来接我。"

生子笑了笑说："你和曲医生一起来接我，别忘了。"生子又看了看后视镜，扒拉扒拉自己的头发，就像去见女朋友一样仔细。

"行了，保证你第一眼能看见我俩。"苏哲奇看了眼曲医生，笑着说道。心想，生子什么时候这么神秘？

苏哲奇挂断电话，曲医生立刻凑上来："你刚才看我干什么？谁要来啊？"

"是生子，他要过来。还点名道姓的叫你也一起过去。"苏哲奇给曲医生看了一眼手机上的来电。

"要我也过去？"曲医生指了指自己。

"去吧！咱俩一起去接他！"苏哲奇摸着曲医生的头发说。

曲医生撇了一眼苏哲奇："好吧！看在你求我的份上，那我就勉为其难的和你一起去吧！"

苏哲奇笑了笑，握着曲医生的手，向村头走去。

两人等了好长时间，生子才到。

"这呢，苏子。"生子又向曲医生打了招呼，"曲医生，好久没见了，苏子对你好不好啊？他对你不好一定要和我说，我就替你收拾他。"

"一边去。"苏哲奇瞪了一眼生子。

"走吧！苏子你快给我们说说村子里哪里最好看？"生子在后面，对前面的苏哲奇说。

"走，我带你去看看我们村子的两颗银杏树。"曲医生牵着苏哲奇的手说。

生子走在后面看见前面苏哲奇和曲医生，心里不由得感叹真是甜蜜的一对。他看了看自己身边，什么都没有，就连树枝都不愿触碰他。

"不行，我回去也要找一个。"生子在后面小声嘀咕着。

几人来到了许巍家。

"哲奇，这两棵银杏树怎么不一样啊？一个有果，一个怎么没有啊？"生子不解地问。

第48章 卖出去的石榴烂了

"银杏树不是每一棵都结果的，它有雌雄之分。秋天，雌银杏树长满了果实，而雄银杏树不长果实。银杏树还有一个别名叫'公孙树'，是说银杏树的生长期较长。大约二十年后才结第一次果。而且，它的白果可以当作药材，用来止咳定喘是很好的，它的干还能当作木材。"苏哲奇说道。

生子点了点头，装作懂得很多的样子，摸了摸下巴不存在的胡子："嗯，苏子说的对，银杏树作用确实很大，我知道了。"

"苏老师，曲医生，你们过来了，这位是？"赵姐是来捡银杏叶的，刚到这里，就看见了苏哲奇他们。

"赵姐，他是我的朋友，带来看看咱们的银杏树。"苏哲奇笑着说。

"这样啊！我是来捡银杏叶的，要不然你们去我家，我给你们拿点银杏果，带回去。"赵姐拿着竹筐对几人说。

"不用了，赵姐。"苏哲奇摆手推辞道。

"哎，见什么外？赵姐没什么给大家拿的，但银杏果还是能拿出来的，别推辞了。"赵姐笑了笑。

"那就谢谢赵姐了。"生子凑上来感谢道。

几人跟着赵姐回家了。

别人家的院子晾晒的都是木耳，而赵姐家院子里面却晾晒了很多银杏果。

过了一会儿，赵姐从屋里拿出了很多银杏果。

"我告诉大家怎么把这个白果弄出来。"赵姐坐在院长里的凳子上，招呼几人。

"银杏果开始是青色的，成熟了它才会变成黄色。吃白果的时候，要先把皮剥开，再把里面的果肉抽出来。这个果肉啊！是高级营养品，还是很珍贵的药材呢。"不一会儿的工夫，赵姐就剥了好几个银杏果。

"我们知道了，赵姐。"曲医生拿着剥完的银杏果笑着说。

"那行，你们等会儿，我去拿几个袋子，给你们装点回去。拿回去给你们父母吃点，对身体好。"赵姐说完就转身进屋了。

"哲奇，你们这里的人真热情。"生子说。

"你们把这些银杏果都拿回去。"赵姐走出来的时候袋子里就已经装了很多果子，接着她又把刚才剥开的银杏果装在了袋子里。

"谢谢赵姐，你人真好。"生子对赵姐笑了笑。

"哎呀，不用谢，你们常来就行。"赵姐边往袋子里装边说。

"我们一定会的。"生子也帮赵姐一起装果。

电话响了，生子拿出手机，是买石榴的人给他打来的。

"等一下啊！"生子站起来对苏哲奇说。

"喂，郑总，这段时间挺好的？"生子开口询问道。

"生子，咱们之间就别客套了。我要和你说件事，那个你卖给我的石榴烂了。"郑总看着一地的石榴，不知道怎么办好，这才给生子打了电话。

"烂了？怎么能烂呢？"生子惊讶地问道。

"我也不知道啊？我要把这些石榴运出去，可刚打开仓库门，就闻到了腐烂味。然后打开箱，那股烂味都刺鼻子了。"郑总现在还捏着鼻子呢。

"行，我知道了，郑总，我现在就过去看看怎么回事。"生子挂断了电话。

苏哲奇看到了生子的焦急和慌张，走到生子面前："怎么了生子，出什么事了？"

"苏子，那批石榴……烂了。"生子抿着嘴唇。

"怎么可能？当初他们来拉货的时候还好好的呢。"苏哲奇此时也慌神了，听到石榴出事了，他也很焦急。

"没事，苏子，你先别着急，咱们现在过去看看怎么回事。"生子拍着苏哲奇的肩膀安抚他。

"嗯！"苏哲奇慌张地点头。

曲医生看苏哲奇在一旁站立不安，她走了过去。

"怎么了？你手怎么这么凉？"曲医生握着苏哲奇的手，担心地问。

"没事，可能有点冷。我们现在出去办点事，等会儿就回来，你在家等我好不好？"苏哲奇攥着曲医生的手说。

"好，你们就去办事吧！我会照顾好自己的。"曲医生笑了笑。

曲医生知道苏哲奇肯定有事情瞒着她，但她知道现在不能问。可她总觉得心里有点不安。

"苏子，我们走吧！赵姐，我们等会儿就回来。"生子不忘向坐在凳子上的赵姐喊道。

"行！"赵姐说。

一个小时后，几人来到了郑总那里。

"生子，你们可算来了。"郑总已经等了好长时间，就盼着他能快点过来。

"抱歉啊！郑总，路上有点事耽搁了。"生子说。

第48章　卖出去的石榴烂了

"这位是……"郑总看到了生子身后的苏哲奇。

"这位是我朋友,也是卖给你石榴的人。"生子说。

郑总疑惑了,摸了摸头:"这石榴不是你卖给我的吗?"

"郑总误会了,我只是帮我朋友把石榴卖出去。"生子说,"郑总,你在电话里面不是说石榴烂了吗?究竟是怎么回事?"

"你们跟我来。"郑总说完就把两人领到了装石榴的仓库。

"这些石榴都烂了?"生子指着地上的石榴不可思议地说道。

"嗯,不知道怎么回事。"郑总点头说道。

"苏子,你知道怎么回事吗?"生子问后面的苏哲奇。

"当初装货的时候还是好好的,我还特意检查了石榴有没有坑洼、烂边的痕迹。"苏哲奇捡起了地上的几个石榴。

只见上面都是坑洼斑点,甚至有的已经化成了一摊水。

"我在一本书上见过,"生子捡起一个石榴,仔细看了看后说道,"石榴里面烂是石榴内部造成的,比如病虫危害、裂果和机器上的损伤,都会造成石榴从里面开始腐烂。"

"就是说这些石榴是损伤后才会烂的?"郑总诧异地问。

"很有可能。"生子点了点头。

"不管怎样,这些石榴是从我们村子出来的,我就应该付这个责任。"苏哲奇放下手中的烂石榴,然后站起身走到郑总身边,鞠躬抱歉地说,"很抱歉,郑总,给您添了很大麻烦。"

"苏子,不关你的事。"生子想要扶起苏哲奇,却被苏哲奇拦住,"这件事本来就是我考虑不周,才让郑总遭遇了这么大的困难。"

"小苏啊!我没有怪你,你快点起来吧!"郑总把苏哲奇扶起来说。

"郑总,您的损失都由我来承担。"苏哲奇说。

他知道两方也是签了合同的,一旦供货方的货物出现问题,就要承担双倍的金钱。

"苏子,这些钱你是拿不出来的。"生子在一旁着急地说道。

"就算我倾家荡产也要给郑总一个交代。"苏哲奇攥紧了拳头说。

"小苏,有你这句话就够了。我不用你赔偿任何金钱。"因为苏哲奇已经和很多人都有合作,他当然也有所耳闻苏哲奇的为人。

"不,郑总,我的错我必须要承担。"苏哲奇抱歉地说道。

"小苏啊！我是做生意的，听过别人提起你。况且这些石榴不是还没有运出去，还没有造成损失吗？"郑总拍着苏哲奇的肩膀说。

"可是给郑总您带来了极大的困难。"苏哲奇说。

"不用……"郑总话还没说完，就有人递给了他一份文件。

"郑总……"不知道那人在郑总耳边轻声说着什么。

只见郑总皱起了眉头："你去把他带过来。"又摆摆手，示意那人出去。

"这个钟师傅，怎么能这么做？"郑总很生气，差一点就把手里的文件甩了出去。

"怎么了，郑总？什么事让你生这么大的气？"生子问道。

"你看看吧！"郑总说完就把文件放到生子手上。

"疲劳驾驶，导致货箱物品撞到……"生子越往下看，眉头皱得越紧。

看到最后一行的时候，生子念了出来："石榴腐烂的原因是撞击导致的。"

苏哲奇听完后，走到烂了的石榴堆前，拿起一个比较完好的石榴，仔细翻看了一下，果然石榴上有一条裂缝，然后掰成了两半。

只见里面的石榴已经变成了灰黑色。

"没错，果然是石榴出现破损才导致的腐烂。"苏哲奇眯着眼睛说。

"两位，是我的错，是我没弄清楚事情的真相，就贸然让你们过来，实在很抱歉。"郑总不好意思地说。

"没关系的郑总，我们也有责任。"苏哲奇说，"我们村子里还有一批石榴，我们把那批石榴供给您，您供给果商，来弥补您的损失。"

"那你不是赔了吗？"郑总说。

"没关系，郑总。这件事毕竟有我的责任，我必须要负责到底。"苏哲奇说完笑了笑。

郑总犹豫了一下后说"好"。

就这样，郑总再次去了青山村，拉走了那批石榴。

第49章 种百合花

不知不觉中，青山村逐渐发生了质的改变，越来越好了。

"哲奇，你在想什么呢，那么出神？"曲医生伸手在苏哲奇眼前晃了晃。

"我在想，你……怎么那么善良。"苏哲奇拿下曲医生的手，放在手心里紧紧握住。

"真的吗？"曲医生听见苏哲奇夸她，眼睛都亮了。

"想得美。"苏哲奇点了一下曲医生的额头。

曲医生嘟嘟嘴巴："就知道你不能这么好心夸我。"

苏哲奇笑了笑："我在想我们的村子，变化越来越大了，人也越来越美了。"说到最后一句的时候，苏哲奇歪头看向曲医生。

曲医生知道苏哲奇是在夸她，她抿嘴笑了："你嘴巴什么时候这么甜了？"

"我一直都对你这么甜，好不好。"苏哲奇歪头看着曲医生。

两人慢慢地凑得越来越近，就听见了"哎呀"一声。

"哎呀！非礼勿视，非礼勿听，羞羞。"那人双手捂着脸，却从指缝中看着两人。

两人顺着声音看去，就看见了一个穿着白色衬衫、浅蓝色牛仔裤的人。

苏哲奇和曲医生立即站了起来。

"汶南，你怎么回来了？你不是还要过一段时间吗？"苏哲奇高兴地跑到汶南身边问道。

"我这不是想你们了吗？还有曲医生。"说完汶南去看苏哲奇身后的曲医生，伸出手打招呼道，"嗨，好久不见。看来我的爱心小熊起作用了。"

"好久不见，汶南。"曲医生一听到爱心小熊，就害羞地红了脸。

"你自己过来的？"苏哲奇问道。

"没有啊！生子也来了。

"哎，苏子，你们这个学校又扩建了？我看着怎么这么大。"汶南、生子他们刚才去学校转了一圈。

"是杜坤帮忙扩建的。"苏哲奇说。

"啊！是这么回事。"生子感叹道。

"杜坤已经带严格来找过我了，严格向我道歉了。他现在已经改好了。"苏哲奇和生子边走边说。

"严格那天还去找我了呢！"生子说。

苏哲奇停了下来："他找你干什么？"

"当然是找我合作呗！我要做一个项目，种百合花的。他那边有这样的技术，于是我就答应了。"生子说。

"百合花？"苏哲奇惊讶了。

"嗯，要不然你们村子也种点，就当帮我一个忙。"生子笑着问道。

"好啊！生子，这个忙我帮。"苏哲奇拍了拍生子的肩膀。

于是，青山村要种上百合花这件事，村民很快就知道了。

"咱们村子要种百合花？"

"是啊！现在所有人都知道这件事了。"

"那在哪里种百合花啊？咱们村子还有地方吗？"

"这就不用你操心了，苏老师就安排了。"

果然，苏哲奇找了一块地方："葛大哥，你看看，这里怎么样？还挺宽敞。"

"行，苏老师，就这里吧！"葛奇擦着汗说道。

"那我就让生子过来看看这里。"苏哲奇说完就去找了生子。

"生子，过来看看，这里怎么样？"苏哲奇气喘吁吁地说。

生子跟着苏哲奇走了过去。

"行啊！苏子，这里日光充足，还挺潮湿，就这里吧！"生子说完叫来了种百合花的花匠。

忙了一天后，终于种上了百合花。

百合喜日光充足、略荫蔽的环境。

百合花种上后，很多村民都来这里看。

"葛大哥，我们村子真是越来越好看了。"苏哲奇擦擦手上的泥土说。

"是啊！苏老师，这都要感谢你和你的朋友。"葛奇感谢道。

"哎，葛大哥，你这么说就见外了。只要咱们村子越来越好，比什么都强。"苏哲奇笑道。

"生子，你也忙活一天了，等会儿我亲自下厨给你做点吃的，就当犒劳你了。"苏哲奇对浑身都是泥土的生子说。

"苏子，你太够意思了。我说吃什么你就得给我做什么？"生子揪着身上的衣服说。

"行，走吧！我的大功臣。"苏哲奇笑着说。

几个月后，来青山村旅游的人越来越多了。

很多人来到青山村后，都要来百合花基地这里看一看。

因为百合花已经开了，散发着阵阵香气。

第50章　王莎莎回来了

"苏老师，有人找你。"此时距苏哲奇第一次到青山村已经七年过去了。他正在教另一批学生上课。此前他教的第一批学生，在杜坤的资助下，已经上大学了。

说话的人是校长，他刚从外面回来就看见了陆丰田。

陆丰田是来这边考察的，顺便也参观一下村里的风景。

"大家先写字，等会儿老师就回来。"苏哲奇抬头看了一眼下面的孩子。

"校长，您叫我。"苏哲奇拍拍手上的粉笔灰，走了出去。

"不是我叫你，是陆总找你。"校长指向陆丰田的方向。

苏哲奇也看了过去。果然陆丰田在看什么，还和旁边的助理不知道讨论什么。

"陆总，您可是好久没过来了。"苏哲奇说道。

"这不很多事情压在身上，来这里还是抽空来的呢。"陆丰田把文件递给助理，拍了拍苏哲奇的肩膀，又说道，"小苏，最近怎么样？忙不忙？"

"还行，现在给孩子们上课，不算太忙。"苏哲奇看着陆丰田说。

"一转眼已经过去七年了，我还记得当初你去找我的时候，还是一个初出茅庐的小伙子，一进门就问我，陆总，您为什么不和我合作？"陆丰田至今还记得当初苏哲奇来找自己合作的时候的事情。

"陆总还记得那件事呢！"苏哲奇摸着后脑勺不好意思地问。

"当然记得，你还是第一个敢和我那样说话的人。"陆丰田笑了笑，然后又说道，"小苏啊！能认识你真的很高兴。你和我认识的那些人不一样，你是属于那种抗打击能力很强的那种人。有股不服输的劲儿，这点我最喜欢了。"

"陆总夸奖了，我没有您说的那么好，只是误打误撞而已。"苏哲奇谦虚地说道。

"好吧！就像你说的误打误撞。那你什么时候有时间，和我一起走走，带我参观一下这里的风景。"陆丰田笑道。

"陆总稍等，我去去就来。"苏哲奇说。

"你去吧！"陆丰田点点头，他知道苏哲奇没忘记留在教室里的学生。

"校长，你先替我看着点孩子，他们今天的课程就是算术题和写字。您帮我看着他们，我等会儿就回来。"苏哲奇看了看扒拉手指算数的孩子，对校长说道。

"你去吧！我看着他们，没事的。"校长笑着说。

苏哲奇又看了看孩子们，见没什么事情，才走了出去。

"陆总，我们走吧！我带您到处看看。"苏哲奇做了一个请的姿势。

"小苏啊！这里真是越来越漂亮。比我第一次来的时候要好看多了。"陆丰田看着一望无际的风景，高兴地说。

只见株株翠柳高耸挺拔，炊烟袅袅，道路两旁的树叶沙沙作响，空气中还散发着淡淡的百合香气。

"小苏啊！这是从哪里发出的香味啊？我怎么觉得周围都有这种味道？"陆丰田还特地闭上眼睛闻了闻。

一阵风吹过，那种香气变得愈加浓烈了。

"陆总，这是百合花的味道，村子的周围都种满了百合。"苏哲奇说。

"能带我去看看吗？"陆丰田看了看周围说。

"陆总，我们这边走。"苏哲奇说道。

两人一路上听到的话题，都是这里的百合和风景。

来青山村旅游的人真是越来越多了，多到数不过来，多到只能听见拍照的声音。

"陆总，这里种的都是百合。"苏哲奇指着眼前一大片百合说。

陆丰田看得都惊呆了。他以前也见过百合花，但从来没见过这么大片大片蓬勃生长的百合花，真的是唯美、清新。

它们没有刺鼻的浓味，花瓣纯白如雪。比起大红大紫的牡丹、玫瑰之类的，百合更加纯洁一些。

"小苏，这里真的是太美了。"陆丰田笑了，深陷花海之中。

"陆总，谢谢夸奖。这都要仰仗您，如果当初不是您能给我们投资，也不可能有现在的美景。"苏哲奇感谢道，他永远记得那天。

从拿到资金开始，他就开始着力于开发这里一切能开发的地方。这才有了今天的百合之乡，也才有今天来旅游的人。

陆丰田拍了拍苏哲奇的肩膀没有说话。

一切尽在不言中。

"陆总，我们该回去了。等一会儿，帝飒的老板要过来。"助理小声说道。

"小苏啊！今天在这里，我很开心能见到这里的改变。但是我现在要走了，等会儿有个人要见。有机会的话我也带你去见见这个人，他可以说是一个'旅游疯子'啊！"陆丰田转过身背对着阳光对苏哲奇说。

"行，那就不耽误陆总了。至于您说的'旅游疯子'，一切都听您的安排。"苏哲奇笑道。

"哎！对了，怎么没见到你女朋友呢？"陆丰田还记得曲医生。

"小雅。"苏哲奇向周围看了看，然后就在一个小角落看到了正在闻百合花的曲医生，"小雅……"苏哲奇刚想叫曲医生过来，却被陆丰田打断。

"算了，小苏，不要叫了。等过阵子你带小雅去找我，我送给你们点东西。"陆丰田说。

"那就谢谢陆总了。"苏哲奇笑了笑。

"哎！不要总是谢我，你要是这样就见外了。"陆丰田拍着苏哲奇的肩膀，然后在助理的催促下急匆匆地走了。

"陆总，慢走。"苏哲奇说。

"行，你快去陪陪小雅吧！别去送我了，我又不是找不到路。"陆丰田看苏哲奇要送他，赶紧制止道。

苏哲奇笑着点了点头，看到陆丰田走后，他来到了曲医生的对面。

曲医生阳光被挡住了，她抬头往上看了看："唔……你怎么来了？"

"我陪陆总过来的，就看到你也在这边，我就过来了。"苏哲奇挨着曲医生坐了下来，"你来这里做什么？"

"我想来就来，你管得着吗？"曲医生把头歪到一旁说。

"好好好，我们小雅愿意去哪里就去哪里，你去哪我都跟着，我走哪也带着你，好不好？"苏哲奇把曲医生的头转过来，深情地看着曲医生。

曲医生被苏哲奇看得脸都红了，慢慢点了点头："好，我们永远不分开。"接着就把头靠在了苏哲奇的肩膀上。

等苏哲奇和曲医生回到学校后，就看见那些孩子们已经写了很多字。

"苏老师，你看看这是我写的字。"

"苏老师，这是我算出来的数学题。"

"苏老师，苏老师……"

"好，好，你们是最棒的。"苏哲奇紧紧搂着这些孩子，想起了蒋浩、王莎莎和程孝强那些孩子走出大山时的场景。

"苏老师,我们很快就会回来的。"

"苏老师,我们会想你的。"

他们得到了良好的教育,这里不光有苏哲奇的功劳,更有那些资助人的帮助,才换来了孩子们未来的道路。

到了放暑假的时候,那些长大了的孩子们都回到了家乡。他们放下了手中的包裹,来不及拿出里面的东西就跑到了学校。

"苏老师,苏老师。"

苏哲奇听到声音后,急忙从教室里走了出来,因为他听到了最熟悉的声音,那是王莎莎的声音。

"莎莎。"苏哲奇激动地喊着。

"苏老师,我好想您。"王莎莎紧紧抱着苏哲奇说。

以前梳着两条辫子的小姑娘出落成了大姑娘,一举一动都带着优雅。

"老师也想你,你们放假怎么这么早?我听你妈妈说你还得过几天才能回来呢?"苏哲奇把着王莎莎的肩膀问。

"就是突然通知的,然后我就立即赶回来了。"王莎莎甩了甩马尾辫,高兴地说。

"那我怎么没见到蒋浩和孝强呢?"苏哲奇还往后看了看,没有人。

"他们被何叔叔和程叔叔教训着呢。"王莎莎摸了摸头发说。

"他俩怎么还被教训了呢?"苏哲奇疑惑了,孩子回来不是好事吗?怎么还能说孩子呢?

"他们俩啊!下了车就要跑过来,但是被去接他们下车的何叔叔和程叔叔拎着衣领就带回去了。"王莎莎说完后还笑出了声。

"原来是这么回事!"苏哲奇点了点头。

"他们俩让我给您带句话,等挨完揍就过来。"王莎莎"扑哧"一声笑了出来。

"怎么?他俩还挨揍了?"苏哲奇皱了下眉头,紧张地问。

"可能是吧!"王莎莎捂着嘴笑道。

"那你呢,你妈妈没说你啊?"苏哲奇问道。

"我妈……她……"然后就听见李莹的声音,"你个臭丫头,回来不说先回家,放下东西就过来了,你不想我啊?"

"苏老师,快救我,我不想被拽耳朵啊!"王莎莎躲在苏哲奇身后,偷偷看着跑过来的李莹。

李莹刚要去拽王莎莎的耳朵，就被苏哲奇制止了："哎，莎莎妈妈，莎莎都这么大了，再拽耳朵不合适了。"

李莹瞪了一眼做鬼脸的王莎莎。

"好，我不拽你耳朵。你看回家我怎么收拾你。"李莹看着王莎莎说。

王莎莎知道母亲只是在吓她而已，母亲不像她小时候那样动不动就拧她耳朵、让她干活了。随着王莎莎越来越大，母女俩关系也越来越好了。

"苏老师，我怎么没看见小宝啊？"王莎莎还特地往教室里看了一眼。

"他不是写字呢吗？"苏哲奇刚要夸王宝的字好看，就看见王宝正在和后桌同学说话。

后桌的那个小男孩是邻村的，由于道路畅通，很多邻村的家长都把自家孩子送到青山村来上学。

苏哲奇黑了一脸："小宝……王宝……"

王宝和后桌同学说得有声有色，没听见苏哲奇叫他，还是他同桌扒拉他，他才转过头。

王宝看到苏哲奇后一下子站了起来："苏老师，我错了，不再说话了。"

苏哲奇扶着额头摇摇头："你出来。"

王宝以为苏哲奇又要教训他，他摇了摇头，小声嘀咕道："不出去。"

"老师不教训你，是你姐姐回来了，你不是说你想她了吗？"苏哲奇走到王宝身边，蹲了下来，轻声说道。

接着就看见王宝的眼睛都亮了："我姐姐回来了，我怎么没见到？"

"她在家等你呢，等你放学的时候就能看见她了。但你不要太高兴了，要好好写字，等会儿老师检查。"其实王莎莎就在外面，但他不能让王宝现在就回去。耽误王宝学习是一方面，调动王宝的积极性又是另一方面。

苏哲奇摸了摸王宝的头发，把本子和笔拿到他面前："好好写。"

王宝很听话地拿起了笔，就害怕放学不能回家见姐姐。

"小宝懂事了。"苏哲奇出去后，就听见王莎莎高兴地说。

"他比你懂事多了，还不快点回家。"李莹说完就揪起王莎莎的耳朵。

"妈，你不是说不揪耳朵了吗？"王莎莎揉着耳朵问李莹。

"不揪耳朵，那就揪衣领，跟我回家。"说完李莹就放开了王莎莎的耳朵，拎起她后面的衣领。

"苏老师，救我……"王莎莎伸着双手求救道，却被李莹一把拍下，"还指着人家苏老师救你，不可能。跟我回家……"

苏哲奇已经听不见李莹后面的话了，看着两人的背影，摇头笑了笑。

第51章 孩子们要建设家乡

蒋浩确实是被何方拎着衣领回来的，这也是蒋浩妈妈发话，何方才这么做的。因为何方比蒋浩妈妈还要心疼蒋浩，怎么可能舍得拎衣领？

"何叔，您最疼我了，就放我下来吧！"蒋浩可怜巴巴地哀求道。

"小浩，你就辛苦一下吧！是你妈妈让我这么把你带回去的。她知道你下车就一定会先去找苏老师，才让我特意过来接你。"何方看着蒋浩满眼都是心疼，可老婆的命令不可违抗。

"何叔，您可真是的。"蒋浩蔫蔫地说。

两人回到家后，就看见了蒋浩妈妈站在门口。

"妈，我回来了。"何方放开蒋浩的衣领后，蒋浩急忙朝母亲跑过去。

"停。"在一步之内的距离，蒋浩妈妈阻止了蒋浩。

"怎么了，妈，您不想我啊？我都想您和何叔了。"蒋浩眨巴眨巴眼睛说。

"你可得了吧！你想的是苏老师吧！"蒋浩妈妈一语道破，蒋浩都懵了。

"没有，妈，哪能啊？"蒋浩说完一把抱住母亲。

"你怎么这么快就回来了？"蒋浩妈妈不解地问。

"这不想你和何叔，就早点回来了吗。"蒋浩走进屋刚要拿起水杯，就被母亲一掌拍掉，"哎哟，疼。"

蒋浩疼得把手抽了回来，歪头看向何方求救。

何方接收到"信号"，走到蒋浩妈妈身边说："好了，小浩刚回来，肯定饿了，我们吃饭吧！"

蒋浩妈妈看了看何方，又看了看笑呵呵的蒋浩。

"你们就合伙气我吧!"蒋浩妈妈生气地说道。

"你误会了,这不小浩刚回来吗?"何方把着蒋浩妈妈的肩膀笑道,"我们吃饭吧!你也肯定饿了,做的都是你爱吃的菜。"还用眼神示意蒋浩。

蒋浩也心领神会,立即走过去给母亲拿出凳子:"妈,您坐。"

"行了,这一桌子都是你何叔给你做的,别站着了,快坐下吃饭吧!"蒋浩妈妈看着蒋浩说。

"哎!谢谢妈。"蒋浩说完也坐了下去。

三人在一起吃了一顿团圆饭,蒋浩已经好久都没回来了,何方和蒋浩妈妈当然很高兴。

而另一边的程孝强也是这样,被父亲数落一番。

"爸,那个包里有我给你和妈拿的东西。你俩看了吗?可多了。"程孝强夹了最后一口菜,打了个饱嗝说。

"还没看呢!这不就光顾揍你了吗?哪有工夫打开包。"程大柱放下筷子说。但听到儿子给自己拿了东西,心里当然是高兴的。

"那行,你就和我妈看看吧!我先出去了。"程孝强说完最后一句赶紧跑了出去,就怕父亲揍他。

"唉,你,孝强。"程大柱叹口气。

"算了,大柱,别叫他了。他肯定是去找苏老师了。"程孝强的母亲说。

程孝强的母亲说的没错,程孝强果然去找苏哲奇了。

不光他去了,蒋浩和王莎莎都去了。

"你们怎么过来了?"苏哲奇看见几人后惊呆了。

"苏老师,我们来看你了。都怪我妈,非得让何叔把我揪回去,要不然早就看到苏老师了!"蒋浩撇撇嘴巴,委屈地说。

苏哲奇笑笑说道:"小浩,孝强,你们俩的事老师都听莎莎说了,你们不要怪他们,他们很想你们的。"

"我们都知道,可我们都多大了,还揪衣领,多丢人啊!"程孝强特意拎着衣领给苏哲奇看。

苏哲奇笑出了声,他理解蒋浩和程孝强,因为他小时候也被母亲拎过衣领。

"哎呀,大小伙子哪来那么多的丢人,你们俩真是矫情。"王莎莎翻了一个白眼说道。

"看在你是女孩的份上，不和你计较。"蒋浩看了一眼王莎莎。

"好了，你们两个不要吵架，我们还有正事要说呢。"程孝强伸手挡在两人中间，终结了他们接下来要说的话。

"对，苏老师，我们几个决定好了，等到我们毕业后，就回来共同建设家乡，帮助更多的人。"王莎莎说着几人的决定，这是他们共同的心愿。

"你们要回来建设家乡？那你们不去大城市工作了吗？"苏哲奇诧异地问道。没想到这几个孩子竟然要回青山村。

"回来建设家乡就是我们的工作啊！"王莎莎笑着说。

"莎莎说的没错，这件事我们已经想了好久了。我们也要像苏老师和曲姐姐一样，回到这里为我们村出力。"蒋浩看了看王莎莎又看了看程孝强说道。

"那这件事，你们父母知道吗？"苏哲奇又问道。

"我们还没说，但他们会支持我们的选择的。"程孝强说道。

"你们真的决定好了吗？回来建设家乡可不是那么容易的。"苏哲奇知道建设家乡的辛苦，他不想让几个孩子像他一样那么辛苦。

"我们想好了。我们也要像你一样，把咱们的村子变得更加富裕、美丽。"蒋浩站起来，胳膊向上伸展着说道。

苏哲奇笑了笑，很欣慰，他相信这几个孩子一定做的比他还要好，还要出彩。

"苏老师，您就是我们的榜样。"蒋浩看着苏哲奇说。

"咱们村子能发展旅游业，还有修路，还有种百合花，我们都听说了。"王莎莎也说道。

"老师相信，你们几个能比老师做得更好，老师等着你们毕业回家。"苏哲奇抱着几个孩子，笑着说。

苏哲奇感觉在这一瞬间，有了盼望和期待。也许是和孩子们的承诺，也许是因为一切都是最好的安排。

而苏妈妈在苏哲奇和曲医生的软磨硬泡下，答应来青山村和他们一起生活。

苏妈妈刚来青山村的时候就被这里的风景迷住了。

"小雅，这里真的是太美了，我怎么没早点过来啊！"苏母激动地说。

"您现在过来也不晚。"曲医生扶着苏母的胳膊说。

"我以前以为小奇一定会回城生活的，可现在看来，是我错了，是我小看小奇了。"苏母拍着曲医生的手，和她说起了苏哲奇第一次求她帮忙的事情。

第51章 孩子们要建设家乡

曲医生深知一个母亲的不容易。

她又带着苏妈妈在村子里转了转，如今的村子更加漂亮。

在那位"旅游疯子"的帮助下，青山村变得更加美丽了。

那次，苏哲奇带着曲医生去了陆丰田的风格集团。

陆丰田给曲医生拿了很多洋娃娃一类女孩喜欢的物件。

"小苏啊！这次我要给你介绍一个人，就是我跟你说过的'旅游疯子'。"陆丰田说完打了一个电话，然后苏哲奇就看到进来一个人。

"笙晨，这位就是我和你提起过的苏哲奇。"陆丰田向笙晨介绍道。

"你好，我听陆总提起过你。"笙晨伸出手。

苏哲奇回握道："您好。"

"我们坐下吧！"陆丰田说。

"是这样的，陆总说你们村子的风景很美，能带我去看看吗？你也知道我的别名。"笙晨笑了笑。

"欢迎您去我们村子。"苏哲奇说。

就这样，笙晨跟着苏哲奇来到了青山村。

"哲奇，这里就是你们村子吗？比外面传说的还要漂亮。看来我这次真是来对了。"青山村已经被传的很神奇了，笙晨当然有所耳闻。

"哪有传的那么神，就是普通的风景而已。"苏哲奇谦虚地说道。

"哎，哲奇，这话就谦虚了，这里真的是很漂亮。"笙晨边走边笑，"我可以给你们村子一些建议吗？"

笙晨到过很多地方，见过的风景自然要多，哪里有瑕疵、有不对的地方，他一眼就能看出来。

"当然可以了，我有时候也觉得我们村子的风景总是有哪里让人觉得不满意。"苏哲奇很高兴笙晨能指出这里的不足之处。

就这样，笙晨给苏哲奇指出了哪里不合适，又给出了建议。

果然，经过笙晨的指点和改造后，这里的风景比起以前更美了。

第52章 刘大河回来建设家乡

在村民的共同努力下,青山村终于摘掉了贫困村的帽子,生活变得越来越好。有人去了城里打工,有人留在村子里发家致富。

"咕咕咕……"苏哲奇来到葛奇家的时候,葛奇正在喂鸡和鸭子。

"葛大哥,喂鸡呢?"苏哲奇看着这些小鸡和小鸭子已经长了很大了。

"苏老师来了,进屋坐会儿?"葛奇放下手里的颗粒。

"不了,葛大哥,我来就是看看这些小鸡和小鸭,看它们长的这么好,我就放心了。对了,你家还有没有喂鸡和鸭子的饲料?我上李大娘家看,她家好像快没有了。"苏哲奇说。

村民买了很多小鸡仔和小鸭仔养活,不只是为了能吃上肉。

等到鸡、鸭长大了,卖鸡蛋、鸭蛋,能赚不少钱。

而且,这里的人也越来越注重教育了,虽然他们文化水平不高,但也都坚信"知识改变命运"这句话。

所以,他们对于孩子们学习的事很积极,不光孩子学习,就连大人也和孩子一起学习。

家里有小孩子正在上学的,大人也会买几本书和孩子一起看,这也是给孩子做榜样。

而让人想不到的是,刘大河回来了,还是带着钱回来的。

"刘大哥,你怎么回来了?这次还走吗?"刘大河还没来得及回家,就急匆匆地赶来了学校,找了苏哲奇。

"我不走了,我是回来帮你的。"刘大河拍了拍苏哲奇的肩膀。

"走,我们进屋说。"苏哲奇来到了校长室,"校长,您看谁回来了?"

校长放下手里的老花镜,看到刘大河后甚是激动,站起来走到刘大河面前。

"大河,你终于回来了。快让我好好看看,这段时间怎么瘦了?是不是累到了?"校长摸着刘大河的脸问道。

"我没瘦,还胖了呢,校长!"刘大河扶着校长坐下,接着说道,"我这次回来就不走了,我要帮助苏老师,把咱们村子发展得更好。"

"不走就好。"校长又摸摸刘大河的手,他真的很想刘大河,他把刘大河当作自己的孩子一样看待。

"我还拿了钱,就是为了把咱们村子建设得更好。"刘大河说完从兜里拿出一沓钱,都是一百元的。

没错,这些钱就是刘大河在外这几年攒下来的,而他也确实瘦了。

为了能多挣钱,当了一段管理人员后,他又干起了原来的活:扛水泥搬砖头的话。虽然累点,但挣得钱多。

"刘大哥,你受苦了。"苏哲奇看到刘大河拿出钱后,心就像针扎一样疼痛,不知道刘大河又受了多大苦、多大难,才攒下这么多钱。

"哎!苏老师,你能为了村子留下,我又有什么不能付出的?"刘大河看着苏哲奇说。

校长又往上撩了撩刘大河的衣袖,只见上面全是青紫的痕迹,那是拉车时拽绳子磨的。

校长没敢再看,他知道,刘大河一定还有别的伤。他再也忍不住,流下了心疼的泪水。

"你们俩聊,我去做点饭,大河一定都饿了。"校长说完就低下头走了,不想让苏哲奇和刘大河看见自己的泪水。

"刘大哥,你究竟遭了多大的罪?"苏哲奇给刘大河倒了一杯水问道。

"苏老师,你别想那么多了。我看咱们村子好像每家都有小鸡和小鸭。"刘大河回家的时候,就听见了很多鸡和鸭的叫声。

"是葛大哥在城里买回来的。"苏哲奇说。

那是他和葛奇一起去城里挑选的。

"老板,你家这个小鸡仔怎么走路都不利索啊?"葛奇指着那些刚孵出的小鸡问道。

"刚孵出来的都这样,长几天就好了。"老板边给小鸡边倒水边说。

"你这里是公鸡还是母鸡啊?"苏哲奇看着这些黄黄的小鸡仔说道。

"能说母鸡里面就没有公鸡吗?"老板不耐烦地说。

"也是这么回事。"葛奇觉得老板说的有道理。

"行,老板,给我二百只小鸡仔。"苏哲奇摸了摸小鸡仔的黄色毛说。他真的很

第52章　刘大河回来建设家乡

在村民的共同努力下,青山村终于摘掉了贫困村的帽子,生活变得越来越好。有人去了城里打工,有人留在村子里发家致富。

"咕咕咕……"苏哲奇来到葛奇家的时候,葛奇正在喂鸡和鸭子。

"葛大哥,喂鸡呢?"苏哲奇看着这些小鸡和小鸭子已经长了很大了。

"苏老师来了,进屋坐会儿?"葛奇放下手里的颗粒。

"不了,葛大哥,我来就是看看这些小鸡和小鸭,看它们长的这么好,我就放心了。对了,你家还有没有喂鸡和鸭子的饲料?我上李大娘家看,她家好像快没有了。"苏哲奇说。

村民买了很多小鸡仔和小鸭仔养活,不只是为了能吃上肉。

等到鸡、鸭长大了,卖鸡蛋、鸭蛋,能赚不少钱。

而且,这里的人也越来越注重教育了,虽然他们文化水平不高,但也都坚信"知识改变命运"这句话。

所以,他们对于孩子们学习的事很积极,不光孩子学习,就连大人也和孩子一起学习。

家里有小孩子正在上学的,大人也会买几本书和孩子一起看,这也是给孩子做榜样。

而让人想不到的是,刘大河回来了,还是带着钱回来的。

"刘大哥,你怎么回来了?这次还走吗?"刘大河还没来得及回家,就急匆匆地赶来了学校,找了苏哲奇。

"我不走了,我是回来帮你的。"刘大河拍了拍苏哲奇的肩膀。

"走,我们进屋说。"苏哲奇来到了校长室,"校长,您看谁回来了?"

校长放下手里的老花镜,看到刘大河后甚是激动,站起来走到刘大河面前。

"大河,你终于回来了。快让我好好看看,这段时间怎么瘦了?是不是累到了?"校长摸着刘大河的脸问道。

"我没瘦，还胖了呢，校长！"刘大河扶着校长坐下，接着说道，"我这次回来就不走了，我要帮助苏老师，把咱们村子发展得更好。"

"不走就好。"校长又摸摸刘大河的手，他真的很想刘大河，他把刘大河当作自己的孩子一样看待。

"我还拿了钱，就是为了把咱们村子建设得更好。"刘大河说完从兜里拿出一沓钱，都是一百元的。

没错，这些钱就是刘大河在外这几年攒下来的，而他也确实瘦了。

为了能多挣钱，当了一段管理人员后，他又干起了原来的活：扛水泥搬砖头的话。虽然累点，但挣得钱多。

"刘大哥，你受苦了。"苏哲奇看到刘大河拿出钱后，心就像针扎一样疼痛，不知道刘大河又受了多大苦、多大难，才攒下这么多钱。

"哎！苏老师，你能为了村子留下，我又有什么不能付出的？"刘大河看着苏哲奇说。

校长又往上撩了撩刘大河的衣袖，只见上面全是青紫的痕迹，那是拉车时拽绳子磨的。

校长没敢再看，他知道，刘大河一定还有别的伤。他再也忍不住，流下了心疼的泪水。

"你们俩聊，我去做点饭，大河一定都饿了。"校长说完就低下头走了，不想让苏哲奇和刘大河看见自己的泪水。

"刘大哥，你究竟遭了多大的罪？"苏哲奇给刘大河倒了一杯水问道。

"苏老师，你别想那么多了。我看咱们村子好像每家都有小鸡和小鸭。"刘大河回家的时候，就听见了很多鸡和鸭的叫声。

"是葛大哥在城里买回来的。"苏哲奇说。

那是他和葛奇一起去城里挑选的。

"老板，你家这个小鸡仔怎么走路都不利索啊？"葛奇指着那些刚孵出的小鸡问道。

"刚孵出来的都这样，长几天就好了。"老板边给小鸡边倒水边说。

"你这里是公鸡还是母鸡啊？"苏哲奇看着这些黄黄的小鸡仔说道。

"能说母鸡里面就没有公鸡吗？"老板不耐烦地说。

"也是这么回事。"葛奇觉得老板说的有道理。

"行，老板，给我二百只小鸡仔。"苏哲奇摸了摸小鸡仔的黄色毛说。他真的很喜欢这些小小的鸡仔,"小雅也会喜欢的。"

接着,他们又买了小鸭子。

果然,苏哲奇想的没错,曲医生真的很喜欢这些小鸡、小鸭。

"哲奇,你怎么买这么多?"曲医生看着这一笼子又一笼子的小鸡和小鸭问。

"一家一笼子,让他们养点家禽有个盼头,总比什么都没有强。"苏哲奇把颗粒放在手指上,让小鸡啄着吃。

苏哲奇给每一户人家都送了一笼子的鸡鸭,又给了一袋鸡鸭幼仔吃的饲料。

就连有了老母鸡的李大娘家,也送了一笼子。

刘大河听完苏哲奇的话后笑了,他也很开心。

"刘大哥想养的话,我那里还有几只小鸡。"苏哲奇说。

"我怕养不活。"刘大河担心这个,怕那些鸡仔会让他养死。

"不会的,刘大哥,你只要按时给它们给食喝水,别让它们冻着就行。"苏哲奇说。这是他在书上看到的。

幼仔可以热,但就是不能冻着。它们也像人一样,会感冒。

"苏老师,这些钱你拿着。"刘大河往苏哲奇手里塞着那沓钱。

可苏哲奇不能要,推辞道:"刘大哥,这钱我不能要。"

"苏老师,这钱你必须拿着,这不是给你的钱,是给咱们村子的钱。"刘大河故作生气道。

苏哲奇犹豫了一下:"刘大哥,你刚回来需要花钱的地方多,我只能拿一点,其他你留着,行吧?"最后苏哲奇只拿走几百元。

然后,刘大河就回到了几年未进门的家。

第二天,苏哲奇拿了一管药膏和一盘鸡蛋,还有一笼子的鸡仔和一袋饲料来到刘大河家。

"刘大哥,这个药膏是抹伤口的,这个鸡蛋你每天早上煮一个。"苏哲奇把手里的东西放到地上说。

"苏老师,你回去就是为我拿这些东西的?"刘大哥拿过药膏问道。

"哪有,我回去办了点事,顺便过来的。"苏哲奇确实是特地回去拿这些东西的,但他怕刘大河会不好意思,才骗他那么说的。

"我刚才听那些游客说,咱们村子种百合花了,你能带我去看看吗?"刘大河问道。

"走吧!刘大哥。"苏哲奇说。

苏哲奇带着刘大河来到了他们的百合花基地。

"苏老师，这里真是……我真没想到咱们村子能变得这么美！"刘大河深深地吸了一口气，看着眼前的大片百合说。

"刘大哥，你这次真的回来对了。"苏哲奇看着那些游客说道。

"为什么？"刘大河疑惑地问。

"因为我们村以后也要改造房屋，只有你才是这方面的行家。"苏哲奇这个想法已经想了很长时间了。但这需要大量的人力物力，而正好刘大河有这方面的经验。

"改造房屋，我怎么没听你提起过？"刘大河摸了摸头，又问道。

"这是以后的事，但现在也要筹备着啊！"苏哲奇笑着说道。

没错，一些村民的房子还是土房，苏哲奇害怕那些房子像王莎莎奶奶的房子一样，被大雨冲垮。

当然，改造房屋这件事是以后才能实现的事情了。

第53章 脱贫道路，任重而道远

很多人都来到青山村，有人为了欣赏这里的风景，有人为了这里的百合花。

"苏老师，很高兴您能留在这里，大家在埋怨您的时候，您本可以离开，但您没有；在您三年期满后，您可以离开，您也没有，反而一直坚持在这里。谢谢您把青山村的村民当作自己的家人，谢谢您为了青山村多年的付出与贡献，谢谢您教导帮助我们这么多年，我们永远不会忘记。您说过少年强则国强，我们可以是那个无私奉献的少年，为了我们的祖国，为了我们的家乡，愿意付出一切。我们以后长大了愿意帮助更多贫困的人，也要像苏老师一样成为有用的人。"

这是王莎莎几人共同写的，也是青山村村民共同的心声。

苏哲奇看到这封邮件后，他真的很激动。

他的"孩子们"终于长大了，他留下来是正确的。

他给王莎莎的邮件中说道："你们不只要帮助家乡，还要帮助更多的人，脱贫的道路上，任重道远，唯有坚持，才能攻坚克难。"

"哲奇，你看看是谁来了？"曲医生跑到学校，找到正在备课的苏哲奇。

"谁来了？小雅，看你急的。"苏哲奇放下手里的笔，拿出纸巾轻轻地擦着曲医生的额头问道。

"别擦了，是杜坤杜总来了，他还带来了很多东西呢。"曲医生拿下苏哲奇的手，激动地说。

"杜总现在在哪里？我们一起去。"苏哲奇着急地问道。

苏哲奇刚问完杜坤在哪里，就看见葛奇跑了过来。

"苏老师，又来了很多人，他们现在都在村头呢。"葛奇气喘吁吁地说道。

"又来人了？"曲医生惊讶地问。

"别管了，我们去看看吧！"苏哲奇说完急忙跑了出去。

他们来到了村头，果然看见了很多人。

杜坤、陆丰田以及跟苏哲奇有合作的人都来了，他们仿佛商量好的一样，都在这一天来了。

"小苏啊！我真的是好久都没过来了，没想到你们村子变化这么大。"杜坤笑着说。

"是啊！我跟杜总一样，都很惊讶呢！你真的越来越厉害了。"陆丰田看了看杜坤也说道。

"杜总，陆总，你们真是折杀我了，哪有陆总说的那么厉害，只不过做了自己该做的罢了。"苏哲奇抿嘴笑了。

"哲奇，这里。"挥手说话的是龙峰，"真是好久不见，甚是想念啊！"接着苏哲奇肩膀上就搭上了一条胳膊。

"龙经理还是那么有趣。"苏哲奇笑道。

龙经理摸摸头，从裤兜里掏出一样东西，还是用一个精美的盒子包装的。

"打开看看，包你满意。"龙峰把盒子递给苏哲奇。

苏哲奇打开后，震惊了："龙经理，这也太好看了吧！"

"那是，我做事你就放心吧！"龙峰眨巴眨巴眼睛，又把盒子盖上，装进了苏哲奇的裤兜里。

"辛苦龙经理了。"苏哲奇笑了笑。

"不辛苦。"龙峰摆摆手，随后就转过身和杜坤说话去了。

"苏子，苏子，我们在这呢。"苏哲奇听到了生子的声音，他看了过去。

生子和汶南都来了。

"好了，现在人都到了，我们拍个照片留个纪念怎么样？"生子提议道。

"好啊！我把相机拿出来。"汶南说完就翻找自己的照相机。

"大家都紧凑一点，别站太远。"汶南看着相机又看了看在树下站着的人。

"三……二……一……"汶南赶紧跑过去，"茄子！"

等到这些人走后，青山村又恢复到了先前的安宁。

苏哲奇把那些人送走后，牵着曲医生的手走在回家的路上。

高山重峦叠嶂，这些山就像醉酒的老翁，一个挨着一个，仿佛沉睡了上百年。湛蓝的天空下，一阵清风拂过，可以闻到阵阵百合花的香气。

"哲奇，龙经理给你什么了？你这个兜里鼓鼓的。"曲医生好奇地问。

苏哲奇把那个盒子拿了出来："是这个。"

苏哲奇打开盒子后，是两条手链。曲医生很高兴，刚要伸手去拿其中的一条，可被苏哲奇拦下。

"怎么了？"曲医生不解地问。

"我来给你带上。"说完苏哲奇就拿出手链戴在了曲医生的手腕上。

手链的里面刻了几个字，曲医生的那条是"一生"，而苏哲奇的那条是"一世"。

这两条手链牵住了苏哲奇和曲医生的一生一世。

"哲奇，我们村子真是越来越美了，连人也越来越漂亮了。"曲医生指着村子说。

"是啊！我们以后的路，任重而道远。"苏哲奇笑道。两人就这样走在回家的路上。

…………

一个偏僻的小山村，令人担忧；一条泥泞坑洼的道路，令人百感交集；一个进山支教的大学生苏哲奇，开启了脱贫攻坚的道路。

他只不过是一名普通的党员，却带着青山村所有村民的寄托，走上了致富的道路。

不辱使命，敢于直面困难，用善良唤醒了村民们沉睡的心灵，用智慧赢得了众人的帮助，用汗水实现了村民的期望。

蜿蜒崎岖的山路，换成了柏油路。那里浇灌了多少人辛勤的汗水。

一道道旅游风景线，付出了多少辛苦，付出了多少劳累。

耗费了多少人的心血，才让青山村到处散发着淡淡百合清香。

刚开始一个人的努力，慢慢变成了众人的合作与协助。

也许那只是一个承诺，向全村人做出的庄严承诺，但就是这么一个承诺，成了苏哲奇永远不屈不挠的动力。